須賀敦子の本棚 2

池澤夏樹=監修

Death Comes for the Archbishop WILLA CATHER

大司教に死来る

ウィラ・キャザー　須賀敦子訳

河出書房新社

序　*Death Comes for the Archbishop* を訳すにあたって

「まともな日本語も知らず、小説を書いたこともないくせに、翻訳などとは、噴飯の至りである」と、誰方《どなた》かが言っておられて、私に言われたような気がしたのだった。六年間の英語の勉強に、一応、しめくくりをつけるように言われて、一番やりたいと思ったのは、翻訳だったのだ。これが私の真の意味での、コメンスメントとなるように祈りつつ書いた。

このような大胆な挙に出たのも、私の単なるわがままかもしれない。最初この本を読み終った瞬間、これを日本語に訳せたらと思った。名声高い原著者に失礼になろうが、進んで読んで下さる方がなかろうが、そんなことはおかまいなしであった。ありったけの英語の力、かつ日本語の力をふりしぼって、この仕事に注ぎこんだ。ただ、日数が限られているため、思う存分、研究できなかったところは、後日、環境がゆるせば、なお手を入れてみたい。

訳をはじめてから、カトリック的術語の関係もあって、種々の、いわゆるカトリック文学なるものの翻訳物を読む機会を得た。結果として得たものは、その貧困、幼稚さに対する不満のみであった。一つには、カトリック思想なるものの、我が国に於ける歴史の浅いこと、よって来《きた》るカトリック的語彙の貧困は、この大きな原因といえよう。しかし、いつまでも小さな殻にとじこもっていないで、広い文学界をのぞいてみてはどうだろうか。私の始めての試みが、このカトリック文学界隈に、たとえ小さくても何らかの貢献となれば幸である。

原著者、ウィラ・キャザーは、一八七三年、米国、ヴァージニア州ウィンチェスターに生まれた。間もなく家族と共にネブラスカに移り、女史は、一八九五年ネブラスカ大学を卒業するまで、健気に自己の生活を開拓して行く、フロンティアーの中に育った。中学教師や新聞記者の職を転々とした後、ニューヨークに出て、雑誌*McClure's*の記者となった。最初の作品は、*O Pioneers!*（一九一三年）、次に、*My Antonia*（一九一八年）を出して、世にみとめられた。一九二三年、*One of Ours*でピューリッツァ賞をうけ、女流作家としての確固たる地位をきずいた。一九三八年には、American Academy of Arts and Lettersにえらばれたが、惜しくも、一九四七年亡くなった。

女史の作品は、二十世紀初期の地方色《ローカル・カラー》文学に属し、そのリアリスティックな筆致によって知られている。小説中の人物に対する深い同情心、繊細な景色の描写は、この人の作品の長所といえよう。人間の弱点を知ってはいる、しかし、それをとり立てて言ってどうなろう、実に世を進めて行くのは、人一人一人の人格なのだというのが、その主義であるとも言えよう。

ウィラ・キャザーの初期の作品は、専ら、自分の育ったネブラスカの想い出が題材となっていたが、後、*Death Comes for the Archbishop* や *Shadows on the Rock* を書いて、カトリック作家といわれるようになった。土地の古い伝説や、老婆の問わず語りの昔話がその動機といわれるが、そのカトリック教義やカトリック的生活に関する女史の知識の深さに私は驚いた。しかし、私は、キャザーの作品に、カトリック小説などという、けちくさい称号を奉りたくない。またカトリック小説というものを、そんな小さなジャンルに入れたくもない。この小説、『大司教に死来る』も、描写が真実であるが故に、美しいのであり、価値もあるのだ。私をこれほどひきつけたのも、それだったに相違ないのだ。

いずれにしても、この淡々とした伝記とでも言いたいような小説の持つ味の一部分なりともを、この拙い訳を読まれる方々に伝えることができれば、私として、これほどうれしいことはない。

序文を書くに当って、斎藤勇先生のアメリカ文学史（研究社）、エンサイクロペディア・アメリカーナ、ナショナル・エンサイクロペディアを文献として使用した。

須賀敦子

大司教に死来る

プロローグ　ローマにて

一八四八年のある夏の夕方、ローマの町を見下ろすサビネの丘のとある別荘の庭で、三人の枢機《すうき》卿《きょう》がアメリカから来た司教と食事をしていた。この別荘は、テラスからの美しい眺望できこえていた。四人が食卓についているこのかくれた庭は、テラスの南端から二十フィートくらい下のところにあって、葡萄の植わった急傾斜の上に突出した、ただの岩棚であった。石の登り段が、これを上の散歩道とつないでいた。食卓はオレンジと夾竹桃の鉢植えの間の、砂をしいた所にあり、頭上の岩に生えた、枝のひろがった常緑樫のかげになっていた。手摺のむこうは空で、はるか下の景色は、ものしずかに、うねりをみせてひろがっていた。ローマの中心に至るまで、なに一つ視界をさえぎるものはなかった。

スペイン人の枢機卿が客たちと晩餐の食卓についた頃は、まだはやい時間だった。太陽は一時間にわたって、絢爛酣《けんらんたけなわ》になる頃であった。輝く田園風景のうねりの彼方には、市《まち》のひくい横顔《プロフィル》がわずかに地平線を乱していた。頂点をつままれた大きな風船のような、灰青色のサン・ピエトロ寺院の円屋根が、その金属性の表面にさす一条の銅《あかがね》色の光にきらめいているほかは、すべてがぼんやりとしていた。枢機卿は夕方のこの頃、太陽の強烈さが躍動を想わせるこの時間に食事をするのが非常に好きだった。光は生気に溢れ、すべてのものの最高潮に達した時の特質――豪壮な出来栄え――を示していた。温順であると同時に熾烈で、大蠟燭《だいろうそく》の光のように赤味がかっていて、その色は燃えさかるオーロラの赤さだった。それが常緑樫の繁みに射しこみ、そのマホガニー色の幹を映し出し、黒味がかった葉をぼかして、オレンジ樹の明るい緑を暖め、夾竹桃の花のばら色を金色に変えていた。更に、充血したような渦巻模様が、テーブル掛けや、皿や、ガラス器の上にふるえていた。聖職者たちは、光線を除けるため四角い帽子《ビレッタ》をかぶっていた。三人の枢機卿は緋の縁取りと同色の、ボタンのついた黒い法衣《カソック》を、司教は紫のチョッキの上に長い黒の外套を着ていた。

　彼等は仕事の話をしていた。実は、ボルティモアの教区長会議から届くはずのニュー・メキシコ――最近、合衆国に合併された北米の一地方――における代牧区設置に関する懇願について、相談することになっていた。この新領土は皆にとって、そこの宣教師たるこの司教にとってさえ、全く漠然としたものだった。イタリア人とフランス人の枢機卿は、これを「ル・メクシーク」と呼び、スペイン人であるこの夕餐の主人役は「ニュー・スペイン」と言っていた。この計画中の代牧区に対する彼等の興味ははなはだ生ぬるいもので、宣教師フェランド神父は、絶えず関心を喚起しなければならなかった。彼はアイルランド生まれで、フランス人を祖先に持ち、広大な地域にわたる跋渉と、新大陸における注目すべき仕事とのために、カトリック教会のオデッセウスとして名高かった。彼等はフランス語で話していた――枢機卿等が日常の出来事をラテン語で手近に話せた時代は、もう過ぎ去っていた。

　フランス人とイタリア人の枢機卿は、精力旺盛な中年だった。肥った赤ら顔のノルマン人と、黄色い、痩せぎすで鈎鼻のヴェニス人であった。主人役のガルシア・マリア・デ・アランデは、まだ若い人だった。色は黒かったが、祖先の肖像のかかっている画廊の多くの画布にみられるスペイン系の長い顔は、この若い枢機卿の場合、イギリス人の母親によって、ずっと和らげられていた。眼はコーヒー色で、生気の横溢した気持ちのよいイギリス風の口と、開放的な作法の持ち主であった。

グレゴリオ十六世治世の晩年、デ・アランデは、ヴァチカンにおける最も羽振りのよい男の一人だったが、二年前のグレゴリオの死後、田舎にある自分の領地に引きこもっていた。彼は新教皇の改革を非実用的で危険であると信じ、政界から退いて、グレゴリオによって熱心な後援をうけた組織である布教聖省の仕事に専心していた。枢機卿は余暇にはテニスをした。少年時代、イギリスにいた頃、彼はこの運動を熱情的に愛していた。ローン・テニスはまだ流行していなかったので、彼のやるのは御大層な屋内テニスだった。この過激な運動の素人選手等は、スペイン、フランスなどから腕試しにやって来たものだ。

宣教師のフェランド司教は、誰よりも老けて見え、そのはっきりとした非常に碧い瞳《ひとみ》を除けては、年寄りじみていて、がさつだった。彼の司教区は五大湖の冷たい腕に抱かれており、布教事業の延々とした淋しい馬の旅で、鋭い風は彼をずたずたにしてしまった。この宣教師は目的あってこの席に連なっていたので、あくまでも自己の意見を主張していた。彼は他の人々より食べるのが早かったから、言い分を申し立てる時間はたっぷりあった。どの皿もあまり敏速に平らげたので、フランス人の枢機卿は彼のことを、ナポレオンの理想的な食事相手になれただろうともらした。

司教は笑って、褐色の手を弁解するためにひろげた。「たしかに私は、作法を忘れてしまったのでしょう。夢中だもんで。あなた方は、新大陸の信仰の揺籃であった広大な地域を合衆国が合併したということが何を意味するか、ここにいてはおわかりになりますまい。ニュー・メキシコの代牧区は二、三年のうちに、ロシアを除けた中央及び西ヨーロッパを併せたよりも大きい管轄区域をもつ司教座になりましょう。これを治める司教は、重大事の開始を指揮せねばならなくなるのです」

「開始か」と、ヴェニス人がつぶやいた。「何度開始されたかわからん。しかし、あそこから来るのは、心配と金の要求だけだ」

宣教師は、辛抱づよく彼に向って言った。「猊下《モンシニョール》、どうぞお聞きください。この地方は一五〇〇年に、フランシスコ会の神父たちによって、キリスト教化されたのです。それ以来、三百年近くもほうってあったのですが、まだ、死んではおりません。かわいそうに、今でも自分たちの国をカトリック教国と称し、何の教育もなしに、宗教の形を保とうとしています。布教地の古い教会は破壊され、少しばかりいる司祭たちは、指導も受けず、何の規範ももっていません。宗教上の義務もいい加減ですし、公然と妾をかこっている者さえあります。この不潔な場所を清めなかったら、今度、進歩的な政府が土地を接収したからには、北米では教会に対する偏見を招くことになりましょう」

「しかし、この宣教区は今まだ、メキシコ管区に入ってるのではないですか」と、フランス人がたずねた。「ドゥランゴの司教座の下にね」と、マリア・デ・アランデがつけ加えた。

宣教師は、溜息をついた。「猊下《モンシニョール》、ドゥランゴの司教は老人です。それに、この司教座からサンタ・フェまでは、千五百マイルもあります。馬車の通れる道もなく、運河もなく、航行可能の河川もありません。取引は荷驟《にらば》馬で、あてにならぬ小道を辿って行われます。この地方の荒野には、特有な恐怖があります。というのは、渇きでもなく、しばしばあるインディアンによる虐殺でもありません。十フィートも、ある時は千フィートもの深さのある、地面に開いた無数の峡谷《キャニヨン》や涸れ谷《アロヨ》なのです。この石だらけの割れ目を、旅人は騾馬をつれて、力をふりしぼってのぼったりおりたりするのです。どこへ行くにも、これを越さずには行けません。もしドゥランゴの司教が、一人の司祭を不従順の廉《かど》で手紙で呼びつけなければならないとしたら、誰がこの神父を呼びに行きましょう。この神父が呼出し状を受け取ったと保証できるものはいないのです。狩人、毛皮業者、黄金採掘者、その他どんな人でも、ちょうどその時、街道を通りあわせていた者が、郵便を配達するのです」

ノルマン人の枢機卿は、盃《グラス》をあけて、唇を拭いた。

「では住民は？　フェランド神父、その人たちがいつも旅をしているのなら、定住者はどういう人たちなのですか」

「猊下《モンシニョール》、三十種余りのインディアン種族です。それぞれの習慣と言語をもっていて、多くは相互間に激しい敵意を抱いています。それからメキシコ人、これは生来、信心深い人たちです。宗教教育も受けず、教会の治下にあるでもないのに、彼等は祖先の信仰にしがみついているのですね」

「私はドゥランゴの大司教から来た手紙をもっていますが、自分の補佐をこの新しい地位に推薦してきています」と、マリア・デ・アランデが言った。

「閣下、メキシコ人の司祭を任命すると、ちょっとまずいことになりましょう。この分野で、彼等の成功したためしがありません。それに、この補佐というのが老人です。新司教代理は身体の丈夫な、熱意にあふれた、そしてなによりも、頭のいい青年でなければ駄目です。彼は、野蛮性、無知、放埒な司祭や、政治的陰謀に遭遇しなければならないでしょう。この人物こそ、秩序を自分の命同様大切にする人であるべきなのです」

客を横から眺めていたスペイン人のコーヒー色の瞳が、この時きらりと、黄色く光った。「御結論からお察しすると、あなたは誰か、候補者をお持ちなのではないですか——それも、たぶんフランス人の司祭でしょう?」

「その通りでございます。猊下《モンシニョール》、すばらしい。われわれ二人とも、フランス人がよいということに、意見一致ですな」

「ええ」枢機卿は朗らかに言った。「フランス人は、宣教師としては最上ですよ。わがスペインの神父方からは、立派な殉教者が出た。しかし、フランスのイエズス会員は、もっと大きな仕事を成し遂げますね。彼等は偉大な組織者だ」

「ドイツ人よりも?」と、オーストリアに好意をよせているヴェニス人がきいた。

「なに、ドイツ人は、種類分けはしますけれどね、フランス人は、すべてをうまい具合にととのえるんです。フランス人の宣教師は、物事の釣合と、ものを理性的に調節する感覚《センス》をもっている。彼等はいつも、ものとものとの関係を見出そうとつとめています。フランス人にとって、これは熱狂に価《あたい》することなんです」

こう言って主人はふたたび、この年取った司教の方をむいた。「しかし、司教、どうしてこのブルゴーニュ酒を召し上がらんのですか。あなたがカナダですごされた二十回の冬の凍えを、これでもってすっかりとかしてしまおうと、特に酒倉からもって来たのです。まさかこんな葡萄は、ヒューロン湖畔では見当らないでしょう」

まだ口のついていない盃《グラス》を取り上げて、司教はほほえんだ。「いや、全く、すばらしいですな、閣下。が、私は、葡萄酒をききわける舌をなくしてしまったような気がしますよ。あちらでは、少量のウィスキーとか、ハドソン・ベイ会社のラム酒などの方が効き目がありますのでね。でもパリでは、シャンパンがうまかったですよ。私たちは、四十日間も船に乗っていましたし、私は、貧乏な一水夫にしかすぎんのですから」

「では、ぜひもってこさせなくては」そう言って彼は、給仕長を招いた。「冷たい方がいいですか？　それから、この新しい司教代理の話だが、この人はその野牛《バイソン》とガラガラ蛇の国で、何を飲み、何を食べるというのですか」

「乾燥した野牛肉とか、唐がらし入りの隠元豆というところでしょう。水が手に入れば、喜んで飲むでしょう。閣下、これは楽な生活ではございません。あの国は、まるで雨を吸いこむように、人の若さと体力を吸いこんでしまいます。あらゆる犠牲を求められるでしょうし、殉教ということもあり得ます。サン・フェルナンデス・デ・タオスのインディアンたちが、アメリカ人の総督とその他の白人をどっさり殺して、頭の皮を剝《は》いでしまったのは、まだ、たった去年のことです。奴等がここの神父に手をつけなかった理由はと言えば、この人が暴動の指導者の一人で、彼自身、この虐殺計画を立てたからなのです。ざっとこれが、ニュー・メキシコのやり方なのです」

「現在、あなたの言われる候補者は、どこにおられるのですか」

「私の司教区、オンタリオ湖畔の教区司祭なのです。私はこの人の仕事を、九年間、みてまいりました。まだ三十五歳です。神学校からまっすぐに我々の所へ来たのですから」

「名前は？」

「ジャン・マリー・ラトゥール」

マリア・デ・アランデは椅子の背にもたれかかり、組んだ長い指先を、考え深げにみつめた。

「フェランド神父、布教聖省では、ほとんど確実に、ボルティモアの教区長会議が推薦する人物を、この代牧区に任命するでしょう」

「閣下、それはごもっともです。しかし閣下からこの教区長会議に対して、何かおっしゃってくださると……御質問とか、御提案とか――」

「それらが威厳をそえる、とおっしゃるんでしょう」と、枢機卿は笑って答えた。

「そして、このラトゥールという人は、頭がよいのですね。あなたは何という運命をこの人にお与えになるんだろう！　しかし、これだって、ヒューロン人との生活と変らないでしょう。お国に対する私の知識はと言えば、フェニモア・クーパーの小説から得たくらいなものです。英語で読んだが、面白いですね。しかし、あなたのおっしゃるその司祭は、多方面にわたる知識をもった人ですか。たとえば、美術に関する知識などは？」

「それが何の役に立つとおっしゃるのですか、猊下《モンシニョール》。それにこの人は、オーヴェルニュ出身でございます」

三人の枢機卿は笑い出し、盃《グラス》に葡萄酒をついだ。この宣教師の単純なねばり強さに、みな、くつろいできたのだった。

「まあ、お聞きになってください」と主人が言った。「司教様がうちのシャンパンを味わってくださってる間に、短い話をしましょう。あなたはそうおっしゃるが、この質問にはわけがあるのです。私のバレンシアの家には、主に私の曾祖父――この人は、美術品をみる目のあるほうで、その当時としてはかなり裕福だったのですが――が蒐《あつ》めた、スペインの画豪の手になる絵が、少しばかりあります。エル・グレコの蒐集《コレクション》などは、スペイン一でしょう。この人が年取ってからのこと、一人の宣教師がニュー・スペインから物乞いにやってきたのです。アメリカからの宣教師と言えば、このフェランド司教様のように、みなおねだりにかけては常習犯だったのですよ。この宣教師が、曾祖父のところへ訪ねてきて、うちの聴罪司祭の留守中に、いろいろな信心の指導をしてたのですね。そして老人から、祭服、祭壇用布、聖杯《カリス》、そればかりか、相当な額の金までうまくせしめ——ええ、何だって、とるんですよ——インディアンに囲まれた、その布教地の教会をかざるためにと言って、大《だい》蒐集《コレクション》から、絵を一幅いただきたい、とたのんだものです。祖父は、どうせこの司祭が、手ばなしても良いようなものをえらぶだろうと信じこんで、画廊から好きなのをとってくれと言ったのです。ところが、どうしてどうして。この毛むくじゃらのフランシスコ会の修士は、蒐集《コレクション》中でも一番良いものの一つに、とびついてしまったのです。エル・グレコの、『黙想中の若きフランシスコ』で、聖者のモデルになったのは、大そう美しい、アルバカーキの公爵だったのです。祖父は反対し、インディアンには、十字架像とか殉教の画の方が、ずっと強く訴えるものがあろうと言って、この人を納得させようとしました。この、女性美にも近いような聖フランシスコが、何で皮剝ぎ屋たちにわかるものですか。

　が、すべては、無駄でした。宣教師は祖父にむかって、今では私の家の誇になった答をしたのです。『この絵は、良いからお断りになるのですね。天主様にさしあげるには良すぎるが、あなたのためには、ちょうどだとおっしゃるのですね』

　そして、画を持ち去ってしまいました。祖父自ら記《しる》した目録には、聖フランシスコの名と番号の下に、『天主の御栄のため、ニュー・スペインの野蛮人の最中《さなか》なるプエブロ・デ・シアの教会の財産として、テオドキオ修士に寄贈』と書かれています。

　フェランド神父、私がドゥランゴの司教と、ちょっと個人的な文通をするのは、これ、この失われた宝物が故なのです。一度私は、この人のところに、事実をこまかくかいて送りました。その返事によると、シアの宣教教会はとっくに破壊され、その家具類はみなちらばってしまったということですが。もちろんこの絵だって、掠奪とか虐殺の際にこわされてしまったかもしれません。が、一方、どこかのつぶれた聖器室とか、煙臭いインディアン小屋《ウィグウァム》にかくされていぬとも限らんのです。そこで、もし、あなたのおっしゃるフランス人の司祭に鑑識眼があれば、そしてもしその人が、この代牧区にやられたとしたなら、私のエル・グレコのことも、おもい出してくださるかもしれないので」

司教は首をふった。「いや、お約束はできません。わかりませんな。あの人は、堅固な、洗練された趣味の持ち主であることは知っていますが、非常に遠慮深い人でして」そしてこうおだやかにつけ足した。「それから閣下、あそこのインディアンは、インディアン小屋《ウィグウァム》には住みません」

「何しろフェランド神父、私はフェニモア・クーパーを通してお宅のインディアンをみてるもので。でも私は、インディアンが好きですね。じゃ、テラスへ行って、コーヒーでも飲みましょう。そして夜の来るのを眺めようじゃありませんか」

枢機卿は客たちを導いて、狭い階段を登って行った。砂利を敷いた細長いテラスとその欄干は、黄昏の空気の中で、湖のように蒼くみえた。太陽も光線も、もう消えていた。朽葉色の土地の襞《ひだ》は菫色に変っていた。サン・ピエトロの大伽藍の円屋根のかなたから、ばら色と黄金色の波が、空にむかって息づいていた。

聖職者たちは、星の出るのを眺めつつ、散歩道を往き来していろいろなことを話していたが、非常時の話題にはとかくのぼりがちな、政治的な話はさけていた。教皇の地位が危ぶまれているロンバルディアの戦いについて話す者はなく、その代りに彼等は、ヴェニスで上演中の若いヴェルディのオペラについて、また最近アンダルシアで奇蹟を行っているという噂の、修道女になったスペインの踊り子のことなどを話した。宣教師は、この会話にはまじっていなかった。そしてまた彼は、この話に興味をもってついて行けなかったのだ。彼は、自分が辺境にあまり永くいたため、教養ある人々の話に対する趣味をすっかりなくしてしまったのかと危ぶんだ。しかし、夜の別れを告げる前、彼にむかってマリア・デ・アランデが英語でそっとささやいた。

「フェランド神父。ぼんやりなさってますね。もう新司教をやめさせたいと思っていらっしゃるのですか。おそすぎますよ。ジャン・マリー・ラトゥール……でしょう?」

I 司教代理

1　十字架形の木

一八五一年の秋のある午後、馬に乗った男がただ一人、荷騾馬《にらば》を従えて、ニュー・メキシコ中部の乾燥した荒野を進んでいた。道に迷って、磁石と方向の感覚をたよりに、本道にかえろうとしているのだった。この地方には特色がない――というよりはむしろ、全く似かよった特色でいっぱいなのが、間違いのもとだった。景色といっては、どの側も見渡すかぎり単調な、乾草堆《ほしくさづみ》に形は似ているがそれよりも大きくはない、赤い砂の丘が重なりあっていた。人一人の視野のうちに、こんなにも多くの、同じ形の丘があり得るなどとは、信じられぬくらいであった。彼はこの中を早朝から歩きつづけていたのだが、土地のおもむきは、じっと立っていたのと変らぬくらいであった。この円錐形の赤い砂の丘の狭間をたどって、もう、三十マイルも来たにちがいないのだ。彼は、もう二度と、他のものを見ることはできないだろうと思いはじめていた。あまりすべてが同じなので、まるで何か幾何学的な迷路を彷徨《さまよ》っているようだった。円錐形は上が平らで、乾草堆というよりはメキシコ風の竈《かまど》の形――そうだ、背の低い杜松《ジュニパー》の木の他は植物が全く生えていなくて、煉瓦粉のように赤く、メキシコ風の竈の形そっくりだった。そしてこの杜松《ジュニパー》の木も、同じ竈の形をしていた。円錐形の丘にはどれにもみな、丘自身より少し小さく、丘がみな赤い色なのに対して、黄がかった緑一色の杜松《ジュニパー》の円錐が点在していた。丘は地面からこんもりと厚く盛り上っていたので、お互いに押し合い、腕でわきへこつき出したり、ひっくり返し合ったりしているようだった。

このまるみを帯びた三角錐は、彼の網膜に何百回となくくり返してうつされ、暑苦しくのしかかって来た。物の形に敏感なこの旅人は、すっかり面喰ってしまった。

「Mais c'est fantastique!（だが、すばらしいぞ！）」彼は、この厄介な三角形の遍在から目を少しやすめようと、目を閉じて、つぶやいた。

次に目をひらいた時、彼の視線は、まっすぐに、他のと形のちがった一本の杜松《ジュニパー》にとまった。それはこんもりとした円錐ではなく、裸で、幹がねじれていた。高さはたぶん、十フィートもあっただろう。頂点で平たい枝が二つの水平線に分かれ、中央、その割れ目の少し上のところに、小さな緑の鶏冠《とさか》のようになったところがあった。実に、十字架の形、そっくりだったのだ。

旅人は馬を降り、ひどくいたんだ一冊の本をポケットから出すと、帽子をとって、この十字架形の木の下にひざまずいた。

彼は鹿皮《バックスキン》の乗馬服の下に、黒い胸衣《ヴェスト》、衿飾と、聖職を示すカラーをつけていた。祈る若い司祭。彼が千人中の一人くらいの優れた司祭である事も、一目でわかった。彼の低く垂れた頭は、平凡な人間のものではなかった。これは、すばらしい理性の座のためにつくられていたのだ。彼の額は明るくおおらかで、思慮深さを物語っていた。その整った容貌には、どこか厳しいところがあった。

鹿皮《バックスキン》の上着の、縁取りをした袖口から出ている手には、一条の優雅さがただよっていた。すべてが、生まれの良さ——勇敢な性格、強い感受性、慇懃さを示していた。その作法は、この荒野でただ一人いる時でさえ、立派なものだった。彼は自分自身に対し、連れている動物たちに対し、その前にひざまずいている杜松《ジュニパー》の木に対し、そして今、彼の語りかけている神に対して、一種の礼儀を保っていた。

　祈りは半時間ほどつづき、立ち上った時には、元気を取り戻したようであった。彼はたどたどしいスペイン語で、牝馬に話しかけた。疲れたけれど、本道がみつかるまで歩きつづけた方がよかろうか、というのである。水筒の水は残っていなかったし、馬たちは前日の朝から、何も飲んでいなかった。昨夜はこの丘の間で、水を使わずに野営したのだった。動物たちはほとんど、その耐久力のどんづまりというところまできていたが、水を手に入れるまでは回復しないだろうと思われたので、この最後の力を水の捜索につかうのが最良であるらしかった。

　テキサスを越える長い旅を共にした隊商の一隊は、しばしば、何日もの間、乏しい水の割当ですごしたから、彼も渇きの経験をもってはいた。しかし、その時とて、今ほど苦しくはなかった。朝から、彼は気分がわるかった。口の中が熱っぽく、悪性の眩暈《めまい》におそわれていた。この円錐形の丘が、近く近く折り重なって行くにつれて、遥か彼方の、オーヴェルニュからの道程が、もしかするとここで尽きてしまうのではないかと彼は思いはじめた。彼は救い主が十字架上で叫ばれた、あの「J'ai soif!（我渇く！）」という御言葉を想った。主の肉体の御苦しみのうち、ただ一つ、この「我渇く」だけが、主の唇にのぼった。永い修練に鍛えられた若い司祭は、自己意識を全く去って、ただ主の御苦難について、黙想するのだった。イエズスの御苦難が彼にとって唯一の現実となり、彼自身の肉体の要求は、その概念の一部にすぎなくなった。

黙想を破って、牝馬がつまずいた。彼は、自分自身よりも動物たちに対して、すまなく思った。一行の賢者たるべきはずの彼が、この果てしない、竈ばかりの荒野に、あわれな動物たちを連れこんだのだ。彼は、道を急ぐかわりに、ある問題について考えこんでいて、ぼんやりしていたのではなかったかと気づかった。その問題というのは、司教権回復の手段だった。彼は、代牧区を失った司教代理であった。彼は、ほうり出されたのだ――信徒たちに、受け入れられなかったのだった。

この旅人は一年前、シンシナティにおいて、ニュー・メキシコの副司教代理、及びアガトニカ司教に叙せられたジャン・マリー・ラトゥールだった。その時以来、彼は代牧区にむかって進んだ。シンシナティには、メキシコへの道を知っている者はなかった――誰もまだ、行ったことがなかったのだ。若いラトゥール神父がアメリカに来てから、ニューヨーク―シンシナティ間の鉄道が建設された――が、それで終りだった。ニュー・メキシコは暗黒大陸の中央にあって、オハイオの商人たちは、たった二つの道しか知らなかった。一つはセント・ルイスからサンタ・フェへ行く道だったが、当時、コマンチェ・インディアンの襲撃のため、非常に危険だった。神父の友人が、ニューー・オーリンズまでミシシッピ河を下り、船でガルヴェストンへ渡り、テキサスを越えてサン・アントニオに行き、そこからリオ・グランデ峡谷に沿ってニュー・メキシコに行くようにすすめた。彼はそれに従った――が、何という災難だったのだ！

彼の乗った蒸気船がガルヴェストン港内で難破し、沈没した。書籍だけは命がけでたすけたが、他のすべての物質的財産を失ってしまった。彼はテキサスを隊商と共に越えたが、サン・アントニオの近くで、転覆せんとした荷馬車から飛びおりる時に負傷し、傷ついた足が治るまでの三月《みつき》間を、貧しいアイルランド人の家で寝ついてしまった。

この若い司教が、ある夏の夕方、日暮時に、この長旅の目的地である古い村を遂に目のあたりにしたのは、ミシシッピを出帆してから一年後のことであった。荷馬車は一日中、グリースウッドの茂った平野を進んだ――夕方、馭者たちが、むこうに町があると叫びはじめた。平野の彼方、頂きの禿げた、襞《ひだ》の多い、光と闇との空間に、白楊《アスペン》と常緑樹の二種の緑に飾られた山々が、くっきりと横たわっていた。そのふもと、土細工のような、丈の低い褐色のものが神父の眼に映った。山々は、平らな海面から強い疾風で吹き上げられた大波のように、うねうねとしていた。

荷馬車が進み、日が沈むにつれて、山のふもとの紅玉髄《べにぎょくずい》色の丘の一群が見え始めた。この山は平野のなかの窪地のあたりに、まるで二本の腕のようにくねっていた。そしてサンタ・フェは、その窪地にあった。遂に！　細長く散在した乾燥煉瓦《アドベ》の町……緑の広場《プラザ》……平面から高く聳える二つの土の塔のある教会が、その一端にあった。長い本通りは教会の前から始まり、町は泉に源を発する小川のごとく、この本通りから流れ出しているかのようにみえた。教会の塔も、低い乾燥煉瓦《アドベ》の家々も、この光の中にばら色になっていたが、後方の赤い丘の円形劇場よりも、少し調子が暗かった。そしてポプラの柔毛《にこげ》が優雅な揚音符《アクセント・マーク》のように、間欠的に光った――風にそよぎ、また起ち直りながら。

この瞬間を讃美したのは、若い司教一人ではなかった。彼の横には、竹馬の友であり、この長い巡礼の旅を共にして危険をわかちあったヴァイヨン神父がいた。二人は、すべてを天主の光栄に帰しつつ、サンタ・フェに乗り込んだ。

さて、このラトゥール神父が、どうしてこの砂丘の中に、司教座から何マイルもはなれ、供もなく、道に迷って、どう帰ってよいか見当もつかぬようなことになったのだろうか。

彼がサンタ・フェに着いた時、こんなことが起ったのだ。町のメキシコ人の司祭は、彼の権威を認めることを拒絶した。彼等は代牧区のことも、アガトニカ司教に関しても、なにも知らないと言い張った。彼等はドゥランゴの司教の管轄下にあって、それ以外、何の報知も受けていないと言った。もしラトゥール神父が彼等の司教なのなら、その信任状はどこにあるのだ。ラトゥール神父は、ドゥランゴの司教まで、羊皮紙に書かれた信任状と手紙が行ったことは知っていた。が、きっと、そこで止まってしまったのだ。この辺では郵便施設とてなく、ドゥランゴの司教に通ずる一番の早道であり、かつ確かな方法は、そのもとへ自身赴くことだ。そこで神父は、サンタ・フェに来るために一年近い旅行をした後であったが、二、三週間後、一人で馬に乗って、三千マイルの道程をオールド・メキシコに行ってくることとなった。

リオ・グランデ街道をはずれて行くと、多くの道路があり、不案内な者はたやすく道をちがえてしまうだろうからと、彼はあらかじめ注意されていた。始めの二、三日は、彼も周到の注意を払っていた。が、だんだん不注意になり、全くはずれた道に入り込んでしまったものらしい。迷ったと自覚した時には、水筒は既に空で、今来た足跡をたどってかえるにも、馬は疲れすぎていた。彼は、このだんだん不明瞭になって行く砂の道は、確かにどこかへ出るにちがいないと確信していたので、これを変えようとはしなかった。

突然、ラトゥール神父は、乗っている牝馬の体に変化を感じたように思った。それまでずっと頭をたれていた馬が、始めて首を起し、今一度、体重を脚にかけたらしかった。荷騾馬の方も同様にして、二匹は速度を増した。水を嗅ぎつけた――そんなことが、あり得ようか。

およそ一時間もして、今まですぎて来た何百という丘と少しも変らない二つの丘の間を曲ると、二匹の動物は同時に嘶《いな》いた。眼下、あのうねり続く砂の大洋の真中に、一条の草木の緑と、ほとばしる小川があった。この荒野の中の帯は、石を投げわたせるくらいの幅であった。神父はこんな美しい緑を――彼のものであるあの旧大陸の、一番緑濃いところでさえも――見たことがなかった。牝馬の首や肩のあたりの震えを見なかったら、彼はこれを幻、渇きのために起った錯覚だと思ったかもしれない。

ほとばしる水、クローバーの茂る野原、コットンウッド、アカシア、豪華な花壇のある小さな乾燥煉瓦《アドベ》の家、流れの方へ白い山羊の群れを追って行く少年――そんなものを若い司教は見ていた。数分後、飲みすごさせまいと馬たちと揉み合っている彼のところに、黒い肩掛《ショール》を頭からかぶった一人の娘が走り寄った。神父は、こんな優しい顔を見たことがないと思った。彼女の挨拶は、キリスト教徒のそれであった。

「アヴェ・マリア、プリッシマ（いと潔きマリアに、讃美あれ）、セニョール。どこからお出でになりましたの?」

「ありがとう」と彼は、スペイン語で答えた。「私は神父ですが、道に迷ってしまったのです。喉がからからなのですが」

「神父様ですって? まさか」と、彼女は、叫んだ。「けれど、お見かけするところ、本当でございます。こんなことは、私、はじめて。父様のお祈りが聞きとどけられたんだわ。ペドロ、かけてって、父様と、サルバトーレにお話しよ」

2　隠《かく》れ水

一時間後、砂丘の上に闇が迫る頃、若い司教は、このメキシコ人の開拓地——彼はここが、ふさわしくも、アグア・セクレタ、隠れ水、と呼ばれることを知った——の母家で、夕食についていた。食卓には司教の他、主人のベニトという老人、その長男と、二人の孫がいた。老人は鰥《やもめ》で、彼の娘、司教を流れのところに迎えに走り寄った少女ホセファが、この家の主婦であった。夕食は、肉と隠元の煮つけ、パンと山羊の乳、新鮮なチーズとよく熟れた林檎であった。

この、白く塗った、煉瓦の厚い壁に囲まれた部屋に入った瞬間から、ラトゥール神父は、何か、おだやかなものを感じていた。この飾り気なさと単純さの中には、何か、気持ちの良いものがあった。この感じは、さっき皆のところに食物を運んだ少女、この時は、壁のそばの影の中に立って、熱心に神父の顔に目を注いでいた、あのまじめな少女のうちにも宿っていた。蠟燭の光の中で、四人の髪の黒い人々と一しょにいると、彼はすっかりくつろいだ。皆、作法は上品で、声が低く、心地よかった。神父が食前の祈りをとなえると、皆は食卓の横の床の上にひざまずいた。祖父は、子供等の洗礼や婚姻の祝別のために、聖母がこの司教様を本道からさそい出し、ここに連れて来てくださったのだといい出した。この開拓地は、ほとんど誰にも知られていないということだった。彼等は、土地に関する書類など何ももっていなかったので、アメリカ人に接収されぬかと心配していた。読み書きのできる者は、この開拓地には一人もいなかった。長男のサルバトーレは、嫁探しに、はるばるアルバカーキまで行き、そこで結婚したのだった。が、司祭が、二十ペソもとった。これは彼が、自分の家のために、家具やガラス窓を買おうとして貯めておいた金額の半額だった。これにこりて、彼の弟や従兄弟たちは、秘蹟なしで妻を娶《めと》った。

　司教の問に答えて、彼等は、その生活のことをざっと話してくれた。彼等は、家畜の毛から糸を紡いでこれを織り、自分たちで要り用なだけのとうもろこしや大麦、煙草等を作り、冬にそなえて杏《あんず》や李《すもも》を乾した。一年に一回、男の子たちが、穀物を挽かせるためにアルバカーキまで行き、砂糖やコーヒーのような贅沢品を買って来た。蜜蜂を飼っていたから、砂糖の高い時には、蜜で甘味をつけた。ベニトは彼の祖父が、全財産を牛車につみこんでチワワからやってきて、ここに落着いたのが何時のことか知らなかった。「なんでもあれは、フランス人が、自分等の王を殺して間もなくでした。うちの祖父《じい》が家を出る前にそれを聴き、年とってから、わし等子供たちに話してくれたもんです」

「私がフランス人だってこと、おわかりになりましたか」と、ラトゥール神父は訊いた。

　彼等は知らなかった。が、たしかに、アメリカ人ではないと感じていた。一番年かさの孫のホセは、客をおずおずと眺めていた。ホセは、黒い髪が、やや憂いを帯びた眼の上に三角形にたれさがっている、美しい少年だった。その時、彼は始めて口を開いた。

「アルバカーキじゃ、もう、僕等はみな、アメリカ人になったのだと言ってるけれど、うそですね、神父さま、僕ぁ、絶対に、アメリカ人にはならないよ。あいつ等は邪教徒だもの」

「そんなことはない。私は北部で、アメリカ人の中に十年も住んでいたが、熱心なカトリック教徒もたくさんいたよ」

少年は首を振った。「僕等の戦った時、あいつ等は教会をこわして、自分等の馬小屋にしてしまったんです。そして今度は、僕等の宗教まで取りあげてしまうでしょう。僕等には、僕等の行き方ってものがあって、僕等の宗教が要るんだ」

ラトゥール神父は彼等に、オハイオにおける新教徒たちとの親密な関係について話そうとしたが、彼等の頭には、二つの思想を入れる余地はなかった。一つの教会あるのみで、あとはみな異教徒だった。ただ一つ明らかなのは、この神父が鞍嚢《あんのう》の中に、祭服、祭壇石、その他、弥撒《ミサ》をたてるのに必要な用具一式をもっていること、そして、明日の朝弥撒《ミサ》のあとで、告白を聴き、洗礼を授け、婚姻を祝別してくれるだろうということだった。

夕食後、ラトゥール神父は、蠟燭をもって煖炉の上の棚の上にある聖像をしらべはじめた。どんなに貧しくとも、メキシコ人の家には必ずある木製の聖像は、いつも彼の興味をひいた。まだ、二つと似たのを見たことがなかった。このベニトの家の炉の上のは、六十年近くも前に、チワワから牛車にのせてこられたものだった。どこかの善男がこれを刻み、今でこそ、時を経てやわらかい色にはなっていたが、最初は、けばけばしく彩色されたのだ。そして、人形のように、着物が着せてあった。これはオハイオの彼の教会にあった工場製品の石膏像より、神父の好みにあっていた――オーヴェルニュの古い教区聖堂の前面の石に施された彫刻に、より似通っていた――この木の聖母は、まさに、悲しみの御母だった。ほっそりとしていて、ぎこちなく、いかめしくて、首から胴までが非常に長かった。胴から足までよりも長いくらいで、東方教会のいかついモザイクに似ていた。そして、黒い着物に白い前掛をつけ、頭には、メキシコの貧しい女のような黒い肩掛《レボソ》けをかぶっていた。その右には聖ヨゼフ像、左側には小さな乗馬姿の像があった。この聖人は、贅沢な縫いとりを施した、踝《くるぶし》のところでひろがったズボンをはき、絹のシャツにびろうどの上着を着こみ、中の高い、鍔広の、メキシコ風の帽子《ソンブレロ》をかぶっていた。メキシコの農夫の服装だ。そして、鞍を貫通した一本の軸で、ふとった馬にとめてあった。

小さい方の孫が、神父がこの像に興味をもっているのに気がついた。「それは、僕の保護の聖人の、サンティアゴです」

「そうだ、サンティアゴだったね。この方も、私みたいに宣教師だった。私の国じゃ、サン・ジャックって言うんだよ。そして、杖と、頭《ず》陀袋《だぶくろ》をもっておられるんだが――なるほど、ここじゃ馬が要るんだね。そりゃそうだ」

少年は驚いて、神父をみつめた。「だけどこの方は、馬の保護の聖人でしょう。神父さまのお国では、ちがうんですか」

司教は頭をふった。「ちがうね。それは知らなかった。どうして、サンティアゴが馬の聖人なのだい」

「牝馬を祝福してくださって、仔が産まれるようになさるんです。インディアンだって、これを信じていますよ。二、三年もサンティアゴに祈るのをなまけると、仔馬がちゃんとできないっていいます」

少し経って、祈りを終えると、若い司教はベニトのふかぶかとした羽根蒲団に身を横たえた。彼はこの夜が、どんなに予期していたものとちがったかと考えた。荒野の中で、水もなく野営を営み、昔の預言者のように渇きにさいなまれつつ、杜松《ジュニパー》の下で寝ることを予想していたのだ。その彼が、今ここで、友なる被造物への愛が心に平和のごとくに流れる中に、気持ちよく安らかに寝ていた。

もし、ヴァイヨン神父がここにいたら、きっと、「奇蹟だ」と言っただろう。あの十字架の形をした木の前で祈りかけた聖母が、彼をここまで導いてくださったのだ、と。そして、ラトゥール神父も、これが奇蹟であることをみとめていた。しかし、愛すべきジョセフにおいては、自然にそわぬ、むしろこれに反対の奇蹟が、いつも直接に、壮観を伴って起らねばならないのだ。ジョセフだったら、エジプトへ聖家族が遁《のが》れられた時の天使のように、杜松《ジュニパー》の間を、轡《くつわ》をとって道なき砂丘から馬を連れ出された聖母の、召しておられたマントの色を言うことさえできたろう。

次の日の夕方、司教は朝の出来事を頭の中でくりかえしながら、生命の源なる小川の岸にそって、一人歩いていた。ベニトと娘は、あの、木でできた悲しみの聖母の前に祭壇を作って、その上に、蠟燭や花を置いた。サルバトーレの病気の妻の他は、村中、一人残らず、弥撒《ミサ》にやってきた。司教は正午まで結婚式を司り、洗礼を授け、告白を聴き、堅振を授けた。それから、洗礼後の祝宴が始まった。前夜にホセが、小山羊を殺しておいた。ホセファは、自分の堅振が終るや、義姉《あね》たちがその山羊を焼く手伝いに、抜け出して行った。ラトゥール神父が、自分の分は唐がらしを入れないでくれと頼むと、少女は、その食べ方のほうが信心深い者のするやり方なのか、と尋ねた。神父は、今後彼女が好物の調味料を断つのを気遣って、フランス人は元来、あまり強い調味料を好まないのだ、とあわてて説明した。

祝宴が果てると、ねむがる子供たちは家に連れてゆかれ、男たちは、巨大なコットンウッドの下で一服やろうと、広場《プラザ》に集った。孤独の必要を感じた司教は、護衛を固く辞退して、散歩に出た。道すがら彼は、人々がイスラエルの子等のように、穀物を打っては、それを風で篩《ふる》いわけている、土の床にしつらえた打穀場を通りすぎた。狂おしげな啼き声が後でした。一日中、閉じこめられたのでつむじを曲げた、丘のふもとの牧場のふちに行こうとして猛っている山羊の大群を、ペドロが連れて、追いついて来たのだった。山羊共は、弓を放たれた矢のように流れを跳び越え、司教の横を通りすぎる時には、人間のように理知的な微笑を浮かべ、嗤《あざわら》いながら、彼を見て行った。若い牡山羊は、姿がすらりとしていて、優雅でとがった頤《おとがい》と、よく磨かれた反りかえった角をもっていた。実にいろいろな表情があったが、ほとんどどれにも、人を嘲笑しているようなところがあった。アンゴラ山羊の毛は、長くて、絹のようで、眩しいほどの白さだった。彼等が日光の中を跳びはねるのをみていて、司教は黙示録の、神の羔《こひつじ》の血によって洗われた者たちの白さについて書かれている章を思い出した。若い司教は、自分の混乱した神学に、にっこりとした。山羊はいつも、異教的な淫《みだ》らさの象徴とされてはいるが、その毛は、正しいキリスト教徒をずいぶんあたためてくれたし、どれだけの病気の子供が、その豊かな乳に養われたかわからないのだ。彼は、こんなことを自分に言って聞かせた。

村から一マイルも川上で、泉のところに出た。水柳といわれる、葉のとがったコットンウッドの一種が、その上におおいかかっていた。これが水源だ。その周囲一帯に、あの竈の形の丘が群がっていた――ひからびた、渇ききった砂の海から、奇蹟のごとく湧き出るこの泉のほか、水の気配とてなかった。捌けぐちを見出した地下水が、ここで暗黒の世界から解放されているのだ。その結果は、草であり、木であり、花であり、人の生活の営みであった。家庭の秩序であり、もえる松の丸太の煙が天にむかって香のごとく立ちのぼる炉端だったのだ。

司教はながいこと、泉の傍《かたわら》にすわっていた。傾き行く太陽が、すべてのものを美しくみせる光を、あの低い、ばら色の家々や、色鮮やかな花壇に注いでいた。あの老人は、水源の近くの土中で見つけたのだと言って、明らかにスペインのものと思われる、鏃《やじり》や腐敗したメダルや剣の鞘等を見せてくれた。この場所は、このメキシコ人たちがここに来るずっと以前に、人間の隠れ家となっていたのだ。彼の祖国で、ローマ人の開拓民たちが川の女神を、そしてその後に、キリスト教の僧侶たちが十字架をたてて行ったあの水源のように、歴史よりも更に古いものだった。この開拓地は、彼の司教区の雛形だった——何百平方マイルにもわたる乾燥した荒野、そして、泉があり、村があり、孫たちに教えるために一生懸命に公教要理を思い出そうとしている老人たちがいた。スペイン人の修道士等によって植えつけられ、その血で養われた信仰は死んではいない。ただ農夫が耕すのを待ちあぐんでいるのだった。彼は、サンタ・フェにおける一揆のことも、それを率いている、勢力のある老いたメキシコ人司祭——自分の教区から、新しい司教代理を出迎えに、そして追い出すために、わざわざ馬にのってやってきたタオスのマルチネス神父——のことも、気にならなかった。あの老司祭、頭でっかちの、強《きつ》いスペイン系の顔と、野牛のような肩をした彼は、ちょっとおそろしい存在だった。が、彼の暴政時代も、今やすぎんとしていた。

3　司教館にて

クリスマスの日の夕方、司教は机にむかって手紙を書いていた。サンタ・フェへ帰ってくると、仕事上の手紙がたまっていた。が、今彼が意味深長な微笑を湛《たた》えてしたためている、ぎっしりと字のつまったのは、枢機卿《すうききょう》宛でも、大司教宛でも、修院長宛でもなく、フランスのオーヴェルニュの、彼の小さな町にあてたものだった――あのマロニエの木には、今日でも、少しばかりの枯葉がしがみついているだろう、また、一枚一枚散っては、壁にからんだ冷たい緑の蔦にからまっているかもしれない――その木蔭の、あの灰色の、曲りくねった、丸石で舗装した通りにあてたものだった。

司教はたった九日前にメキシコへの永い旅から帰ったばかりだった。ドゥランゴのメキシコ人の老司祭は、司教代理区を証明する書類をわたしてくれるのに手間どり、ラトゥール神父は初冬の晴れた日を通じて、サンタ・フェへの千五百マイルを帰ってきた。帰ってみると、彼は、敵愾心《てきがいしん》の代りに親愛の情が待ちうけているのに気がついた。ヴァイヨン神父は、もうちゃんと、土地の人々に慕われていた。大聖堂の係のメキシコ人司祭は、慇懃に去っていった――荷物をもって、オールド・メキシコにいる自分の家族を訪ねて行った。ヴァイヨン神父はその家を手に入れ、大工と、教区のメキシコ人の女たちの助けを借りて、整理した。ヤンキーの商人たちやマーシーの砦の司令官は、夜具、寝台類や半端ものの家具などを、気前よく寄付してくれた。

司教館は、修繕し尽くしてはあるが気持ちよく住める可能性はあるという、古い乾燥煉瓦《アドべ》の家だった。ラトゥール神父は、一方の端の部屋を自分の書斎に選んだ。クリスマスの日の午《ひる》さがりが夕方に褪せてゆく頃、彼はそこにすわっていた。手頃な形の、細長い部屋だった。厚い粘土の壁の内側は、インディアンの女の器用な手で仕上げられていて、手製のものに限ってのみみられる、あの、出鱈目《でたらめ》な中にあるなつかしさを持っていた。壁は、敷居や窓縁のところでは角をとってあったし、隅の煖炉には円みのあるひろい翼がとってあり、たのもしい頑丈さと厚みがあった。内側は、司教の留守中に白く塗られ、火のゆらぐのが波のような表面にばら色に映っていた——地《じ》の粘土の赤茶けた色が白い漆喰に暖か味をあたえていたので、決して死んだ白さではなかった。天井は杉材の梁に、コール天の縞のようにぎっしり並んだ、一様な太さの赤い膚の白楊《アスペン》の若木がわたしてあった。土の床には部厚なインディアン毛布が敷かれ、大そう古いが色も図案も美しい二枚の毛布が、壁掛のように壁にかかっていた。

煖炉の両側の壁には、漆喰塗りの窪みがあけられていた。せまいアーチ形の方には、司教の十字架が立てかけてあった。今一つのは四角く、格子のような木彫の扉があり、中には数冊の、貴重な美しい書籍が納められていた。司教の蔵書の残りは、部屋の一隅の、開け放した棚にのっていた。

家具はヴァイヨン神父が、あの、行ってしまったメキシコ人の司祭から買いうけたものだった。重々しい、何となく不細工なものだったが、見苦しくはなかった。テーブルや寝台などに用いてある木材はすべて、木の幹から、斧か鉈《なた》で伐り出したものだった。司教の神学書ののっている厚い板でさえ、斧でけずったものだった。当時、ニュー・メキシコには、旋盤も機械鋸もなかった。土地の大工たちは、椅子の桟やテーブルの脚等をけずりあげて、鉄釘の代りに木の針でとめた。抽出つきの戸棚の代りには木製の函を用いていたが、美しく彫刻してあったり、装飾を施した皮革でつつんであるものもあった。司教が今手紙を書いている机は、アメリカ製の、胡桃材の事務机だった(ヴァイヨン神父の思いつきで、砦の一将校が贈ったものだった)。銀の燭台は司教のもので、ずっとまえ、フランスから持ってきたものだ。叙品の際、なつかしい伯母からもらったのだ。

　若い司教のペンは、紙の上を翔《か》けていった。紫インクで書かれた、見事な、洗練されたフランス体の筆蹟を残しつつ。

「僕が今、これを書いている新しい書斎は、煖炉にもえているピニョンの丸太の香りで一ぱいだ(ここでは、この種の杉材を薪に使うのだが、非常に香ばしく、しかも品の良い匂いだ。どんな賤《いや》しい仕事をしている時でも、あたりには香の匂いがたちこめている)。君と姉さんが、この平和と慰藉《いしゃ》にみちた情景を見られたら、と思う。僕たち宣教師はごぞんじの通り、一日中、フロック・コートに鍔広の帽子をかぶり、アメリカ人の商人のような恰好をしている。夜、うちに帰って、古い法衣《カソック》に着更える喜びといったらない。ずっと神父らしく感じ――一日のほとんどは、〝商売人〟になっていなければならないんだから――そしてどういうわけか、ずっとフランス人らしくなる。僕は、言語においても思想においても、一日中、アメリカ人だ――うん、心においても、そうだろう。アメリカ商人の親切さ、特に、砦の陸軍将校の親切さは、浮わついた忠義より効き目があるのだ。僕はここで、彼等の仕事を手伝っているつもりだ。彼等が認めている以上に、助けてやることができるのだ。貧しいメキシコ人たちを、『よいアメリカ人』に仕立てるには、教会の方が砦より多く尽くし得る。これは、人々の幸福のためだ――これ以外、彼等の状態を改良する手はない。

　が、今日は、僕の義務や目的について論ずる日じゃない。今夜僕たちは、故郷に想いを馳せる亡命者、幸福な人間なのだ。ジョセフ神父は、メキシコ人の女中を帰してしまった――彼はこの女を、間もなく良い料理人に仕立てるだろうが、今夜は一人で、僕たちのクリスマス・ディナーの準備をしている。クリスマス前の、土地の習慣である、荘厳弥撒《ミサ》による九日間祈禱《ノヴィナ》を、彼はずっと指揮して来たので、今日はもうのびてしまうかと思っていた。このノヴィナの後ではあるし、おまけに、ゆうべの真夜中の弥撒《ミサ》の後だから、彼だって今日は休みたいだろう。しかし、それどころじゃない。君も、『働きつつ休め』という、神父のモットーを知ってるだろう。僕がドゥランゴからはるばる、オリーヴ油を馬にのせて帰ったので（僕が特にオリーヴ油とことわるのは、ここでは『油』というと、荷車の車輪にさす油のことなんだから！）、茹《ゆ》で野菜のサラダとでもいうようなものをつくっている。ここは、冬には全然、青物がない。みな、あのすてきな植物、レタスというものの名を聞いたこともないらしい。ジョセフも、サラダ油なしでつくるのはやりにくいという。すごく贅沢なことだったとは言え、オハイオではいつも手に入れていたからね。彼は、ひるからずっと台所にいる。煮炊きには、覆いも何もない炉と、中庭に土の竈が一つあるきりだ。しかし彼は一度も、僕をがっかりさせたことはない。今夜、二人のフランス人がすてきな晩餐に連なり、君の健康を祝って乾杯するのは、確実だよ」

司教はペンを置き、火のついた木切れで、二本の蠟燭を灯《とも》した。それから、指のちりをはらいながら、深く入り込んだ窓際に立ち、うす藍色に暮れてゆく空を見上げた。宵の明星が、琥珀《こはく》色の夕映の彼方に懸《かか》っていた——ひそやかに目もあやに、自らの銀色の光線の中に、浴《あ》んでいるようだった。アヴェ・マリス・ステラ——ああ海の星よ、友の一人が神学校の頃、美しくうたった歌——それを静かにくちずさみながら、机に戻り、インクにペンを浸した時、ドアが開いて声がした。

「Monseigneur est servi! Alors, Jean, veux-tu apporter les bougies?（閣下、御食事の用意ができました！

ジャン、蠟燭を持ってきてくれるかい?)」

司教は蠟燭を持って食堂に行った。食卓は調えられ、ヴァイヨン神父は料理人の前掛をとって、法衣《カソック》に着更えていた。覆いのない火のそばに立っているため朱色になった、ごつごつした顔は、いつもよりなつかしさをもっていた――見知らぬ人がヴァイヨン神父に会って、最初に決めるのは、神はこれよりみにくい顔は、まあ、造られなかったに相違ない、ということだったのだが。背がひくく痩せぎすで、乗馬の生活のため、足が弓なりに曲っていた。その容貌とて、親切さと快活さの他、なにも取り立てていうことがなかった。彼は当時、やっと四十歳くらいだったが、ふけてみえた。厳しい気候にさらされて、ごわごわして、ひびわれていた。首は老人のように痩せていて、しわがよっていた。大きな団子鼻、ひきしまったあご、大そう大きい口――厚ぼったくて水々しいが、決してゆるみのない、努力して、または興奮して活動するために、休まぬ、いつもぐっと結ばれた唇だった。陽にやけて、乾草のような色になっている髪は、もとは亜麻色だったのだ。神学校では、彼はいつも、「ブロンシェ(白ん坊)」と、呼ばれていた。眼までが近視になって、魅力のない、淡い、水のような碧さに変っていた。実際、外観には、この人の鋭さ、力、そしてあの情熱を想わせるものはなかったが、血の濃い、メキシコ人の混血児たちは、彼の人柄をすぐに見てとった。司教がサンタ・フェに戻って、友情に迎えられたのに気がついたとすれば、それは誰もが、この家庭的な、真実でありひたむきな、弱々しい体に何人前もの統御力をそなえたヴァイヨン神父を信頼しているからであった。

食堂に入ると、ラトゥール司教は煖炉の上に燭台を置いた。食卓の上には、すでに六つもあって、褐色のスープ入れを照らしていた。一瞬、祈りに佇《たたず》むと、ジョセフ神父が、パンの小片入りの黒い玉葱のスープを皿についだ。司教は念入りに味をみてから、友をみて、にっこりした。スプーンが唇に、二、三度行き来した後、これを置くと、司教は椅子の背によりかかって言った。

「ブロンシェ、考えてもごらん、ミシシッピ河と太平洋の間の、この広漠とした国に、こんなスープをつくれる人間は、おそらく、ないだろうよね」

「フランス人じゃなきゃね」と、ジョセフ神父が言った。彼は法衣《カソック》の胸にナプキンをたくし入れ、瞑想にふけっているひまなど持ち合わせなかった。司教はつづけた。

「ジョセフ、君個人の才能をけなすんじゃないよ、しかし、考えてみれば、こういうスープは一人の人間の仕事じゃない。これは、絶えまなく洗練され続けて来た伝統の産物さ。このスープの中には、千年近くもの歴史が入っているんだからな」

ジョセフ神父は食卓の中央の壺にむかって、一生懸命に、額にしわをよせていた。彼の薄色の近視眼は、いつも、ずっとはなれたところを覗きこむようなところがあった。「C'est ça, c'est vrai（うん、そうさ。本当だよね）」と、彼はつぶやいた。「だがどうやって、どうやって野菜の王たる韮葱《リーキ》を入れずに、うまいスープができるかってんだ。永久に玉葱ばかり食ってるわけにゃいかないよ」

彼は司教の皿におかわりをつぎながら叫んだ。

スープ入れを運び去ると、神父は、ロースト・チキンと馬鈴薯《じゃがいも》の炒めたのをもって来た。「それにジャン、サラダもさ」彼は、鶏《とり》を切りながらつづけた。「余生を僕たちは、乾燥豆と、芋ばかり食ってすごさなきゃならないっていうのかい。畑を作る時間をこさえなきゃだめさ。ああ、サンダスキーの僕の畑！　君が、僕をあれから引きはなしてしまったんだ！　あれよりいいレタスはフランスでだって食えないってことは、君だってみとめてくれるだろう。僕の葡萄畑もだ。あそこは、天然の葡萄の産地だ。エリー湖の岸は、いつか必ず葡萄畑に被われるだろう。僕の仕込んだ葡萄酒を飲む男が羨ましいな。まあ、いい。これが宣教師の生活ってものさ。誰かが取り入れるところに、植えつけて行くのが、さ」

クリスマスだったので、二人の友人は国の言葉でしゃべっていた。ごく特別な場合をのぞいては、ずっと前から、いつも英語で話すことにしていた。そして最近では、流暢にならなければ困るというので、スペイン語を使っていた。

「しかし、君だって、君のサンダスキーと、あの土地の安楽さを、じれったがっていたこともあるじゃないか」と、司教が思い出させた。「結局は、国にいる教区司祭と同じことで終ってしまうって」

「もちろん、オハイオで言うように、人ってものは自分の菓子を食べるだけでなく、これを自分のものにしときたいんだからね。けど、ジャン、もう、ここでいいよ。もう、これでたくさんだ。これ以上、引きずりまわさないでくれ」ジョセフ神父は、そっと指先で、赤葡萄酒の栓をぬきはじめた。「これは、僕が聖トマの祝日に、赤ん坊に洗礼を授けに行った農場で、君の食卓のためにねだって来たんだ。ここいらの金持のメキシコ人たちに、フランスの酒を手放させるのは、容易じゃないよ。値打を知ってるからな」彼は、二、三滴注《つ》いで、試してみた。「ほんのちょっと、コルク臭い。正しい貯蔵法を知らないからだ。が、とにかく、宣教師には充分、結構さ」

「ジョセフ、君は、これ以上引きずりまわさないでくれって言うが」ラトゥール司教は、椅子の背によりかかって、あごの下で、両手をくみあわせた。「が、僕は、これ以上のこれが、どれだけに当るのか知りたいよ。誰が、この司教区の、この国の広さを知ってるんだ。砦の司令官も、僕と同様、暗中模索だ。彼が言ってたが、タオスにいるキット・カーソンっていう斥候《スカウト》から、何か知識が得られるだろうってさ」

「司教区の心配を始めるんじゃないよ、ジャン。現在はサンタ・フェが司教区なのだ。うちから、どんどん整頓するんだ。明日僕は、あの、真夜中の弥撒《ミサ》に来て聖水盤を汚した、酔っぱらいのカウボーイ共を教会に入れた教会委員たちと、清算をすませるつもりだ。ここでも、することは充分ある。*Featina lente*（ゆっくり、急げ）だ。僕は、今後一年間、サンタ・フェから三日以上かかる旅行はしない決心をした」

司教は笑って、首をふった。「うん、そして君は、神学校時代、観想生活を送る決心をしたんだっけな」

ジョセフ神父の素朴な顔が、さっと明るくなった。「あの望みは、まだ捨ててはいないよ。いつか君が解放してくれたら、僕はどこかフランスの修道院へ帰って、聖母への信心をもって、生涯を閉じるんだ。現在は、活動を以てお仕えするのが、僕の運命なのだ。が、もう充分、遠くまで来たよ。ジャン」

司教は、ふたたび、頭《かぶり》をふって答えた。「わかるものか」

山脈、道なき荒野、大きく開いた峡谷、うねりつづく河の連続がその生活であり、未だ知られざる無名の地へ十字架を担って行っては、無数の騾馬、馬、斥候《スカウト》や馭者を使いつぶしてしまった、この小柄で逞ましい神父も、今夜は自分の長上を心配そうに眺めつつ、「もう、たくさんだ、ジャン、もう、これで充分だよ」と、くり返すのだった。それから彼は、あわてて、話題を変えようとして、元気よく言った。「豆のサラダが、君にしてあげられる最上だったんだ。けど、玉葱と、匂いばかしの塩豚だって、悪かないよ」

乾李《ほしすもも》の砂糖漬を前にして、二人は、故郷のラトゥール家の庭になった大きな黄色い李の話をはじめた。彼等の思いは、あの降り坂の、両側に不揃いな塀があり、高いマロニエの木の茂った、丸石を舗《し》いた道で会った。夜になると、洋燈《ランタン》のような形のやわらかい光の街燈が、暗い辻々にともる、さびしい道だった。その通りの一端に、司教が初聖体をうけた教会があった。その前には、平らに刈りこまれた桐の木の木立があり、その下で、火曜と金曜には市がたった。

こんな想い出に耽っている時――彼等も、たまにしか自分たちにゆるさぬ楽しみだった――二人の宣教師は、戸外に起ったライフル銃の連発、血走ったわめきと馬のくつ音に、ぎくりとした。司教は半ば立ち上ったが、ジョセフ神父が、肩をすくめて安心させた。

「心配しなくとも大丈夫。『死者の日』の前夜にも、同じ事がおこったんだ。昨夜《ゆうべ》、教会にやって来たような酔っぱらいのカウボーイ共が、村《プエブロ》へ出かけてって、テスケ・インディアンの若いの等にも飲ませたんだ。ああやって、砦の兵隊たちと夜遊びしようとして、馬に乗ってくるのさ」

4　鐘と奇蹟

ドゥランゴから帰った翌朝、司教館での最初の夜が明けて、司教は快く眠りからさめた。彼は、ある牧場《ランチョ》で馬を代え、家に辿りつこうと六十マイル近くものして来て、日没後、中庭に乗り入れた。従って、翌朝はおそくまで寝ていた——六時までねむっていたのだ。ちょうど、御告げの鐘が鳴っていた。ローマにいるという、壮快な錯覚を逃したくないままに、彼はゆっくりと、目をさました。まだ聖ヨハネ・ラテラノ聖堂のそばに泊っているのだと、半ば信じつつも、彼は、アヴェ・マリアの鐘、しかも、美しい節《ふし》のある鐘が、正確に（全部で九回、速く鳴る、が、小さな間隔をおいて、三回ずつにわかれる）鳴らされるのに驚いていた。一打一打が、はっきりと聞こえた。おおらかで、澄んでいて、何かやさしい、柔和な、一音一音が銀のたまのように、空気の中に浮いて行った。九回目が打たれぬうちに、ローマはうすれ去って、そのかげになにか東洋的なものが、棕梠《しゅろ》の木と共に感じられた——行ったこともないのに、恐らくエルサレムあたりの——彼は目をとじて、一瞬、このつきまとってくる東方の感覚を楽しんだ。前にも一度、遠隔の地に想いを馳せたことがあった。それは、ニュー・オーリンズの、ある通りでのことだった。町角を曲ると、黄色い花を籠に入れた老婆に会った。その黄色の小枝からは、蜜のように甘い匂いがただよっていた。ミモザ——しかしこの名を考えつくまでに、彼は土地の感覚にとらわれ、法衣《カソック》もろとも、子供の頃、病気をなおすために一冬やられた、南フランスのとある庭へと飛んで行った。そして今、この銀のような鐘の音は、音そのものよりもずっと速く、ずっと遠くまで、彼を運び去った。

朝のコーヒーでヴァイヨン神父に会うと、この、決して秘密をとっておかない、せっかちな男は、何か聞こえなかったかと尋ねた。

「ジョセフ神父、御告げの鐘を聞いたような気がするが、理屈で行くと、あんな鐘のきこえるところまで行くには、長い船旅をしなければならないんだがね」

「どういたしまして」と、ジョセフ神父はいきいきとして言った。「あのすばらしい鐘は僕がサン・ミゲル聖堂の地下室でみつけたんだ。もうここに、百年かそれ以上もあったということさ。ここには、あれをかけるだけの丈夫な鐘楼がない——とても厚いんだ。そう、八百ポンド近くもあるだろう。僕は教会の裏庭に足場を組ませて、牛の力で引っぱり上げた。そして十字形の梁にぶらさげたんだ。君が帰ってくるのをきっかけに、メキシコ人の少年に鳴らし方を教えてやったのさ」

「しかしどうして、ここまでやって来たんだろう。あれはスペインのものじゃないのかい」

「うん、献辞が彫ってあるが、スペイン語で、聖ヨゼフに捧ぐとなっている。日付は一三五六年。メキシコ・シティから、牛車で運び込まれたにちがいない。たしかに英雄的な仕事さ。どこで鋳造されたかは誰も知らん。が、それについての話はあるんだ。ムア人との戦争の時、聖ヨゼフに約束したのだね、そして、どこかの包囲された町の人々が、皿や食器から金の装飾品に至るまでを、安物の金属と一しょに投げこんだのだということだ。この鐘にはたしかに、ずいぶん銀が入っている。この音色に勝《まさ》るものはないからな」

ラトゥール神父は、考えこんだ。「そして、そのスペイン人の銀器は、結局はムア系のものだったんじゃないのかい。実際、ムア製でなかったとしても、彼等の設計をまねたものだろう。スペイン人は、ムア人から習いおぼえた以外、銀細工についてはなにも知らなかったのだから」

「どうするってんだ、ジャン！　僕の鐘を、君は邪教徒にしてしまうのかね」ジョセフ神父は、いら立たしげに聞いた。

司教は、にっこりした。「ただ今朝、鳴るのを聞いた時、なにか東洋的なものを感じたという事実を、はっきりさせようとしているだけさ。モントリオールにおられる、博識なイエズス会の神父が言っておられたが、我々の最初の鐘、及びヨーロッパ全土にわたる勤行の時の鐘は、もともとは東洋から来たものだということだ。聖堂騎士たちが十字軍から御告げの鐘をもって帰ったので、実は回教徒の風習を引きついだにすぎないのだと言っておられた」

ヴァイヨン神父は、鼻をならして、「学者ってものは、いつもけちをつけるようなことばかり掘り出してるんだな」とこぼした。

「けちをつける？　反対だよ。君の鐘にムア人の銀が入っていると考えるのは、うれしいことじゃないか。最初、我々がここに来た時、サンタ・フェ中でたった一人の善良な女は、銀細工屋だった。スペイン人は彼等の手法をメキシコ人に伝え、メキシコ人はこれを、ナヴァホー族に教えた――が、始めはみな、ムアから来たのさ」

「ごぞんじの通り、僕は学者じゃない」ヴァイヨン神父は、起ち上がりつつ言った。「それに、今朝はするべき仕事がどっさりある。ある人の善い老人に、君との謁見を約束してあるんだ。サンタ・クララの、インディアンのための宣教地にいる土地の司祭で、今、メキシコからの帰り道なんだ。この人は、グアダルペの聖母の祠への巡礼を終えたばかりで、大いに啓発されたところなんだ。その経験を、君に話したいんだそうだ。叙品された頃から、いつもこの祠に参詣しようと望んでいたらしい。君の留守中、僕はあの祠が、特にニュー・メキシコのカトリック教徒にとってどんなに大切かということがわかった。彼等はこれを、新大陸におけるただ一つの、歴《れっき》とした聖母の御出現であるとして、この大陸における、聖母の教会にむけられる愛情の証拠にしているんだ」

司教が書斎へ行くと、ヴァイヨン神父《パドレ》は神父エスコラスチコ・エレラを伴って入ってきた。神父《パドレ》はもう七十歳近く、四十年も聖職にあって、生涯かけての聖い願望をたった今、果したばかり、というところだった。彼の頭脳は、まだあの、最近の美しい経験で一ぱいだった。あまりそれに夢中で、他の何も興味を引かなかった。彼は心配そうに司教に、もっとあとの方がおひまなのではありませんかと訊ねた。が、ラトゥール神父は椅子をすすめ、客を促した。

老人は、すわらせてもらうという特権に対して、謝した。彼は前こごみになり、ひざの間に両手をくんで、あの奇蹟的な御出現の話をすっかり話した。老人にとって、これはあまりにもなつかしい物語であった。おまけにこの話は、ローマにまでもすべての詳細が知れわたっており、二人もの教皇が、この祠に贈りものをなされたにもかかわらず、神父《パドレ》は、「アメリカ人」の司教など、この出来事をありのまま聞いたことがなかろうと、確信していたのであった。

一五三一年十二月九日、土曜日のことだった。聖ヤコブ修道院に属する一人の貧しい新改宗者が、メキシコ・シティで弥撒《ミサ》にあずかるためテペヤクの丘を急ぎ足に降って行った。彼の名はファン・ディエゴと言い、五十五歳だった。丘を半ば降りた時、道に光がさして、天主の御母が黄金と藍の衣をまとうた大そう美しい処女の姿で、現われられた。聖母は彼の名を呼ばれ、こう言われた。

「ファン、司教を探して、今、私の立っているこの場所に、私に捧げられた教会を建てさせなさい。

さあ、行ってらっしゃい。私はここで、あなたの帰りを待っていましょう」

ファン修士は、町にかけこみまっすぐに司教館に行って、このことを告げた。司教はスマラガと言い、スペイン人だった。彼は修士にきびしく質問し、それが果して天主の御母であり、悪霊でないということを証拠づけるしるしを、なにかいただくべきであった、と言った。そしてあわれな修道士を意地わるく去らせ、その行動を監視させるために従者をつけた。

ファンはがっかりして行き、熱病を患《わずら》っていた伯父のベルナルディノのもとに赴いた。二日間、彼はこの瀕死の老人の看護にすごした。司教に叱られたため、彼は疑いはじめ、あのとうとい婦人が彼を待っているといわれた場所に帰らなかった。ベルナルディノの薬を修道院にとりにかえるため火曜日に町を出たが、あの幻をみた地点をさけて、他の道から行った。

ふたたび、道に光がさして、聖母が前のように現われて、言われた。「ファン、なぜ、この道から行くのですか」

泣きながらファンは、司教が彼の報告を信用しなかったこと、死ぬばかりに患っている伯父の看病に手をとられていたことを申しあげた。婦人は慰めにみちて、伯父は一時間以内に癒るだろうと、そして、彼はスマラガ司教のところにもどって、最初、聖母がお現われになった場所に教会を建てるように、話を進めなければいけない、といわれた。この教会は、スペインにある聖母の愛される同名の祠に因んで、グアダルペの聖母の祠と呼ばれなければならない。ファン修士が、司教はなにかしるしをもとめたと申しあげると、「むこうの岩の上に行って、ばらをおつみなさい」と言われた。

それは十二月で、ばらの季節ではなかったが、岩間を駆けのぼると、今まで見たこともないようなばらが咲いていた。彼は、ティルマが一ぱいになるまでつんだ。ティルマというのは、貧乏人だけの着る外套で、粗末な、植物繊維で粗く織った、中央にぬい目のある、みすぼらしい上着である。彼が聖母のところに帰ってくると、聖母は花の上にかがみこんで、わざわざこれを、そろえてくださった。そして、ティルマのはしを閉じて言われた――

「さあ、いってらっしゃい。司教様の前で開くまで、外套をあけてはいけませんよ」

ファンはいそいで町に行き、副司教と会議中の司教に、面会許可を得た。

「閣下、私にお現われになった御方が、このばらの花をしるしとして、あなたにお送りになりました」

こう言ってファンは、ティルマの片一方の端を開いたが、戸惑って、ばらを床の上におとした。驚いたことに、スマラガ司教と副司教は、花の中にひざまずいた。彼のみすぼらしい外套の内側には、あの、丘の途中で現われられたと同じような、黄金と藍の衣を召された聖母の御姿があった。

この奇蹟の御姿を納めるために、御堂が建立され、その日以来、ここは数知れぬ巡礼の目的地となり、多くの奇蹟があった。


神父《パドレ》エスコラスチコはこの絵について、いろいろ語った。それは黄金で豊かに彩られ、色は早朝のそれのように清らかで、繊細で、全く美しかった。多くの画家が御堂を訪れたが、彼等は、こんな粗末なあらい布の上にのる絵具は何なのだろうと、訝《いぶか》った。自然の法則から行くと、うすっぺらな外套は、もうとっくにぼろぼろになっているはずであった。神父《パドレ》は遠慮深げに、ラトゥール神父とジョセフ神父に、祠からもって来たメダルを贈った。メダルの片側には、この奇蹟の御姿の浮彫があり、片側には、*Non fecit taliter omni nationi*（なべての人草《ひとくさ》に、かくは臨《のぞ》みたまわざりき）とする

されていた。

ヴァイヨン神父は、司祭の陳述に深く感動した。老人が行ってしまうと、司教にむかって、自分はできるだけ早くこの祠に巡礼したいと宣言した。

「野蛮国の貧しい改宗者たちにとって、何という貴いことだろう」彼は、強い感情に曇った眼鏡をふきつつ、叫んだ。「こんなに永く、教えもうけずにいた、気の毒なカトリック教徒たちも、少なくともこの御訪問のなぐさめだけはもっている。この人々にとって、聖母が自分たちの国で、一人の貧しい改宗者に現われられたっていうことは、まさに諺だ。ジャン、利口な者にとっては教理だけで充分だが、奇蹟は、なにか手にとって愛することのできるものだ」

ヴァイヨン神父が、話しながらそわそわと歩きまわるのを、司教はじっと考えながらみていた。これこそ、この友の愛すべきところだったのだ。「偉大な愛のあるところには、いつも奇蹟がある」彼はようやく、こう言った。「御出現は、天主の愛に矯《た》められた、人の視力だと言えるかもしれないくらいだ。僕だって、君のことを、そのままにはみていないよ、ジョセフ、僕は君を、君に対する僕の愛情をとおしてみている。教会の奇蹟は、突然、遠くから我々に近づいてくる。顔や、声、または病気をなおす力などに、すっかり依存しているのではなくて、我々の周囲にいつもあるものを、一瞬、見ることができ、聞くことができるようになる、とぎすまされた知覚に依るのじゃないかと、僕にはこういうふうに思えるんだ」

II　布教旅行

1　白い騾馬《らば》

三月の中旬、ヴァイヨン神父は、アルバカーキへの布教旅行からの帰途にあった。彼は、マニュエル・ルホンという、富裕なメキシコ人の牧場《ランチョ》に寄ることになっていた。式を経ないで同棲している召使と女中たちの結婚式を司り、子供たちに洗礼を授けるためだった。たぶん、そこで一晩泊ることになるだろう。翌日か、その次くらいに、サント・ドミンゴのインディアン村《プエブロ》に、司式のために寄ってから、サンタ・フェに帰るのだ。サント・ドミンゴには古い宣教教会があったが、ここのインディアンは、高慢な、疑い深い性質をもっていた。神父はアルバカーキへの途次、およそ一週間も前のことだったが、この村《プエブロ》で弥撒《ミサ》をたてた。一軒一軒説きまわり、教会へ来たものにはメダルや色刷の聖画をあげたおかげで、相当な群集をあつめることができた。この村《プエブロ》は大きく、繁栄していて、形のよい砂丘の間に位《くらい》し、眼下のリオ・グランデ峡谷には、豊饒な、水はけの良い農地がひろがっていた。会衆は静粛で、威厳があり、注意力に富んでいた。彼等は最良の毛布にくるまって、そのしっかりした頑丈な背の線をすっかりたるませて、土の床の上にすわった。神父はできる限りのスペイン語で彼等にむかって説教したが、皆、うやうやしくきいていた。が、子供たちを、洗礼を受けさせるために連れてくるという段になると、彼等は肯《がえ》んじなかった。その昔、スペイン人があまりにも酷《むご》い仕打ちをしたので、彼等は何代もの間、その難儀について、深く考えていたのだ。ヴァイヨン神父は、一人の赤児にも洗礼を授け得なかったが、明日もう一度行って、ためしてみるつもりだった。それから、馬さえラ・バハダ丘を登ってくれれば、司教のところに帰るはずだった。

　彼はヤンキー商人から馬を買って、おそろしく瞞《だま》されたのだった。一日、二十から三十マイル程度の一週間の旅行で、この動物は、がたがたのこわれものになってしまった。ベルナリリョのむこうにあるマニュエル・ルホンの家に近づくに従って、ヴァイヨン神父の頭は物質的な心配事で一ぱいになった。牧場《ランチョ》には、馬小舎や、家畜飼育場や、棒杭の柵などがあって、小さな町のようだった。母家《カサ・グランデ》は細長く低くて、ガラス窓と水色の扉がついており、間口の広々とした玄関は、青い柱で支えられていた。この玄関の下の乾燥煉瓦《アドベ》の部分には、手綱、鞍、大きな長靴や、拍車、銃や鞍毛布、赤唐がらしが吊された紐、狐の皮、二匹分の大きなガラガラ蛇の皮などがかかっていた。

　ヴァイヨン神父が門から乗り入れると、子供たちがあらゆる方面から走ってきた。あるものは小さなシャツ以外何も着ておらず、その後から、黒い髪を、ショールもかけずにあらわにした女たちがかけて来た。マニュエル・ルホンが帽子を手にもち、にこにこして、愛想よく出てくると、彼等はさっと消えさった。ルホンは三十五歳で、態度も落着いた、あごの下のゆったりとした感じの男だった。彼は司祭を天主の御名によって迎え、馬からおりるのを手伝おうと片手をさし出したが、ヴァイヨン神父は、すばやく地面にとびおりた。

「主の汝《なれ》と汝《な》が家と共に在《まし》まさんことを！　マニュエル、婚礼の人たちはどこにいるのですか」

「神父さま、男たちは野良に出ております。急がなくてもよろしいでしょう。酒を少し、パンをちょっぴり、コーヒー、休憩、お式はその後です」

「酒を少しか。喜んで。そしてパンも。けれども、それ以上おくれてはいけない。皆を昼飯の時につかまえようとおもったんだが、馬がわるくて、二時間もおくれてしまった。誰かに、私の鞍嚢《あんのう》を持ってこさせてください。祭服をつけますから。セニョール・ルホン、誰かをやって、野良の男共をお帰しなさい。婚礼のために、仕事を止めてもいいでしょう」

色黒の主人は、この命令に目をみひらいた。「しかし神父さま、ちょっとお待ちください。洗礼を受けねばならん子供が、たくさんいます。お顔のほこりをお洗いになることも、少し休んでいただくのもいけないのでしたら、せめて子供から始めていただけないもんでしょうか」

「顔を洗ったり、着更えたりするところへつれてってください。そうすれば、あなたが皆をつれてこられるまでに、用意ができましょう。いけない、ルホン、婚礼が一番、洗礼はその次。これは、キリスト教徒の順序というものなのだからね。子供には明日の朝、洗礼を授けましょう。そしたらその両親たちも、少なくとも一夜は結婚していた、ということになるのだから」

ジョセフ神父は部屋に案内され、年かさの少年たちが、人々を迎えに走らされた。ルホンと二人の娘が、大部屋の一隅に祭壇をつくり始めた。二人の老婆が、床をみがきにきた。他の一人は、椅子や腰掛をもってきた。

「やれまあ、あの神父さんは、なんてみっともないんだろう」一人がもう一人に、ささやいた。

「信心深くていなさるにちがいない。あごのとこの、大きないぼをみたかい。おかわいそうに、もし、うちの婆《ばあ》さまが生きておったら、あれを、とってさしあげられたんだが。誰か、チマヨの聖泥のことを申しあげるんだな。あの泥なら、あのいぼをかわかしてしまえるかもしれん。今日《きょうび》日、いぼをとれる者は、一人もおらんようになったな」

「ああ、もう、時代がすっかり悪くなってしもうた」と、他のが相づちをうった。「この婚礼が、皆のやつを良くするかどうか、うたがわしいもんだ。もう一しょに住んで、子供までできたものに結婚式などさせて、何になるのさ。それに男は、もう他の女のことを考えてるかもしれないよ。パブロみたいにさ。たったこないだの日曜の夜、あいつがトリニダドの総領娘と、藪の中から出てきたのを、あたしゃみたばかりだよ」

この場にふたたび司祭が現われたので、かげ口は止んだ。神父は、即製の祭壇の前にぬかずき、祈りはじめた。女たちは、爪先立って出て行った。セニョール・ルホン自身、召使部屋の方にいる、婚姻の秘蹟をうけるはずの者たちをせかすために、外へ出た。婢《おんな》たちはくすくす笑いながら、晴着の肩掛《ショール》を引っぱりあげていた。下男の中には、まだ手を洗っている者もあった。家族は、広間に押しかけた。ヴァイヨン神父は、幾組かの婚姻の式を、大変な速度で司った。

「明朝、洗礼式をする」と彼は言いわたした。「お母さんたちは、子供を清潔にしといてください。それから皆に、代父、または、代母をつけておくように」

またもとの旅行服に着更えると、ヴァイヨン神父は主人に、自分が早朝、食事をして以来、飲まず喰わずであるといって、夕食の時間をきいた。

「用意でき次第に食べます。大抵、日がくれてすこし後です。あなたのために、若い小羊をほふらせておきましたよ」

ジョセフ神父の興味が、さっとわいた。「どんな風に料理するのかな」

セニョール・ルホンは、肩をすくめた。「料理？　なに、唐がらしやら玉葱なんかと一しょに、鍋に入れるんでしょう」

「そこだ。羊肉の煮付けは、あきるほど食べて来た。台所へ行って、私の分を私流に料理してもいいですか」

ルホンは手をふった。「神父さま、私の家はあなたのものです。私は決して、台所へは行きません。女が多すぎましてね。が、どうぞ。係の女は、ロサと言いますから」

神父が台所へ入ると、女中たちは一かたまりになって、先ほどの婚礼の批評をしていたが、老女のロサを炉のそばにおきざりにして、さっさと散ってしまった。炉には、ジョセフ神父のすっかり見なれた光景、羊肉の脂を煮る匂いの流れてくる鍋がかけてあった。神父は、戸の外側に血まみれの袋をかけた、羊の片身のぶらさがっているのをみつけて、後脚を焼肉にするのだと言いながら、ロサに竈《かまど》を温めるように命じた。

「けど、神父さん、結婚式の前に焼いたきりで、竈はもうほとんど冷たくなっております。熱くするにはまた一時間もかかりますでしょう。おまけに、晩御飯まで二時間きりしかございませんよ」

「わかったよ、焼肉は一時間でできるさ」

「焼肉が一時間でできるって！」と老女は叫んだ。「こりゃまあ！　神父さま、中の血が乾きゃしませんよ」

「できれば、その方がいい」ジョセフ神父は、鋭く言いきった。「さ、おばさん、火をいそいでくれ」

夕食の時、神父がその焼肉をきっている間、給仕の少女たちは椅子のうしろに立って、ナイフをつたって流れる何ともいえぬピンクの汁を、こわそうに眺めていた。マニュエル・ルホンは、おつきあいに一切れとったが、食べなかった。そこでヴァイヨン神父は、羊脚を一人で平らげた。

細長いテーブルには、主人の他、青年、少年たちがみなすわっていた。女子供はあとから食べるのだ。一方の端にいるジョセフ神父とルホンは、白葡萄酒《ボルドー》の瓶を二人の間においていた。メキシコ・シティから騾馬で運んだのだと、ルホンが言った。二人は、サンタ・フェへの帰り道について相談していた。宣教師が、サント・ドミンゴに寄るつもりだというと、主人は、どうしてあそこで馬を手に入れないのかと訊いた。「あなたのでは、サンタ・フェまで帰れないでしょう。あの村《プエブロ》は、良い馬を育てるので有名ですよ。いい取引きができるかもしれませんよ」

「駄目。あそこのインディアンは、性《たち》がわるい。もしあの人たちと交渉すると、私の真意を疑うようになるだろう。あの人たちの霊魂を救うつもりなら、アルバカーキでガレゴス神父に言ったように、我々は、我々のためには何の利益もいらないということを、はっきりさせなくてはいけないのです」

マニュエル・ルホンは、笑った。そして、白い歯をあらわにしている、食卓の青年たちをずっとみわたした。「それをアルバカーキの神父《パドレ》におっしゃったのですか。御勇敢ですな。ガレゴス神父さんはお金持です。とは言え、私はあの方を尊敬してますよ。ポーカーをやりましたが、何でもかまわず、アメリカ人のように遊ばれる方ですな」

「そして私は」とジョセフ神父はやりかえした。「私は、トランプ遊びをしたり、うまく金持になろうとするような司祭を、あまり尊敬はしていないんでね」

「それでは、あなたはなさらんのですか」とルホンが訊ねた。「がっかりです。私は夕食後、一勝負とおもっていたのですよ。ここじゃ、夜がとても退屈なのです。ドミノもなさらないのですか」

「ああ、あれは別だ」と、ジョセフ神父は、きっぱり言った。「こんな火のそばで、コーヒーか、でなければ、あなたんとこの飛びきりの葡萄酒などをのみながら、ドミノの一勝負は、さっぱりするでしょうな。マニュエル、あの酒はどこで手に入れられたのですか。まるで、フランスのリキュールのようだ」

「ちょうど、ころあいなのです。あれは私の祖父の時代に、ベルナリリョで仕込んだものです。今でも造っておりますが、もう、あまりよくありません」

次の朝、コーヒーの軽い朝食をすませてから、子供たちが洗礼の準備をしている間、主人は自分の家畜をみせるために、司教を家畜飼育場や廏《うまや》に案内した。彼は特別自慢そうに、二匹となりあってつながれた、乳色の騾馬をみせた。その立派な毛なみ——白馬のような青味がかった白でなく、物蔭にくると仔鹿のような色にかわる、ゆたかな、深みのある、象牙色だった——を、もっとよくみせようと、自ら廏から引き出してみせた。尾が鐘のような形に剪《つ》んであった。

「名前は、満足《コンテント》と天使《アンジェリカ》と言います。名のとおり、すばらしいのですよ。なにか神様が、こいつらには理性を授けてくださったような気がしますよ。話しかけると、まるでキリスト教徒のように私をみつめるのです。二匹共、たいへん仲好く、いつも一しょに人をのせるし、お互い同士も愛しあってるのですよ」

ジョセフ神父は一匹のはづなを取り、引きまわしてみた。「うん、これは本当に珍らしい。今までに、若い鹿のような色をした騾馬も馬も、見たことがないな」この、やせっぽちの小柄な司祭が、バッタのようなすばしこさでコンテントの背にとびのったので、主人は驚いてしまった。騾馬も驚いた。体をはげしくゆすると、裏庭の門のところまで駆け出し、そこで、がくんと止まった。これでも乗り手が投げだされなかったので、彼は満足して、とことこと帰ってきて、しずかにアンジェリカのよこにとまった。

「ヴァイヨン神父さま、あなたは乗り手ですな。ガレゴス神父さまなら、乗っておられたかどうか、あやしいものですよ。あの方は、どこか狩りをなさるようなところがおありですがね」

「この国では、鞍が私の家のはずなんだからね。ルホン、この騾馬の足並は、なんて軽いんだ、それにこの背の細さも。それに殊に気がついた。私みたいな足の短い人間にとって、一日八時間も背の太い馬にのって歩くのは、まるで苦行のようなものだからね。そして、それが毎日ときている。ここからサンタ・フェへ行って、一日、司教と相談して、次はモラへたたなければならない」

「モラですって。あそこは遠いし、道がわるい。あなたの牝馬じゃ、御無理でしょう。途中で倒れて死んじまいますよ」ルホンが話す間、神父は騾馬の背で、その首をぱたぱた叩いていた。

「って言っても、他にもっていないもの。天主様が、あいつが水や食料に遠い所でのびてしまわぬように、おはからいくだされればいいんだが。私には、祭服と聖器以外、そんなにたくさん運べないからね」

ルホンは、非常に深い、そして一概には明るいとは言い切れぬなにかを思いあぐんでいるかのように、だんだん沈んで行った。不意に、彼の眉は明るくなり、晴れやかな微笑と共に司祭の方をむいた。子供のように単純なものがあった。

「ヴァイヨン神父さま」彼は、少し演説めいた口調で切り出した。「あなたは私の家を、天と仲直りさせてくださった。その上、少ししか金をおとりにならなかった。一つ、良いことをしてさしあげましょう。コンテントを差しあげましょう。そのかわり、お祈りなさる時には、私のことを特別にお思い出しになってくださいよ」

ヴァイヨン神父は、地面に飛びおりて、ルホンに抱きついた。「マニュエル、こんなにすばらしい騾馬のためにになら、君を天まで、祈りあげられるような気がするよ！」

メキシコ人も笑って、温かく抱擁をかえした。二人は手をとって、洗礼式をはじめるために、なかにはいった。

翌朝、ルホンがヴァイヨン神父を朝食に呼びに行くと、神父は裏庭で、二匹の騾馬を引きまわしては、その鹿の色の側面を撫でていた。が、その顔には、昨日のような元気そうな表情はなかった。「マニュエル」と彼はすぐ言った。「やっぱり、君の贈りものをうけるわけには行かない。一晩中考えてみたが、駄目だということがわかった。司教は、私同様、一生懸命働いておられる。そして、あの方の馬は、私のとは大してかわらない。司教がここへ来る途中、ガルヴェストンで難破されて、持物を全部なくされたことはごぞんじでしょう。あの中には、この平原を旅行するために作った、すばらしい幌馬車もあった。うちの司教がありきたりの駄馬に乗っておられるのに、私がこんな騾馬に乗るわけには行かない。不適当だ。私はやはり、前のままの牝馬に乗って行くべきでしょう」

「そうですか。神父さま」マニュエルは困惑して、何かに圧されたようだった。何故、神父さまはなにもかも、めちゃめちゃになさらなければならないのだろう。昨日はすべてが楽しかった。そして彼は、寛容の王子になったような気がしていたのだ。「あれでラ・バハダ丘をお越しになれるかどうか」頭をかしげて、彼は、ゆっくり言った。「私の馬をずっとみわたして、おすきなのをおとりください。どれも、あなたのよりはましですよ」

「駄目駄目」とヴァイヨン神父は、きっぱり言った。「この騾馬をみたら、もう欲しいものはなにもなくなった。全く、真珠の色だ！　このつがいを君から買えるようになるまで、婚礼費の値上げをしよう。宣教師の孤独な人生じゃあ、乗用馬の友情ってものにでも、たよらなきゃならないんだ。私は、君が言ったように、こっちをキリスト教徒のようにみつめてくれる騾馬が欲しいのだ」

セニョール・ルホンは溜息をついて、このどたんばからなにか逃げ道を探しているかのように、裏庭を眺めまわした。

ジョセフ神父は、熱をこめて、ルホンの方に向いた。

「マニュエル、もし私が君のように裕福な農場主だったら、すばらしいことをするよ。私だったら、この異教国に神の御言葉をふれ歩くべく、二匹をさし出して、自分にこう言ってきかせるだろう。『そら、うちの司教様と副司教様が、私のきれいな乳色の騾馬に乗って行きなさる』とね」

「そうですな、神父さん」ルホンは、悲しげな微笑をたたえて言った。「が、たくさんお祈りしていただかなければ。私の全財産のうち、この二匹ほど大切なものはないのです。実際、二匹を永いことはなしておくと、悲しがるかもしれません。いままで別になったこともないし、お互いに愛しあってますからね。騾馬は強い愛情を持ちますよ。手放すのは非常に惜しいのですが」

「マニュエル、君はこのために、ずっと幸福になれるだろう」ジョセフ神父は、心から叫んだ。

「この騾馬のことを考えるたびに、君は自分のやった善行を、誇らしく思うだろうからね」

朝食後、ヴァイヨン神父は、直ちにコンテントにまたがって出発した。アンジェリカが、おとなしく後につづいた。セニョール・ルホンは、みえなくなるまで、しょんぼりとして見送っていた。彼は、この騾馬のために苦労したとは思っていたが、憤りは感じていなかった。彼は、ジョセフ神父の熱心さをも、その目的の単純さをも、疑いはしなかった。なんといっても、司教は司教、副司教は副司教なので、二人がそんじょそこらの教区司祭のように働いたとて、けっして彼等のために、不名誉なことではなかった。ルホンは二人が、コンテントとアンジェリカに乗っていることが、自慢になるだろうと信じて疑わなかった。ヴァイヨン神父は手剛《てごわ》くきた――しかし彼は、むしろそれが、うれしかったのだ。

2　モラへの淋しい街道

司教と副司教は、トルチャス山脈の中を、雨をついて騾馬に乗って行った。重苦しい鉛色の滴《しずく》が、峰おろしの冷たい風に、斜に吹かれていた。この雨粒はおたまじゃくしの形だ、とラトゥール神父は考えていた。まるで空気の一ぱいつまった空洞ででもあるかのように、しぶきと共にはじけて、彼の鼻や頬にぶつかった。二人の司祭は、数週間のうちに緑にならんとしている、高山の牧場を横ぎっていた。今はまだ灰白色だった。周囲には青緑色の樅《もみ》の木に被われた山背がつづき、その上に、尖った山脈の背骨がそびえていた。

空はとても低く、紫がかった鈍《にび》色の雲が、松の畔《くろ》にはさまれた谷間に霧の幕をたらしていた。頭上で動いている暗い煙霧の中には、一条の白閃とてなく、むしろ常緑樹の冷たい緑色ににていた。白い騾馬さえも、毛は濡れ、草にもつれて、ねずみ色に変ってしまい、二人の司祭の顔はこの単調な影の中で、紫色に、斑点だらけにみえた。

しゃんとして騾馬にまたがり、雨の攻撃から目を守るためにあごをひいたラトゥール神父が先に行った。目先の利かぬままに、ヴァイヨン神父がつづいた――こんな天気の日に、眼鏡は役に立たぬので、はずしてしまったのだ。彼は、肩をコンテントの首に被いかぶせるようにして、鞍の上にかがみこんでいた。ジョセフ神父の妹で、ピュイ・ド・ドムの生まれ故郷の町の修道院長をしているフィロメーヌは、兄からの手紙に書いてくる、このような長い布教旅行にある兄とラトゥール司教を、しばしば思い描いてみようとした。彼女は景色を想像してみて、その中を二人の司祭が、おなじみの聖フランシスコ・ザビエルの絵のように、法衣《カソック》を着、無帽で進んで行くのを想像するのであった。現実はそんなに絵画的ではなかった――が、といって、誰だってこの二人を、狩人や商人と間違えはしなかったろう。二人は、ネッカチーフを首にまくかわりに、聖職者用のカラーをつけていたし、鹿皮《バックスキン》の上衣の胸のあたりには、銀の鎖で司教の十字架がさげられていた。

彼等はモラへ行くところだった。もう三日目だったが、まだ、どれくらい行かねばならないかも知れなかった。朝から、旅人にもあわなければ、人の棲家《すみか》とて見受けられなかった。彼等は他に全然わかれ道をみかけなかったから、正しい道を行っているのだと信じていた。旅の第一夜は、暖かい、ひろびろとした、リオ・グランデ峡谷のサンタ・クルスですごした。谷間の野や畑は、もう早春にうっすらといろづいていた。が、このスペイン系の地方を発って以来彼等は、最初は風と砂塵と、そして次には寒気とたたかってきたのだった。司教はモラへ、司祭館をみたしている避難民の処理をてつだいに行くところだった。コネホス峡谷の新しい開拓地が、最近インディアンに襲われた。多くの住人が殺害され、元々モラから来ていた生存者たちは、命からがら、無一物になってかえってきたのだった。

旅人たちが山の牧場を越さぬうちに、雨は霙《みぞれ》に変った。ぬれた鹿皮《バックスキン》はたちまち凍り、その上に氷のような雪の片がぱらぱらとあたっては、はねかえった。戸外の夜の見通しは、楽しいものではなかった。火をおこすにはまわりがぬれすぎていたし、土の上では毛布もぐっしょりしてしまうだろう。モラの側に山を降り始める頃はまだ四時だったが、灰色の陽の光はもう薄らぎはじめた。ラトゥール神父が鞍の上で向きをかえて、肩ごしに話しかけた。

「ジョセフ、たしかに騾馬がつかれてるよ、餌をやらなけりゃ」

「どんどん行くんだ。夜になるまでには、どこかかくれ場所があるだろう」副司教は牧場を横切りながら、一生懸命に祈っていた。彼は、聖ヨゼフが聞き入れてくださらぬはずはないと信じていた。一時間もせぬうちに、事実、彼等は一軒のみすぼらしい乾燥煉瓦《アドベ》の小屋の前に出た。あまり貧しげで、きたならしいので、もしこの険《けわ》しい谷間のきわの街道にくっついていなければ見つけ得なかっただろう、というようなものだった。

戸口にのりつけると、無帽の男が出てきたが、おどろいたことに彼はメキシコ人ではなく、非常に人好きのせぬ、無愛想なタイプのアメリカ人だった。彼はわかりにくい巻舌の方言で、夜をすごしたいのかときいた。二言三言とりかわしただけでラトゥール神父は、この醜悪な感じの悪い奴の軒下に、数時間たりともとどまるのはいやだとおもった。彼は背がたかく痩せていて、不恰好で、蛇のような首の上に小さな骨ばった頭がのっていた。ざん切りの髪の下にあるこの虫の好かぬ頭には、まるで頭蓋骨の接ぎ目に気ままな骨の層が育ちすぎたとでも言いたいような、厚い隆起がいくつかあった。小さな発育不良の耳が加わって、この頭は完全に悪党面《あくとうづら》となっていた。半人間くらいにしかみえなかったが、モラに通ずる道の、ただ一人の住人だったのだ。

司祭たちは鞍から降り、騾馬を庇《ひさし》の下に入れて穀物をやっていただけるかと尋ねた。

「上着ぃとってきてから、やってやるよ。おめえたち、中へ入りな」

二人は一隅にピニョンの火がもえさかっている部屋に入り、かじかんだ手をあたためるためにこれに近づいた。主人が、怒ったような唸《うな》りを仕切りの方にむかって発すると、一人の女が次の部屋から入ってきた。メキシコ人だった。

ラトゥール神父とヴァイヨン神父は、習慣通り、彼女を聖母の御名のもとに迎え、スペイン語で鄭重に話しかけた。女は唇を開かなかったが、一瞬、彼等をぼんやりとみつめ、ふと目をおとすと、まるですっかりおじけたかのように、すくんだ。司祭たちは顔をみあわせた。男がこの女を、不当な方法で扱っているということがわかったのだ。不意に男は、女にむかって言った。

「お客だったら。椅子の上をかたづけろ。坊主なら、おめえに食いつきはしめえ」

女は茫然として、椅子から、ぼろや濡れた靴下や汚れた布切れ等をとりはじめた。手がふるえて、ものをとりおとした。彼女はそんなに年取ってはいなかった。若いのかもしれぬが、少し頭が足りぬらしく、その顔には空虚と恐怖の他、何もなかった。

女の夫は上着を着、長靴をはいて、戸口まで行った。そして、掛け金に手をかけて立ち止り、狡猾な、憎悪に満ちた眼ざしを、戦慄《おのの》いている女の方に投げかけた。

「こら、こっちへ来い。おめえに用がある！」

女は釘から黒い肩掛《ショール》をはずして、彼について行った。が、戸のところでふりむくと、同情と困惑のうちに彼女を見送っていた訪問客たちと、目があった。瞬間、女の間の抜けた顔が真剣になり、予言でもするかのような、恐ろしい意味に満たされた。指で二度、空中を搔《か》くと、あっちへ、あっちへ！と指した。それから、言語に絶する恐怖を湛《たた》えた表情で、頭をのけぞらせ、ふくらんだ喉にさっと掌の側面を引いたかと思うと、消え去った。戸口は開いていた。二人の司祭は言葉もなく、それをみつめていた。電撃的な熱情の閃きはあまりにも瞬間的であったが、これによって語られた忠告は、あまりにも明らかではっきりとしていたので、ものも言えなかったのだ。

まずジョセフ神父が、舌をゆるめた。「疑う余地はない、ジャン、ピストルに弾はこめてあるね」

「うん、だが、ぬらしてしまった。あるにはあるが」

彼等は、いそいで家を出た。灰色の雨をとおして、まだ廏のみえるくらいの明るさだった。二人はこれに近づいた。

「アメリカ人の御方」と司祭が呼びかけた。「我々の騾馬を引き出してくださらぬか」

男は廏から出て来た。「何だね」

「我々の騾馬だが。考えをかえた。モラまで押しとおすことにした。お世話になったので、一ドル」

男はおどすような身振りをした。彼が一人ずつをじろりと睨むと、頭が一方から一方へ、まるで蛇のようにうごいた。「なんだと、うちは、よくねえってのか」

「説明無用だ。ジョセフ神父、納屋へ行って騾馬を引き出しなさい」

「俺の廏に入ってみろ！　おめえら――坊主奴が」

司教はピストルを引きよせた。「セニョール、冒瀆の罪を犯しなさらぬよう。我々は、君の野蛮な口の利きかたから遠ざかる以外、なにも望まぬ。そこを動くな」

男は空手だった。ジョセフ神父は、まだ鞍も外していない騾馬をつれて出てきた。動物共は口一ぱいにもぐもぐしていたが、行くことを強いる必要はなかった。この場所になじんでいなかったのだ。背に人の気配を感じるや否や、二匹はすぐに谷間に降りる道を、たかたかと駆けはじめた。坂を降りる間、ジョセフ神父は、あの男は必ず家の中に銃をもってるだろう、背をうたれたくないもんだと言った。

「僕だってさ。が、もうそれには暗すぎる。馬ででも追ってこない限り。廏に馬がいたかい」

「驢馬《ろば》っきりさ」ジョセフ神父は、聖ヨゼフの御保護を疑わなかった。その朝、一生懸命にこの聖務日禱を唱えたのだった。あのようなきわどい機会に、あのあわれな女があたえてくれた忠告が、すでになにものか、彼等を守る力が働いておられる証拠だった。

谷の向い側を登る頃には夜になった。雨はますますはげしく降っていた。

「この道が正しいんだかどうだか、さっぱりわからない」と、司教が言った。「が、少なくとも、つけられてないことはたしかだ。この利口な動物にたよる他ない。かわいそうな女だ！　あいつは、あの女を疑って、ひどくあたるだろう」進みつつも司教は、闇の中にあの女の姿をみつづけていた——火明《ほあか》りにてらし出された顔、そして、あの、おそろしい身ぶりを。

彼等はモラの町に、夜半すぎに到着した。司祭館は避難民が一ぱいで、司教と副司教を入れるために二人の者が寝台からおろされた。

朝になると、一人の少年が廏からやってきて、変な女が藁の中にいて、白い騾馬をもった二人の神父方に会いたがっている、と告げた。

女が連れてこられた。着物はぼろぼろにやぶれ、足から、顔から、髪までが泥まみれで、司祭たちには、これが昨夜、彼等の命を救った女だとはわからなかった。

女の語ったところによると、彼女はあれから二度と家へもどらなかった。二人の司祭が去ったあと、夫は家のなかへ銃をとりに入った。その間に彼女は、廏の裏の洗い口から涸れ谷《アロヨ》にとびこみ、夜っぴてモラ目指してやって来た。夫に追いつかれ、殺されるかと思っていたが、無事だった。夜明け前にこの開拓地につき、動物たちの間で身体をあたためながら家の者の起きるのを待とうと、廏に這いこんだのだった。司教のまえにひざまずいた女は、おそろしいことを語りはじめた。司教はそれをさえぎって、地元の司祭に言った。

「これは民事当局関係の事件だ。ここに地方長官はいますか」

長官という者はいなかったが、隠居した毛皮商人で、公証人の役をして証拠書類を作ることのできる男がいた。その人が呼ばれる間に、ラトゥール神父は、コネホスから避難してきた女たちに、この哀れな女に風呂をつかわせ、足の切り傷や擦傷の手当をするように命じた。

一時間後、このマグダレナという女は、食物をあたえられ、親切にあつかわれて落着き、話ができるようになった。公証人は、友人のサン・ヴランという、彼よりはスペイン語の解せるカナダ人の毛皮屋を連れてきた。その上サン・ヴランはこの女を知っていたので、ロス・ランチョス・デ・タオス生まれ、マグダレナ・バルデス、当年二十四歳という彼女の陳述を承認した。彼女の夫、バック・スケールスは、ワイオミングのどこやらから、狩人の群れと共にタオスに流れこんできた。白人は誰でも、この男が堕落者で、犬のようなやつだということを知っていた——が、メキシコ人の娘たちにとって、アメリカ人に嫁ぐことは即ち、世の中に浮かび出ることを意味していた。彼女は六年前、バックと結婚し、それ以来ずっと、あのモラ街道のみすぼらしい家に二人きりで住んでいた。その間彼は、そこに夜を過した四人の旅行者に窃盗を働き、彼等を殺害してしまった。みな土地で知られていない、旅人ばかりだった。名は忘れたが、一人はスペイン語も英語もよくできないドイツ人の少年だった。眼の碧い、いい子で、彼女は他の人々よりも余計に、この少年のために悲しんでいた。殺された人々はみな、廏の後の砂地に埋められた。マグダレナは、死骸が嵐であらわれないかと、いつも心配していた。旅人の馬は、バックは夜のうちにどこかへ乗って行き、どこか北方のインディアンに売ってきた。女は結婚後、三度も子供をうんだが、生後まもなく、夫が口に言えぬほどの酷いやり方で殺してしまった。最初の子が殺された時、彼女はランチョスにいる両親のもとに逃げて行った。バックはこれを追ってきて、年寄りを嚇《おど》し、彼女をつれもどした。恐くてどこにもたすけをもとめなかったが、前に二度、夫の留守中に、旅行者に忠告して逃がしたことがある。今度は、この二人の神父を見た途端、善人らしいから、もし後を追って行けば救ってくれるだろうと思ったので、勇気が出た。もう殺すことには我慢ができなかった。そして、自分の魂を天と仲直りさせるため、しばらく教会と司祭のそばにかくれていられれば、もう死んでもよいと言った。

サン・ヴランとその友人は、すぐに捜査隊を募集した。彼等はスケールスの棲家まで馬で行き、女の言った通り、廏の後の家畜囲いの下に埋められた、四人の死骸を発見した。妻を探しに出かけたスケールス自身も、タオスからの街道でつかまった。皆は彼をモラまで連れて帰ったが、サン・ヴランはタオスまで裁判官をたのみに行った。

モラに留置場はなかったので、スケールスは番をつけて、空の廏に入れられた。四人は妻にむかって、血の凍るような嚇しの言葉を吐いていた。廏は、それを聞こうとしてその辺をうろつく人の群れに、間もなくとりかこまれてしまった。マグダレナは司祭館に置かれていた。そして、一隅の藁蒲団の上に寝て、ラトゥール神父に、夫の手のとどかぬサンタ・フェへ連れて帰ってくれとねだっていた。スケールスは縛《いまし》められていたとはいえ、司教は女の安全に注意をはらっていた。司教と、新式の連発式拳銃をもっているアメリカ人の公証人とは、広間にすわって夜っぴて彼女を守った。

翌朝、長官の一行がタオスから到着した。公証人は、誰もに聞こえる広場で訴訟事実を告げた。司教は、マグダレナをこのような恐怖の状態でここにおくわけにはいかないから、タオスにどこか良い場所はないのかと尋ねた。

　群集の中から、鹿皮《バックスキン》の狩猟服を着た男が進み出て、マグダレナに会いたいと言った。ラトゥール神父は、女が藁蒲団に横になっている部屋に案内した。男はマグダレナに近づき、帽子をとった。そしてしゃがみこんで、肩に手をおいた。彼は明らかにアメリカ人であったが、土地の者のようにスペイン語をはなした。

「マグダレナ、私を覚えているかい」

　女は、まるで暗い井戸の中からのぞきあげるかのように見上げた。その深い、うつろな眼の中に、なにかが甦った。そして両手で、縁飾りのついた鹿皮《バックスキン》のひざを捉《とら》えた。

「クリストバル！」女は、しみじみと言った。「ああ、クリストバル」

「マグダレナ、うちへ一しょにおいで。家内と一しょにいればいい。私の家ならこわくないだろう、ね？」

「ええ、クリストバル。あなたと一しょならこわくはない。私は悪い女じゃないのです」

　彼は女の髪をそっとなでた。「君はいい子だ。マグダレナ――いつもそうだったよ。大丈夫、みんな私におまかせよ」

　それから、彼は司教の方をむいた。「司教代理さま、うちへ来ればいいんです。私の妻は土地の女ですから、よくしてやるでしょう。あの狐野郎、牢をぶちこわしたところで、私んとこへは来ますまい。私を知ってますからね。私はカーソンという者です」

　ラトゥール神父は、この斥候《スカウト》に会うのを楽しみにしていたのだった。そして彼を、体の大きい、力強い、人を威圧するような存在だろうと想像していた。が、このカーソンという男は、司教ほどの背もなく、輪郭の華奢な、行儀もよく、やわらかな南部の言葉をながく引くなまりのある英語をはなした。顔は、思索的であると同時に、きびきびしたところがあった。気苦労が、碧い眼の間に消えぬみぞをこしらえていた。金色の口ひげの下の口は、単純な、洗練された味をもっていた。唇は、豊かで美しい形をしていた。口許には、なにか面白味のある、彼自身も気づいていない、思案げな少し憂鬱そうなところがあった――なにか、優しさということの能力を想わせるようなものだった。司教は彼をみて、まっすぐな、忠節とでもいいたいような、言葉では言いあらわしにくいがそれによって生きている二人の男が、偶然出会うとすぐに感得する、一種の和音のようなものがあるのを見てとった。彼は斥候《スカウト》の手をとった。「キット・カーソンには、前から会いたいと思っていました。ニュー・メキシコに来る前から、サンタ・フェで、私のところを訪ねてくださればよいと思ってたのです」

相手は、にっこりした。「私は、はずかしがりやなもので。それに、失望するのがこわいんです。が、もう大丈夫でしょう」

これが、永くつづく友情のきっかけだった。

カーソンの牧場へ、馬で帰る途《みち》すがら、マグダレナはヴァイヨン神父にまかされ、司教と斥候《スカウト》とが一しょに乗った。カーソンは、アメリカ人がいつもメキシコ娘を娶《めと》った時のならわしで、実に形ばかりのカトリック教徒になったのだと語った。彼の妻は善い女で大そう信心深かったが、彼にとって最近のカリフォルニアへの旅まで、宗教は、まあ、女の仕事にすぎなかった。彼《か》の地で病気になり、さる宣教地の神父たちが世話をしてくれたのだった。

「それから、物事をちがったふうにみはじめ、いつかはほんとにカトリック教徒になってもいいと考え始めたんです。私は、坊主は悪党共、尼さんは堕落女だと教わって大きくなったのです――ミズーリでは、だれでも、そういう風に言います。そして、ずいぶん多くのここいらの土地の神父さんたちは、この話のとおりなのです。タオスのマルチネス神父は、おいぼれの穀《ごく》つぶしでさ。全くね。あの人は、このへんのありとあらゆる植民地に、子供やら孫をもっています。アロヨ・ホンドのルチェロ神父はけちんぼで、キリスト教の葬式を出そうと思ったら、貧乏人からだって、かまわずまきあげてしまうんです」

遂に司教は、カーソンと、自分の牧する人々の要求について語りあった。司教は、相手の判断に、深い信頼を抱いた。二人の男はほぼ同年輩、四十少しすぎで、両人共、広い経験により練られ、とぎすまされていた。カーソンは、世界的に有名な探険の案内人をやっていたが、ビーバー捕りをやっていた頃同様の貧しさだった。彼は小さな乾燥煉瓦《アドベ》の家に、メキシコ人の妻と住んでいた。サンタ・フェと太平洋の間の、荒野と山脈の地図はまだできていなかったし、統計も出ていなかった。一番信頼のおける地図は、カーソンの頭だった。が、景色や人の顔をすばやくよみとるこのミズーリ人は、文字がよめなかった。この頃、辛うじて自分の名が書ける程度だった。しかし、彼のうちには、鋭い、分別のある理知性が感じられた。字がよめないのは偶然にすぎず、本を追いこして、印刷機のついて行けぬところまで行くのだった。少年時代の苦労にもかかわらず――十四から二十の年まで、始終、野獣のような向うみずな人間共のもとに、荷馬車隊の騾馬使いや料理番で露命をつないでいた――義理に対するまっすぐな観念や、同情のあつい心をもっていた。彼は司教に、マグダレナのことを語りつつ、悲しげに言った――「あの娘《こ》がまだほんのかわいい少女《むすめ》だった頃、タオスでよく会ったものです。惜しいですな」

堕落した殺人犯、バック・スケールルスは、短い裁判を経て、絞首刑に処せられた。四月の上旬に、司教は馬でサンタ・フェを出発し、ボルティモアの教区長会議に出席するため、セント・ルイスまで行った。九月に帰って来たとき彼は、学のないサンタ・フェに女学校をたてるため、五人の勇敢な尼僧、ロレット会の修道女を伴っていた。彼はすぐにマグダレナを呼びにやり、彼女を修道女たちのもとに働かせた。マグダレナは、修道院の台所係兼家政婦になった。彼女は、一心に修道女たちに仕え、喜々として教会の仕事をしたので、司教が学校を訪れるときは、彼女のおだやかさにあふれた美しい顔を見たいがために、いつも裏庭から入ることにしていた。カーソンが彼女の少女時代をはなしていたように、マグダレナは美しくなった。恐怖にみちた青春の靄《もや》がすぎ去ると、彼女はふたたび、神の家に返り咲くかとみえた。

Ⅲ　アコマの弥撒《ミサ》

1　木の鸚鵡《おうむ》

サンタ・フェに着任した最初の一年のうち、司教は実際にはたった四ヶ月しか、自分の管区にいなかった。この最初の年のうち六ヶ月は、ボルティモアに召集された司教会議に出席のためつぶれた。彼はサンタ・フェ街道を、セント・ルイスまでの約一千マイル、馬で行き、ピッツバーグに蒸気船でわたり、カンバーランドへ山を越え、新しい鉄道でワシントンについた。帰りは、光の聖母学園をたてるためにきた修道女たちと一しょだったので、もっとかかった。サンタ・フェについたのは、九月の下旬だった。

これまでのところラトゥール司教は、自分の司教区からはなれねばならぬ仕事に追われていた。この大管区は彼にとって、まだ想像もつかぬ神秘であった。司教は教区の人々を知るために、つとめて外出した。少しの間でも建築や創立の心配から逃れるために、西の、昔からの離れ小島のインディアン宣教地、馬の飼育者の町であるサント・ドミンゴ、石膏で白いイスレタの町、広い耕地のつづくラグーナ、そして遂には、あの仙境アコマまで行った。

黄金色《こがね》に輝く十月の頃、司教は、毛布とコーヒー沸かしを携え、案内人としてやとったペコス村《プエブロ》出のインディアン青年、ヤシントを連れて、西方のインディアン宣教地訪問に旅立った。アルバカーキでは、愛想がよく人気の高いガレゴス神父のところで一日一晩すごした。アルバカーキは、この司教区ではサンタ・フェに次ぐ重要な教区だった。司祭は勢力のあるメキシコ人の家の出で、彼と牧場経営者たちが自分たちにあうような具合に、いとも派手に教会を牛耳っていた。ガレゴス神父は司教より十も年長だったにもかかわらず、未だにファンダンゴ（訳注／スペイン舞踊）を、いくらやっても足りぬといわんばかりに五夜もたてつづけに踊りとおしたりしていた。彼はアメリカ植民地に友人をどっさりもっていて、メキシコ人と踊っていないときは彼等とポーカーをやったり猟に出たりしていた。穴倉にはエル・パソ・デル・ノルテの葡萄酒、タオスのウィスキー、ベルナリリョの葡萄ブランデーなどがぎっしりつまっていた。彼は徹頭徹尾愛想がよく、運に行きづまった博打うち、酒の涸《か》れた兵隊などは、いつも彼の食卓で歓迎された。神父の会合で、常に女主人役をつとめたり、召使を斡旋したり、祭壇用のレース編みやら食卓掛けをこしらえたりする、ある金持のメキシコ未亡人が、神父を崇拝していた。日曜毎に、アルバカーキ唯一の屋根のある彼女の馬車が、弥撒《ミサ》のあと広場《プラザ》で待っていた。司祭は祭服を脱ぐと出てきて、昼食のために夫人の農場に行くのだった。

司教とヴァイヨン神父は、ガレゴス神父のことを綿密にしらべ、このけしからぬ状態にクリスマスまでに止《とど》めをさすつもりだった。が、この訪問の折には、ラトゥール神父は何にあっても、驚きも不快も示さなかったし、ガレゴス神父はいとも鄭重で、すべてを儀式ばって、うやうやしくやってのけた。司教が、堅振式をうけるはずの人々がいないのをみて、わざと驚いてみせると、神父は淀みなく、自分の習慣により、洗礼の時に赤ん坊に堅振をさずけてしまうのだと説明した。「ここのようなキリスト教徒ばかりの社会では、どちらでもおなじことですよ。大きくなるにつれて宗教教育をうけるってことがわかってますからね。だから、始めっから、完全なカトリック教徒にしておくってわけですよ。いいでしょう」

神父は司教に、布教地旅行のお供を仰せつからないかとびくびくしていた。乏しい食料や、岩の上でねるのなど、彼はごめんだった。それで、二、三日前の夜まで踊っていたくせに、長上を迎えるにあたって、片一方の足に包帯を巻き、モカシンをつっかけて、痛風にひどくやられたとこぼした。この前、アコマで弥撒《ミサ》をたてたのはいつかと問われると、それには直接答えなかった。そして、受難週間に行くのが彼のならわしだったのだが、アコマ・インディアンは、真底は主なき異教徒共で、弥撒《ミサ》などに邪魔されたくないと思っていると言った。この前行った時など、教会へ入ることさえできなかった。インディアンたちは鍵をもっていないふりをした。鍵は長《おさ》のところにあり、その長はチェボレタ山脈へ「インディアンだけに関した仕事」で行ってしまったと言うのだ。

司教はガレゴス神父を旅の伴に連れて行くのなどまっぴらだったので、辞退するなどという照れくさい思いをしないですんだのを喜んだ。そして、鄭重な別れの挨拶の後、アルバカーキを馬で発った。だが、と司教は考えた。人間としてのガレゴス神父には見所があった。司祭としてはなっていなかったが。自己の道を変えるにはあまりにも自己陶酔的で、人気がありすぎた。事実、顔をかえるわけには行かなかったろう。本職の博打うちには見えなくとも、その顔の、なにかなめらかな光沢《つや》のよさが、後暗い生活の様式を思わせた。ただ一つの道あるのみ、すなわち、司祭としての任務からこの人間を閉め出し、若手の土地の司祭への戒めとすることだった。

ヴァイヨン神父は司教に、どんなことがあっても、イスレタで一晩おとまりなさいと言った。その司祭がお気に召すだろうから、というのだ――司祭とは、神父《パドレ》ヘスス・デ・バカという白髪の老人で、目はほとんどみえず、永い間イスレタにいて、遂にインディアンたちの愛情をかちえたという人物だった。

イスレタの村《プエブロ》は、灰色の砂の、低い平原の彼方に白く輝いていた。近づくにつれ、ラトゥール神父は勢いこんできた。数本のアカシアの木立は古い紙の窓掛けの色にも似た濃い青緑色で、木蔭にある教会と一群をなす町の、暖かい豊かな白さは美しかった。この木は司教が、幼ない従兄弟たちを訪ねた南フランスの庭を彷彿とさせ、いつも快い想い出をよびおこすのだった。教会にのりつけると、老司祭が迎えに出てきた。挨拶がすむと、よく見えぬ目の上に手をかざしつつ、ラトゥール神父をぼんやりと眺めて立っていた。

「これがうちの司教様だなんて。こんな若いお人が」

一同は、教会の後の塀にかこまれた庭から、司祭館へ入った。この囲いの中には、種々雑多の大きさや種類のサボテンが栽培されていた（神父の好みらしかった）。そしてその間に、柳の枝でつくった、鸚鵡の一ぱい入った籠がつるされていた。砂を敷いた小道にまで、鸚鵡がちょんちょん跳んでいた――遠くへ行かぬよう、片方の翼が剪《き》ってあった。鸚鵡の羽毛はインディアンの礼装の飾りに大変珍重され、この鳥を飼うことによって教区民を喜ばせることができるのをずっと前に発見したのだと、ヘスス神父が説明した。

司祭館は、イスレタのどの家とも変らぬ内外真白の家で、まるでインディアンの住居のように、がらんとしていた。老人は貧しく、村人から金を強いるには人が好すぎた。一人のインディアン少女がいて、豆や、とうもろこしの裏ごしなどを料理してくれたが、彼にはそれで充分だった。少女は腕はさしてよくなかったが、料理の仕方が清潔だということだった。この村《プエブロ》では、なにからなにまで、道路に至るまで清潔にみえる、と司教が言うと、神父は、イスレタの近くに白い鉱石の丘があって、インディアンはこれを挽いて漆喰にするのだと語った。記憶にない昔からのことで、この集落はずっと、その白さの故に知られていた。ヘスス神父と少しはなすと、彼が子供っぽいと言っても良いほど単純で、大変な迷信家だということがわかった。が、彼には、黄金のような善いところがあった。右眼が内障《そこひ》におかされ、頭の周囲を見まわそうとでもするかのように、首をかたむけていた。動作がすべて左にかたむいていて、まるで通り道にある障害物をとらえようと、またはそれをよけて周囲を歩きまわっているという感じだった。

鸚鵡のむらがる庭をすぎて家に入り、この神父のがらんとした小さな広間の唯一の装飾が、天井の丸太から下がった、輪にとまった木の鸚鵡であるのをみて、司教は一そう面白く思った。神父が台所でインディアンの少女になにか教えてやっている間、この彫刻をしらべるために、とまり木から下ろしてみた。それは、一本の棒から彫ったものだった。体も尾も、かたくるしくぴんと伸びていて、頭を少しかしげていた。実物大だった。翼と、尾と首の羽は、ちょっと道具で形をつけてある程度で、うすい彩色がほどこされていた。司教はその軽さに驚いた。表面は古木の白味と、びろうどのようななめらかさをもっていた。ただ形にまるめてあるだけにすぎぬのだが、彫刻とは言えぬくらい、奇妙に生き生きとしていた。まるで、鸚鵡の木型とでもいいたいようなものだった。

司教が鳥を手にしているのをみて、神父はにっこりした。

「私の宝物をおみつけになりましたな、閣下、そりゃ、おそらく村《プエブロ》中で一とう古いものでしょうよ——村《プエブロ》それ自体よりまだ古い」

ヘスス神父によると、鸚鵡は村《プエブロ》のインディアンにとって、驚異と希望の鳥だった。昔はこの羽は、貝殻数珠や土耳古玉《トルコ》よりも珍重された。ニュー・メキシコ北部の集落では、スペイン人が来る前でさえも、鸚鵡の羽の荷を運搬してくるために、危険で困難な商業路を熱帯メキシコまで、探険家を派遣した。商人はこれを買いとるために、サンタ・フェ付近のセリロス丘から、袋一ぱいつまった土耳古玉をもって行ったものだ。ごくたまに商人が、生鳥を持ち帰るのに成功すると、みなそれを神さまあつかいにし、死ぬと、集落中が深い悲歎にくれるのだった。骨までがうやうやしく保存してあった。一つ、大昔の鸚鵡の頭蓋骨がイスレタにあった。この木の鸚鵡は、神父が世話をしてやった、跡とりもなくて死にかけていた老人から買ったものだった。ヘスス神父はその何年も前から、この鳥に目をつけていた。そのインディアンの言ったところによると、これは、彼の先祖が何代も前に、大集落から持ってきたものだった。司祭は、これこそ昔、熱帯地方からはるばる生きて持ち帰られた珍鳥のうつしであると信じていた。

ヘスス神父は、ラグーナとアコマのインディアンについて、つぶさに報告してくれた。若い頃は、彼もそこまで式を司るために行ったもので、彼等はこの神父に対していつも親切だった。

「アコマでは」と神父は語った。「大変、敬虔なものをごらんになれますよ。あそこにある、ずっと以前にスペイン国王から贈られたという聖ヨゼフの聖画は、たくさんの奇蹟を働かれたということです。旱魃《かんばつ》になると、アコマの人間はこの絵を、アコミタの農場までもっておりる、すると、必ず雨がふります。国中、雨がふらなくとも、この人たちのところには雨がふるし、ラグーナ・インディアンのところではなにもとれなくても、アコマでは、ちゃんと収穫があるのです」

2　ヤシント

早朝、イスレタの村とその司祭に別れをつげたラトゥール神父と案内人は、アルバカーキ西方の乾き切った荒野を、終日わたって行った。まるで、乾燥した灰の国のようだった。杜松《ジュニパー》もなく、ラビット・ブッシュもなく、凋《しぼ》んだ、死んだもののような、サボテンと野生南瓜の繁み――それが唯一の生きた植物だった。この南瓜は蔓性で、ひろがったり匍《は》ったりすることなく、かたまって上へのぼって行くという著しい傾向をもっている。その細長い尖った矢の形をした葉は、肌を刺す銀の霜で被《おお》われていて、それが上にむかって盛り上り、ごちゃごちゃとかたまりあっていた。ごつごつともつれあう、ほうりあげられたような一群は、植物というよりは、灰緑色のとかげの大集団が、ごそごそ匍いまわるうち、不意に恐れてちぢみあがった、という体《てい》だった。

午前中ずっと、二人は太陽をすっかり覆ってしまっている砂塵の中を進まねばならなかった。ヤシントは、ラグーナの宗教的な踊りの集まりに幾度もここをわたったことがあるので、土地をよく知っていたが、それでも、頭をひくく下げ、紫のハンカチを口のまわりにしめていた。彼は樹木と水に囲まれた村《プエブロ》から来ているので、この平野のことをよくはいわなかった。正午、彼は馬から下りて、司教のコーヒーを沸かすだけのグリースウッドを集めた。二人は火を間にしてひざまずいた――砂がそのまわりをくるくると舞い、パンがじゃりじゃりした。

太陽が、砂で暗くなった大気のうちに、赤く沈んだ。旅人たちは、水も使わずにキャンプを張り、毛布にくるまった。冷たい風が、夜っぴてその上を吹いた。ラトゥール神父はすっかり冷えこんで、夜の明けるずっと前に眼をさました。遂に、おごそかな、澄み切った日の出が来た。二人は早いうちに出発した。

その日の午後の中頃、ヤシントが明るい黄色の——赭土《しゃど》のように黄色い、小高い砂丘の波の中にくっきりと横たわる、ラグーナを指さした。近づくにしたがって、ラトゥール神父はそれが、石化した砂丘であることを発見した。やわらかい、砂の混った黄色い岩の、遥かにつづく波は日光に照らされ、地の割れ目に生えた暗い杜松《ジュニパー》の数列をのぞいては、全体に禿げていた。この灌木は、小さくて、大そう古いものだった。一群の岩の波のふもとには、この村《プエブロ》の名の所以である、水をたたえた岩の凹み、碧い湖があった。

親切なイスレタの司祭は、新しい大司祭がくる、いい人で金はとらないと、ラグーナの人々に前もって知らせるために、料理番の兄を走らせてあった。したがって彼等は準備をととのえていた。教会は清潔で、戸が開いていた。小さな白い教会で、祭壇の上や周囲には、風の神、雨の神、雷の神、太陽、月などが、真紅と紺と濃い緑の幾何模様で結びつけられた絵が描かれていて、まるで突《つき》当《あた》りに壁かけがかかっているようにみえた。ラトゥール神父は、リヨンの織物博覧会でみたペルシャの長の天幕の内側を思いだした。この装飾をしたのがスペイン人の宣教師であったか、インディアンの改宗者であったか、わからなかった。

村長が来て、神父に、みな午前中に弥撒《ミサ》にくるだろうこと、洗礼をうける子供が相当にいることなどを告げた。彼はその夜のために、神父に聖器室を提供した。が、この部屋には、湿っぽい土くさい匂いが漂っていたので、神父はもう、杜松《ジュニパー》のもと、砂丘の岩に寝ようと決めていた。

ヤシントが、村人から薪と飲料水を手に入れてきた。二人は、村の北方の、気持ちのよい岩の上に露営した。太陽が低く沈むと、その光の中に、白い教会堂と黄色い乾燥煉瓦《アドベ》の家々が、平らな岩棚の上に浮彫のようにくっきりと浮かび出していた。野営地の後方、さして遠くないあたりに、丘《メサ》の一群がよこたわっていた。司教はヤシントに、一番近くの山の名を知っているかと尋ねた。

「いいえ、どれも、名を知らないです」彼は頭をふった。「インディアンの呼ぶ名なら、知っています」まるで、今こそはっきりとものを考えているのだぞと言わぬばかりに、彼はつけ加えた。

「インディアンはなんて呼ぶんだね」

「ラグーナ・インディアンは、雪鳥の山と呼んでます」彼は、なぜか不承不承にこう言った。

「すばらしいね」面白そうに司教が言った。「うんとかわいらしい名だ」

「インディアンだって、良い名をもってますよ！」ヤシントは唇をとがらせて、すばやく答えた。それから、まるで司教の価《あたい》せぬ非難をあたえてしまった、とでもいうように、すぐ言った。「ラグーナの者は、えらい司祭が若くては、おかしいと思っています。村長さんが言ってましたよ。自分の息子たちより若い者を、どうして神父《パドレ》さまと呼べるかねって」

ヤシントの声には、なにかしら誇らしげなひびきがあって、司教は快く思った。彼は、インディアンの声も、親切な時にはどんなに優しくなり得るかということに気づいていた。ちょっとした語調で、すばらしいお賞《ほ》めにあずかったような気がしたのだ。

「ヤシント、私は、心の中はそんなに若くないんだよ。お前はいくつだね」

「二十六」

「子供は？」

「一人。赤ん坊。生まれて長くない」

ヤシントは、英語を話す時と同様、スペイン語を使う時にも大抵冠詞を省いたが、司教は彼が、名詞に冠詞をつける時には、正しく使っていることを知っていた。故に、この常習的な省略は無知から来たものでなく、彼の趣味であるらしかった。インディアンの言葉の概念では、こんなものに執着するのは、たぶん無駄で、具合のわるいものだったのだろう。

二人は、平生の交際様式である沈黙にひたった。司教は鍋を燃えのこりのそばに置き、すわって、錫《すず》のコップからコーヒーをゆっくり飲んでいた。もはや日は沈んで、黄色い岩は灰色に変った。はるか下の村《プエブロ》では、煮炊きする火がガラスのない窓々に赤いつぎはぎを作り、静かな大気の中を、ピニョンの香りがひそやかにしのびよった。西の空全体は黄金の灰の色で、小さな雲の端《は》のそこここから、赤い閃きがみえた。地平線のはるか上に、今しがたともしたランプのような宵の明星がきらめき、そのすぐそばに、ずっと小さいが、光りつづける星が一つあった。

ヤシントは、とうもろこし皮の巻煙草を投げすてると、ふたたび問われぬままに語り出した。

「よいのみょうじょう」そう、ゆっくりと、なにか気取った英語で言ってから、スペイン語にかえった。「神父《パドレ》さま、あのよこの小さな星、ね、インディアンはあれを、案内人って呼びます」

二人の友は、夜が周囲に迫る頃、各々の考えをいつくしみつつ、すわっていた。星にちりばめられた群青《ぐんじょう》の夜、天穹に、さびしい丘《メサ》の嵩が切りこまれていた。司教は、ヤシントの思想や信仰について、めったに尋ねはしなかった。それは礼儀正しくないと考えていたし、また、無駄だとも思っていたのだ。欧州文明の記憶をインディアンの頭脳にうちこむ術《すべ》はなく、彼とても、ヤシントの背後には、長い伝統、どの国語をもってしても訳し切れぬ経験談があることを、信じてやまなかった。

闇とともに、寒気がやってきた。ラトゥール神父は、古い毛皮でふちどった外套をかけ、ヤシントは、腰のあたりにしばっていた毛布をといて、頭と肩にかぶった。

「たくさんな星だ」じきに彼は言った。「神父《パドレ》さま、星について、どう思います?」

「賢い人たちの言うことには、我々のと同じ世界だとさ、ヤシント」

インディアンの煙草の一端が明るくなり、次に口をきく前に、またうすらいだ。「そうじゃないと思う」彼は、命題をじっくり考えた揚句に否定した者のような口調で言った。「あれは、我々を導く者——えらい霊なのだと思う」

「そうかもしれない」司教は、溜息と共に言う。「なんであろうと、えらいものにはちがいない。『天に在《まし》ます』をとなえよう、そしたら、ねるんだよ」

二人はもえさしの両側にひざまずいて、共に祈りをくりかえし、毛布にくるまった。司教は、このインディアン青年と、なんらかの意味での人間的な友情を抱きはじめたことを、心豊かに思いつつ眠りについた。人々は若いインディアンを「少年《こどもたち》」と呼ぶ。もしかすると彼等の体の中に、なにか若々しい、弾力性のあるものがあったのかもしれない。その立居ふるまいには、アメリカ人の感覚、ヨーロッパの感覚からいっても、なにも子供っぽいところはなかった。ヤシントはどんなことがあっても、絶対に、自然《ナィーヴ》であり得なかった。彼は絶対に驚かない。それがどんなものであったにせよ、彼は遭遇すべき如何なる境遇にも処し得るようしつけられていた。ヤシントは、司教の書斎でも自分の村《プエブロ》にいる時と同じくらい、くつろいでいた——そして、どこへ行っても、くつろぎすぎるということはなかった。ラトゥール神父は、どうしてかはわからないままに、この友情をかちえるにあたって、よい手を講じたと感じていた。

事実、ヤシントは、司教の人に接する態度が好きだった。司教はガレゴス神父とも調子をあわせていたし、ヘスス神父とも調子をあわせた。インディアンに対しては、行儀がよかった。ヤシントの経験によると、白人はインディアンに話しかける際、必ず面を被《かぶ》った。この面にはいろいろな種類があった。たとえばヴァイヨン神父のは、親切そうだったが、少しばかり強《き》つすぎた。司教は、なにも被らない。彼はしゃんとしてラグーナの村長に接したが、顔はみじんも変らなかった。ヤシントは、これをすばらしいと思っていた。

3　岩

翌日、早朝の弥撒《ミサ》のあと、ラトゥール神父と案内人は、ラグーナとアコマの中間の低い平原を横切って行った。今までの旅で、司教はこんな土地をみたことがなかった。平らな赤い砂の海から、概ね輪郭がゴシックの広壮な聖堂にも似た大きな岩丘が立ち上っていた。それが不規則に混み合っているのでなく、広い空間に、お互いの間には長い見とおしをあけて置かれていた。この平原は、いつかは広大な都市だったのかもしれない。小さな部分は年を経てみなくずれ去り、公共建造物だけがのこって——幾層もの建物は山のようだった。平原の砂土には杜松《ジュニパー》がかるくふりかけてあって、花ざかりのラビット・ブッシュが点々としていた。うちさわぐ海のように、高く波うって茂るこのオリーヴ色の植物は、この季節にははりえにしだのように黄色い、あるいは金盞花《きんせんか》のような蜜柑色の花の屋根でおおわれていた。

この丘《メサ》の平原は、太古の、しかも未完成の俤《おもかげ》をとどめていた。あたかも世界創造の材料を全部あつめておきながら、もう少しというところで創造主が手をとめ、山や、平原、台地等にわけるという日の前夜に去ってしまったもので、すべてが、もって来られた時のままになっているかのようだった。土地はいまだに、風景にまとめてもらうのを待っているのだ。

その後、司教は、このアコマへの最初の旅を、丘《メサ》の地方への踏出しであるとしてなつかしんだ。彼がうたれたのは、丘《メサ》という丘《メサ》がみな、雲の丘《メサ》で二重に縁どられていることだった。映ったように動かぬものもあれば、ゆっくりと背後からのぼって行くものもあった。この雲の層は、如何に暑く、空が碧くとも、いつもそこにとどまっているらしかった。ある時は平らなテラス、水蒸気の棚となり、あるいは穹窿《ドーム》となり、または幻想的に重なり合ってのぼる銀の仏塔《パゴダ》のようになって、東洋の都が岩のすぐ後に横たわっているかのように思えるのだった。漠とした平原の中の大花崗岩の台地は、伴の雲なくしては考えられなかった。この雲こそ、煙が香炉の一部分であり、泡が波の一部分であるごとく、岩の一部分になり切っているのだった。

カンザスの曠野を、サンタ・フェ街道にそってきたラトゥール神父は、空が陸地より以上に荒野であるのを知った。その碧さは、かたくうつろで、フランス人の眼には非常に単調にうつった。が、ペコスの西からは、すべてが変った。ここでは終日、雲が集まっては動いて、頭上はたえまなく活動していた。暗く激しさにみちていようと、ふうわりと心地よく暢気《のんき》に白かろうと、下界には強い影響をあたえていた。曠野は、そして山々も丘《メサ》も、この雲の影によって絶えず作りかえられ、塗りかえられていた。この間断なくかわって行く調子《アクセント》に、この変化のある光の撒布に、土地全体が流動体のようにみえた。

ヤシントの叫びが、回想を破った。

「アコマ!」彼は騾馬《らば》をとめた。

司教は、彼のまっすぐに指さす手の方に目を走らせた。遥か彼方に、二つの大きな丘《メサ》があった。四角形に近く、実は数マイルはなれているにもかかわらず、この地点からはすぐそばにみえた。

「遠い方のです」——案内人は、なおも指さしていた。

司教の眼はヤシントのほど利かなかったが、今立ち止っている高台から遠い方の丘《メサ》のいただきを見下ろすと、灰色の表面に、白い平らな輪郭がみとめられた――いくつかの矩形《くけい》からなる、一つの白い矩形であった。案内人の言によると、これがアコマの村《プエブロ》なのだった。

なおも行くと、ほどなく二人は「魔の丘《メサ》」のふもとに着き、手綱を引いた。ヤシントの言うところによると、この上にも昔、村落があったのが、それに通ずる唯一の階段が数世紀前に嵐で崩壊し、村人は飢餓のため、丘《メサ》の上で滅亡してしまったということだった。

だが、どうしてこんな裸岩の上に、空中何百フィートものところに、水も土もなしで生きることを考えだしたのだろう、と司教がたずねた。

ヤシントは肩をすくめた。「獣のように夜昼なく追われるとなると、人はなんでもできるものです。北にはナヴァホー族、南にアパッチ族――アコマ族は安全をもとめて、岩にのぼるのです」

この平原は、周期的な人狩りの舞台だったのだ。インディアンたちは何代にもわたって、恐怖のうちに生まれ、強力に負けて死ぬうち、遂に地上を飛び立ち、この岩上に、ずたずたに苦しみさいなまれた生物の希望して熄《や》まぬもの――安全、を見出したのであった。狩猟、耕作のためには、平野に下りて来た。しかし、いつも、帰って行く場所をもっていたのだ。ナヴァホーの一団がアコマ街道をやって来たところで、まだ望みはあった。この岩にさえ行きつけば――至聖所！　崖を登る、曲りくねった階段の上なら、ほんの少人数で大軍を防ぎ得た。アコマの岩は、ただ一度しか敵に占められたことはなかった――その敵というのは、武装したスペイン人だった。この岩は、山の城塞というものとは大変ちがっていた、もっと淋しく、険しく、ものすごくて、空想に訴えるものがあった。思えば岩は、人類の欲求の、最大の表現であった。ただの感情さえこれに憧れた。それは愛と友情における忠実さに、まさに匹敵するものであった。キリスト自身も、教会の鍵をゆだねられた弟子に対して、この比喩を用いられた。また、終始外国に捕われの身となっていた旧約のヘブライ人――彼等の岩は神の概念であり、征服者が彼等から押収できぬ、唯一のものであった。

既に司教は、インディアンの生活の中に、しばしばあっけにとられる、面喰わされるような、奇妙な杓子定規なところをみとめていた。アコマ族とて、人類全体の憧憬の的であるなにか永遠な、不変的な、変化の影をもたぬものを頒《わか》ちもつべきであった――彼等はその幻想を、具体化してもっていた。彼等は実際に自分たちの「岩」の上に住んだ。その上に生まれ、その上で死んで行った。こういう単純なことは誇張される気味があるのだ。

二人がアコマの丘《メサ》に近づくと、輝きわたる大空にひろがるインクの汚点のように、丘《メサ》の背後から、暗い雲がわき上ってきた。

「雨がくる」ヤシントが言った。「いいぞ。みな喜ぶだろう」彼は丘《メサ》のふもとの家畜囲いの中に騾馬を置き、毛布をもつと、ラトゥール神父を岩の中のせまい割れ目の中にせき立てた。その中には、嵯峨たる岩角が崖の頂上までつづく、天然の階段をなしていた。足下の危ないところには、なめらかなミトンのような小さな把手《とって》が、石の中にうえつけてあった。丘《メサ》は一本の植物もない裸岩だったが、ふもとには、砂の上一面に蔓性の植物が生えていた。白百合のような、大きな白い花をつけた草だった。その青味がかった暗緑色の、大きな縁のぎざぎざした葉から、有毒な朝鮮朝顔と知れた。ラトゥール神父はこの茄子科植物の大きさや繁茂性に驚いた。あたかも、輝く絹で作った大きな造花のようだ。

二人が岩を攀《のぼ》っている時、頭上に耳をつんざく雷が鳴り始め、天穹が覆えされたかのように、雨が降り出した。垂れ下った岩棚の下で、階段の深い割れ目に入りこみ、二人は眼前の空気中に重い緞帳《どんちょう》のように水が降りそそぐのを眺めていた。彼等の立っていた割れ目は一瞬にして、小川の川床と化した。丘《メサ》が点々とし、雨の幕できらきら輝く大平原の彼方、遠くの山々が日光で明るかった。ふたたび司教は、創世の最初の朝、深みから乾いた土地が始めて引き出され、すべてがまだ混沌としていた時はこんなだったろうかと考えるのだった。

半時間で嵐は去った。司教と案内人が行程の最後の曲り角に達し、平らな岩の頂きに踏み出して割れ目から出る頃には、アコマの上にはほとんど辛抱できぬくらいの明るさで、正午の太陽が燃えさかっていた。町の裸石の床と磨滅した小路は白く清潔に洗われ、アコマ族が水溜めと呼ぶ地表の窪みには、新鮮な水があふれていた。女たちは、もう洗濯をはじめようと衣類をもち出していた。飲料水は下の秘密の泉から、女たちが土の瓶《かめ》を頭にのせて運んだ。が、その他の用途には、彼等はこの水溜めにたくわえられた雨水にたよっていた。

司教の判断によると、丘《メサ》の頂上は約十エーカーほどで、一本の草も木もなかった。下の平地から籠に入れて運びあげた埋葬用の土のある、乾燥煉瓦《アドベ》で囲んだ教会の裏庭以外には、一塊りの土もないのだ。二階、あるいは三階建の白い住居は、ひろがらずに、ぎっしりと房になってかたまっていた。防禦用の土の傾斜とか岩の肩角というようなものもなく、あくまでも、平面に対しては平らに、明るさに対しては明るく――岩も、漆喰塗りの家も、太陽の燦光を目もくらまんばかりに投げかえしていた。

丘《メサ》の一端で、深い谷の上にかぶさっているため、突出した壁がまるで崖の一部分のようになったところに、塔の二つある古い要塞のような教会があった。さびしい、ぞっとするような灰色の内陣は傾斜した半壊の屋根につながっていて、礼拝の場所というよりは砦に近かった。この広々とした内陣に司教はがっかりさせられた。他の布教地教会ではなかったことだ。昼前に式をしたが、弥撒《ミサ》の聖式をこのように行いにくいと思ったのは始めてであった。灰色の床《ゆか》の上、灰色の光の中に、けばけばしい肩掛《ショール》と毛布の一群、約五、六十人の黙りこくった顔が、彼の前にあった。その頭上と背後は灰色の壁だ。彼はなにか深海の底で、大洪水期前の生物のために弥撒《ミサ》をたてているような気がしていた。この形にあらわれた生命は、あまりにも古く硬化していて、自分たちの殻に閉じこもったきりで、ゴルゴタ山上の犠牲もほとんどとどかぬほどであった。後にいる貝殻のような背をした群れは、生まれて間もない嬰児のように洗礼と成聖の聖寵によってならともかく、自身の経験を経てとなると救われ難いものだ、と司教は考えていた。一同に祝福をあたえ、去らせると、彼はまだもの足りぬような、精神的敗北感におそわれた。

ラトゥール神父は祭服をぬぐと、ヤシントと教会の中を歩いた。調べて行くにしたがって、彼の驚きは増した。アコマで、どうしてまた、こんな大きな教会が要ったのだろう。これは一六〇〇年代の始め、アコマの丘《メサ》で、二十年あるいはそれ以上働いていた偉大な宣教師、ファン・ラミレス修道士によって建立されたものだった。反対側の騾馬道をつけたのも、このラミレス神父だった——丘《メサ》に驢馬《ろば》の登ることのできるただ一本の道で、今でも「エル・カミノ・デル・パドレ（神父さんの道）」とよばれていた。

ラトゥール神父は、この教会を調べれば調べるほど、このラミレス修士、あるいはその後継者だったスペインの司祭たちは、世間的な欲望から完全に解放されず、インディアンの要求に応じてというよりは、自分等の得心の行くためにこれを建てたと考えざるを得なかった。この壮麗な位置、この砦の天然の豪壮さは、彼等の思いを引くに充分だったろう。軍隊の援《たす》けもなく、この大仕事にインディアンたちをかり出すなど、このスペインの神父たちは相当な権力をもっていたにちがいない。この建物の石一つ一つを、何千ポンドという乾燥煉瓦《アドベ》に使ってある土の一握り一摑みを、みなあの路を、男たちが、少年たちが、また女たちが運びあげたに相違なかった。そしてまた、彫刻をほどこした巨大な梁——ラトゥール神父は、茫然として眺めていた。彼がやって来た平原には、どこをみても、少しばかりのいじけたピニョンしかなかった。この大きな木材は、どこでみつけたのかとヤシントに尋ねた。

「サン・マテオ山脈でしょう」

「だが、サン・マテオはここから四、五十マイルもあるだろう。こんな材木をどうやってもって来られるのかね」

ヤシントは肩をすくめた。「アコマ人が運ぶ」そして、その他に答えはなかった。

教会自体のほかに、厚壁の大きな修道院があった。このためには平野から、莫大な運搬の労力を費やしたにちがいない。外の岩がこげつくような時も、修道院の奥まった廻廊は涼しかった。土の深さから言って、昔は相当に青々としていたにちがいない、囲いのある庭に面して、低いアーチが開いていた。初期の宣教師たちは、緑の庭園と土耳古玉《トルコ》色の空以外、すべてをさえぎった。この頑丈な、窓のない乾燥煉瓦《アドベ》の塀の中で、日蔭の小径を逍遥しつつ、貧しいアコマ族、この太古の岩亀の種族のことなどすっかり忘れて、自分たちはピレネー山脈のどこかにある修道院にいるものと思いこんでしまうこともあったろう。

塀にかこまれた庭の灰色の埃の中には、二本の、細い枯れかかった桃の木が、まだ旱《ひでり》とたたかっていた。古い株から芽生えはしたが決して実を結ばぬという、全く見込みのないあれだ。塀の際には、茂った無骨な葡萄の株から黄色い枝が出ていた。昔は熟れた房をたらしていたにちがいない。

修道院の北東部に、司教は涼み廊下をみつけた——屋根はあるが両側が開け放しになっていて、白い村《プエブロ》や、亜麻色の岩、はるか下の広い平原を見下ろしていた。彼はここで夜をすごすことにきめた。この涼み廊下から司教は、日が沈み、曠野が暗くなって、影がはい上ってくるのを見守っていた。平原の、夕映に赤く染《し》んだ丘《メサ》の頂きが、蠟燭の消えて行くように一つ一つ、光を失って行った。彼は石器時代の荒野の裸岩の上で、自己の人種への、時代への、ヨーロッパ人への、そしてその希望と夢の輝かしい歴史への、郷愁の餌食となっていた。ヨーロッパが世紀を通じて、黎明《れいめい》の空のごとく変転していた時、この民族は、数においても希望においても、増すこともなく減ることもなく、自分たちの岩の上に住みついて、動かなかったのだ。彼はそこに、なにか爬虫類時代的なもの、不動によって生きぬいたもの、手のとどくことの不可能なたぐいの生命、武装した甲殻動物のようなものを感じた。

帰途、司教はもう一晩、イスレタの善良な司祭、ヘスス神父と共にすごした。彼はモクイ地方のこと、それから、またずっと西部の地方のことなど、たくさん話してくれた。その一つは、アコマの、今ではもうすっかり忘れられた修道士の話だったが、次のようなものだった。

4　修士《フライ》バルタサルの伝説

一七〇〇年代のごくはじめ頃、あの、ニュー・メキシコ北部の宣教師、及びすべてのスペイン人が、追放あるいは虐殺にあったインディアンの大争乱の、約五十年後のことだった。地方は再征伐され、殉教者に代って新しい宣教師が来た頃、バルタサル・モントヤという人が、アコマの主任司祭だった。彼は暴君的な傲慢な性質の者で、インディアンに対して大変強《き》つかった。今廃跡と化している宣教地の教会は、その頃みな活躍していて、その一つ一つには常任司祭がいた。この人たちは、各自の性格によって、ある者は人々のために尽くし、ある者は人々を餌にして生活していた。バルタサル修士は、もっとも野心的な、苛酷な人物だった。彼の所信によると、アコマの村《プエブロ》は主として、この立派な教会を支持するために存在するのであって、教会は彼の誇りであると同時に、インディアンたちの誇りであるべきだというのだ。彼は自分の食卓のために、インディアンたちの最上の穀物、豆、南瓜などを取り上げ、彼等が羊をほふると、最良の部分をえらび、自分の住居に敷くためには、最上の獣皮をとった。それればかりか、彼は寄進として重労働を要求した。彼は平野から籠に土を入れて運ばせつづけた。教会の庭をひろげ、家畜小屋から取った糞でこれを肥やし、塀の中に深い庭をつくった。女たちが毎夕水をやったので、すばらしい庭仕事ができた――女人禁制の修道院の話である。神父は彼女たちそれぞれに、週一回、水溜めから何杯かの水を汲むことをわりあてていた。しかし誰もが、その労力のためばかりでなく、自分たちの水の補給が乏しくなるので、こぼしていた。

バルタサルは、怠け者ではなかった。最初、まだふとらぬ頃は、庭や布教のためには永い旅をした。数日もかかって、はるばるオライビまで、桃の最良種をえらびに行ったりもしたものだ（オライビの桃園は、最初のスペイン人探険隊の頃、コロナドの将軍連がスペインからもって来た桃の種をモクイ族にやったという、大そう古いものであった）。葡萄の挿木は、騾馬でソノラから籠詰めで送られたものだったし、リオ・グランデ峡谷を貨物車が上ってくる季節には、「町《ヴィラ》」（サンタ・フェ）までも、花壇の種をとりに行ったものだ。インディアンが、豆や南瓜や唐がらしに満足して何も欲しがらなかったのに反し、初期の聖職者たちは、いろいろな種子を、大さわぎして持ち歩いたものだ。

バルタサル修士は、暮らしのよいので有名な、あるスペインの修道院から来ていて、もと、そこの厨房で働いていた。彼は腕のよい料理人だったし、大工仕事もいくらかやったので、この世界の涯《はて》の岩の上で気持ちよく住もうとして、大そう苦心した。彼は自分の用をさせるために、二人のインディアン少年をえらび、一人には驢馬と庭園の世話をさせ、一人を料理と食卓の給仕につかっていた。まもなく、修士はふとりだした。そこで、三人目の少年をやとい、遠隔の布教地への走り使いをさせた。この子は、赤い布《きれ》、鉄の鋤《すき》、新しいナイフなどのために、はるばる「町《ヴィラ》」まで歩いて行っては、葡萄ブランデー入りの酒嚢をもってかえるため、ベルナリリョへ寄ってきた。あるいは、五日もかかってサンディア山脈まで行き、神父の精進日のための魚を獲り、乾して塩づけにしてきたり、司祭たちが兎を飼っているズニへ行って、焼串料理のために一番《つがい》もらってきたりした。教会の公用の使いなど、めったになかった。

アコマの修士が、霊よりもむしろ肉に従って暮らしていたのは、否めぬ事実だった。裸岩の上で、趣味豊かな、変化に富む献立をつくることの困難さは、彼の食欲を増進し、その敏腕を邪道にみちびくにすぎなかった。しかし、肉欲に耽けるという点においては、彼は庭や食事ほどひどくはなかった。事実、インディアンの女との肉体的な交わりは、しようと思えばごくやさしいことにちがいなかったし、修士はこの種の誘惑の特につよい、円熟した、男盛りの、強壮な年輩であった。が、宣教師たちは最初から、いささかなりとも貞潔を害《そこな》うことは、インディアンの改宗者に対する感化力や権威をぐっと弱めるということを知っていた。インディアンたち自身も、時にはなにかの償いとか、霊を癒やす特効薬として禁欲を実行していたし、自分たちのためにもその神父がこれを実行してくれるよう望んでいた。肉欲耽溺ということの結果は、ここではスペインでよりもずっと重大にとられていたので、バルタサル修士は、自分の信徒たちに弱点をとやかく言われる機会など、決してあたえるようなことはしなかったらしい。

彼はアコマに、十五年間も隆盛の座を占めていたが、その間、絶えず聖堂や自分の住居を改良し、新種の野菜や薬草を栽培し、ユッカの根から石鹼をつくったりしていた。ふとったと言っても腕は丈夫で逞ましく、指先は器用だった。桃の木を育成し、庭を、小王国ででもあるかのように監視し、インディアンの女が水の補給を怠ることなど、決してゆるさなかった。最初の給仕たちは結婚のため解放され、いっそう厳格に躾けられた少年たちがこれをついだ。

バルタサルの暴君ぶりは少しずつつのってきて、時としてアコマの人々は、暴動を起さんばかりであった。が、彼等には、神父《パドレ》の魔術がどんなものか、ちょっとはかりしれなかったので、あえてこれを試そうとはしなかった。聖ヨゼフの絵が、この神父の懇願によってスペイン国王からくだされたものであることはたしかだったし、この絵は、今までのインディアンの雨乞い人の誰よりも、旱を変えるにおいて効験あらたかだった。この絵は不都合なく扱われ、うやまわれていて、雨を降らせそこなったことはなかった。ラグーナやズニでは、人々が飢饉時用貯蔵食糧にたよらねばならぬような旱でも——それは一方《ひとかた》ならぬ困難だったが——アコマでは、バルタサル修士がこの絵をもってきて以来、収穫にあぶれたことがなかった。

ラグーナ・インディアンは、この聖画を借りる話し合いをつけるために、たえずアコマへ使いを立てていたが、バルタサル修士は絶対に手放してはならないといましめていた。このような強力な保護の手がもし引っこめられたとしたら、もし神父《パドレ》が自分たちにむかって魔法をつかったら、結果は村《プエブロ》にとって憂うべきものとなりかねないのだ。好きな穀物、羊、壺類をとらせ、給仕を三人あてがってやる方がまだましだ。こんなわけで、宣教師と改宗者たちは、上べだけのなれなれしさでどうにかやって行った。

もうふとりすぎて長旅をしなくなっていた修士は、ある夏、友達がほしいときめた——誰か、この立派な庭や、工夫をこらした台所、風とおしのよい涼み廊下をほめてくれる人がほしかったのだ。この廊下は、彼が黙想したり食後の午睡《シエスタ》をとったりするところで、絨緞がしきつめられ、水がめが置かれていた。さて彼は、聖ヨハネの祝日の次の週に、正餐会をもよおす計画を立てた。

修士は、ズニ、ラグーナ、イスレタなどに使いを走らせて、神父方を祝宴にまねいた。その日がくると、四人——ズニには、司祭が二人いたので四人——がやってきた。廏番《うまやばん》の子が岩のふもとに待っていて、お客の乗ってきた動物をうけとり、階段を案内して行った。バルタサルは、道の頂きでみなを迎えた。客は家を案内してもらい、午前中を修道院で、くだらぬおしゃべりについやした。

外の岩はさわれぬくらいあつくなっていたが、ここはすずしくて、静かだった。葡萄の葉がそよ風にかさかさと快よい音を立て、人参や玉葱を植えた土地が心地よい香をはなっていた。昨夜かけた水は、もうかわいてしまったかのようだった。客たちは、ここの主《あるじ》はよい暮らしをしていると思い、その秘密を知りたく思った。この空中の屋敷を少しくらい自慢されたところで、彼をとがめるわけには行かなかった。

バルタサルは、食事には途方もない骨折りをしていた。彼が料理法を教わった修道院はセビリアに通ずる街道のはずれにあったので、スペインの貴族や、時には王自身も、ここで楽しい時をすごそうと立ち寄ったりした。そこの大きな庫裡《くり》には、雲雀《ひばり》を焼くにも恰好、猪《いのしし》を焼くにもぴったりするというくらい、たくさんな炙り串があった。修士はここで、ソースについて一、二のことをならったが、アコマにおける手持無沙汰な期間、この技術に対する自然の欲情から、教わったことに改良を加えて行った。材料の乏しさは、彼を落胆させるよりはむしろ、刺激になっていた。

客の宣教師たちはたしかに、この涼しい食堂で今日、彼等が舌鼓をうっているような食事をしたことがなかった。窓覆いは、遥か下に息づく平野をただ垣間《かいま》見ることができる程度だけ上がっていた。今度みなさんがお出での時には、修院のすぐ横に泉水をつくっておきましょう、主人は自慢気にそんなことを言っていた。彼は、このがつがつした客に、後の料理のために精力を貯えておいてくれるようにたのんで、彼等の前菜やスープに対する熱を制御せねばならなかった。焼肉は野生七面鳥のはずだった――すばらしい出来なのだ――が、惜しくも、これは誰も食べずに終ってしまった。その前に出すものは、主人の特別のはからいで、料理人には何もまかせていなかった。その野兎の野菜煮（人参と玉葱はやわらかく、よい香りがした）には、完成に数年かかったソースがついていた。この口取りは、台所から大きな土の皿に入れて運ばれた――しかし、器が少し小さすぎたのだ。たっぷりしたソース、それに浮いている人参が皿のへりまできている。料理番が焼串からはなれるわけに行かなかったので、今日は厩番の少年が給仕をしていた。この子は清潔ではきはきしていて、よく役に立ったので、修士もこれをよろこんでいて、この骨折りの駄賃になにか銅か銀のメダルくらいなかったかなと考えていた折も折だった。

野兎のソース和えがきたとき、ちょうどイスレタの司祭が面白い話をしていたので、みな、喧《やか》ましく笑い興じていたところだった。少ししかスペイン語を知らぬ給仕は、あきらかに、神父たちをこんなに愉快げにした話の要点をとらえようとしていたのだ。とにかく、彼は気を散らして、ズニの老司祭のわきを通った時、なみなみと汁の入った皿がかたむいて、鳶色《とびいろ》のたっぷりした肉汁を、この親爺の頭から肩にかけて、ざあーっと流してしまった。バルタサルは短気な男で、おまけに、火のように強い葡萄ブランデーをたらふく飲んだところだった。彼は白鑞の湯呑を右手にもつと、ののしりながらそれを、このぶきっちょな少年になげつけた。湯呑は少年の頭の側面にあたった。彼は皿を落とし、二、三歩よろめいたとみると、ぶっ倒れた。立ち上りもしなければ、動こうともしない。ズニの神父は、医学を究めていた。彼は目のソースをふきながら、少年の上にかがみこんで診察した。

「死んでる《ムエルト》」と彼はつぶやくが早いか、副司祭の袖を引くと、一言もなく、さっさと庭を越えて階段の登り口へとむかった。一瞬にして、無躾《ぶしつけ》にも、ラグーナとイスレタの司祭がその範に従った。四人の司祭は、驚くべき速さで岩を降り、騾馬に鞍をおくと平原を駆って行った。

バルタサルは、自分のそそっかしさの結果と共に、ひとり残された。わるいことに、永い沈黙に不審を抱いた料理番がドアからのぞいて、修院の庭のむこうに、ちょうど最後の鳶色の法服が消えて行くところをみた。自分の仲間が床の上にのびているのをみると、彼は言葉もなく、自分だけの知っている抜け口から、この場を去ってしまった。

バルタサル修士が台所へ行くと、誰もおらず、炙り串の上の七面鳥から、ぽたぽたと汁がたれているきりだった。もちろん、もう、焼肉を食べたいとも思わなかった。実にわるかったと感じ、なんとなく落着かず、と同時に、行ってしまった客たちに対して腹を立てた。一瞬彼は、みなの後を追おうかとも思った。が、一時の逃亡は自己の地位を弱めるにすぎず、永久に立ち退くなど考えも及ばなかった。庭は、今や全盛期のまっただ中にあった。桃がうれはじめたところで、葡萄のみどりの房も重くたれ下っていた。彼は機械的に、七面鳥を焼串からはずした。食べたいからでなく、鳥がこげると苦しみを感ずるとでもいうような、本能的な同情心からやったのだった。それがすむと涼み廊下にもどり、聖務日禱をとなえようと、腰をおろした。あまり台所に夢中になっていて、数日間怠っていたのだ。自己の破滅となったあのソースを惜しむ様子など、あまりなかった。

彼がいつも午後の休息をとった、風とおしのよい涼み廊下は、微風の中につるした鳥籠に似ていた。開けひろげのアーチの彼方に、寄り合った村《プエブロ》が見え、そのはるか下に、丘《メサ》の点々とする平原があった。聖務日禱に身を入れるのは不可能だった。下の村《プエブロ》が静かすぎるのだ。この時間には、二、三の女が鍋や敷物を洗ったり、子供が水溜めのそばで遊んだり、七面鳥を追いかけたりしているはずなのだ。が、今日は、岩頭が完全な沈黙のうちに太陽の炎にもえさかっていて、人っ子一人みえなかった——あ、一人、一瞬前にはいなかったのだが。石の階段の頂上に、つややかな黒い一点があった、岩のほんの少し上のところ——インディアンの髪だ。階段の口に見張りをおいたのだ。

神父は心配になり、まだ時間のあるうちに、他の者と一しょに階段を下りてしまえばよかったと思いはじめた。この岩の上でさえなければ、世界中どこにいたっていいと思った。ラミレス神父の古い驢馬路はあった、が、一つの道を見張っているなら、あと一つの方だって同じことだろう。黒い髪の一点は微動だにしない。そして、平野におりるには、あの二つしか道がないのだ、ただあれだけ……どこを向いても、助けを求める一本の木も草叢《くさむら》もなく、百五十フィートの裸崖があるきりだった。

日が低く沈むにつれて、足下の村《プエブロ》から、底深い、うたうような男声のざわめきがおこった。歌ではない。重大事が相談されている時にとなえられる、旋律的なインディアンの祈禱だった。バルタサル修士の頭に、一六八〇年の大暴動の際、宣教師たちのうけた身の毛のよだつような拷問がひらめいた。あるフランシスコ会員が、どのようにして眼をえぐり出されたか、またある人は焼き殺され、ハメスの老神父は裸にされ、一晩中広場を四つ這いで追いまわされた。疲れのあまりことされるまで、神父の背には酔いしれたインディアンがまたがっていたのだった。

涼み廊下から眺めた月の出は、さして感傷的でないこの修士にとっても印象的なものだった。しかし、今夜彼は、月が荒野の床からのぼるのをとめておきたく思った——村《プエブロ》では、月は、仕事開始の時計だったのだ。彼はおののきつつ、あの黄金の輪が、夜の深い藍色のびろうどを背にしてのぼるのを待った。

月の出と共に、アコマの住民たちは戸口から出てきた。一群の男が、岩をよこぎって修道院の方にやってきた。彼等は梯子をのぼり、涼み廊下に現われた。何の用かとたずねた修士に答えもしなかった。そして彼にも自分たちの間でも、一言も言わずに司祭の手足を縛り、腕を両わきにくくりつけた。

アコマの住民が後に語ったところによると、彼は命乞いもしなければ、もがきもしなかったということだ。もし、そんなことをしていたら、インディアンたちはもっと酷《むご》いあつかいをしたかもしれない。が、修士は知っていた。彼のインディアンの性質を、そして、村《プエブロ》全体が一旦腹を決めたとなると、どんなであるかということも……。その上、彼は傲慢なおいぼれのスペイン人で、その栄養のよい体には、一種の不撓《ふとう》の精神を宿していた。哀願することは知らなかったが、命令することになれていたので、最後に至るまで、インディアンの配下の尊敬を保ちおおせた。

司祭をかかえて彼等は梯子を下り、修道院をぬけ、岩をよこぎって、最も険しい断崖――アコマの女たちが、壊《こわ》れた壺や、七面鳥も食べぬような残物を投げすてる崖まで来た。そこには群集があつまっていた。彼等は司祭の縛《いまし》めを切り放ち、手足をもつと、岩角のところで二、三度ゆすってはかえした。修士は重かったから、みな、これはあぶない遊びだと思ったのだろう。息がしゅうしゅうと歯からもれる他、彼は声も立てなかった。四人の死刑執行人は、それまでねかせておいた崖っぷちから彼をもち上げ、二、三度勢いをつけると、空中に投げ出した。

かくして彼等は、自分たちの岩から暴君を駆逐してしまった。しかし全体として、みな修士を大変好いていた。が、悪いことばかりつづくものではない。死刑執行の後、教会に対する冒瀆とか、聖器汚損とかいうようなことは全くなく、ただ、神父の貯蔵品や家具類が分配されたくらいだった。女たちは、花壇がしおれ水気のないために枯れて行くのを眺めて有頂天になった。はては、修道院の中まで入りこんで、桃の葉が白っぽくなり、緑の葡萄が蔓の上でくしゃくしゃにちぢまって行くのをみて、笑ったり、口やかましく噂したりしていた。

数年後、次の司祭が来た時、敵愾心《てきがいしん》など全くみとめられなかった。この人は見栄をはらないメキシコ人で、豆と乾肉で満足していた。村《プエブロ》の七面鳥は、一度はバルタサルの庭園だった熱い砂埃の中で、土をほじくるままにおかれていた。桃の老い株からは、何年間も蒼白い芽が吹いていた。

Ⅳ

蛇

1　ペコスの一夜

司教のアルバカーキ及びアコマ訪問の一ヶ月後、陽気なガレゴス神父は正式に退職を命ぜられ、ヴァイヨン神父が教区の世話を引きついだ。アルバカーキの金持の牧場主や快活な夫人連は、このフランス人司祭に対して敵愾心《てきがいしん》を抱いていたので、最初は苦い感情がただよっていた。神父は、ただちに改革を始めた。すべてが変った。ガレゴス神父の時には馬鹿さわぎの機会だった聖日は、信心のつとめを果す、厳粛な祈りの日となった。浮気なメキシコ人たちは、以前には、汚《きた》ないふるまいを楽しんでしたと同様、今度は、熱心になることを楽しんでいた。ヴァイヨン神父は、フランスにいる妹のフィロメーヌに、自分の教区の性質は男の子の学校のようなものだ、と書いてやった。少年たちは、ある教師の時には我勝ちにいたずらで不従順となり、他の人に変ると、忠節を尽くすのに競争するのだった。クリスマス前の九日間祈禱《ノヴィナ》は、永いこと、ダンスやら陽気な楽しみごとにいろどられていたが、この年は大いなる宗教熱復興の時となった。

ヴァイヨン神父は、アルバカーキの教区司祭としての務《つと》めを全部もっていたが、同時に、副司教でもあった。二月に、司教は彼を重要な仕事でラス・ヴェガスに派遣した。ところが、予定の日になっても帰らず、一言のことわりもないままに数日過ぎたので、ラトゥール神父は心配になった。

ある朝、夜明けに、病いで弱りきったインディアン少年が、ジョセフ神父の白い騾馬《らば》コンテントを司教館の中庭に乗り入れ、悪いしらせをもたらした。彼のいうところによると、神父は黒疹病の発生したペコス山中の村で、瀕死の者に秘蹟を授けるために泊ったところ、自身この病気にかかってしまった。少年も、サンタ・フェに向けて発った時はどうもなかったのが、途中、病気が出たのだった。

司教はこの使者を、庭の隅のはなれて建った木造の小屋に入れた。ここならロレット会の修道女たちが看てやれる。病人のために、持てるだけの薬品や夜具を一袋につめるよう修院長に命じ、料理番のフルクトーサには、いつも馬の旅に携える食料を準備させた。下男が荷騾馬と、司教の騾馬アンジェリカを戸口まで引いてきた。もう、粗織《あらおり》の乗馬ズボンと鹿皮《バックスキン》のジャケットに身をかためたラトゥール神父は、この見事な動物をみつめて頭をふった。

「こいつはコンテントと一しょにおいといてくれ。新しい軍用騾馬の方が強いし、この旅にはむくだろう」

インディアンの使者が乗り入れてから二時間の後、司教はサンタ・フェをはなれた。彼はヤシントをひろうため、まっすぐにペコスの村《プエブロ》にむかっていた。赤い岩棚の上に低くよこたわる、樅《もみ》の木の山に半ばかくれ、杜松《ジュニパー》と杉の海に面した村《プエブロ》についたのは夕方だった。司教はペコスで勢のいい馬を手に入れて山を越してしまうつもりだったが、ヤシントも、そのまわりにむらがる年長のインディアンたちも、ここで一夜をすごして早朝発つようにと、懸命に忠告した。青空には太陽がまばゆく輝いていたが、西の山の後には大きな重たげな雲が、まるで岩棚のように、濁って静かに横たわっていた。老人たちはこれをみて首をふった。

「大風だ」村《プエブロ》の長《おさ》がおごそかに言った。

司教は不承不承騾馬を下り、これをヤシントにわたした。時間を無駄にしているような気がしたのだ。夜がくるまでには、まだ一時間もあった。その間、彼は集落と昔の宣教教会の廃墟の間の裸岩の上を行き来していた。太陽が沈んで行った。その赤い球は松のしげった山の峰々の上に銅色《あかがね》に映え、インクのような不吉な雲を溶かし銀でふちどっていた。煉瓦粉のように赤い、教会の大きな赤壁が、目前にうっとうしくあくびしていた——屋根の一部が陥落して、残りももうすぐつぶれそうだった。

この間にもヴァイヨン神父は、冬のインディアン村の不潔と不快のさ中に、重い病にふせっているのだ。司教は自身に問うた。どうしてこの友を、この苦労と危険にみちた生活に連れこんだのだ。ヴァイヨン神父は、尽きることを知らぬ熱心さからくる耐久力はあったとはいえ、子供の頃からひよわい質《たち》だった。モンフェロンの修道士たちが、子供を甘やかすようなことは決してなかった。それでも、毎年この子を、ヴォルヴィックの高原に休養にやるのだった。というのも、大学生活の蟄居に彼の精力が尽きてしまうからだった。ラトゥール神父と共にオハイオで布教していた時にも、ジョセフは二度も死の戸口まで行った。一度などコレラで、あまり悪かったため、新聞の死亡欄に名が出たくらいだった。この時、オハイオの司教が彼に、「死神騙《だま》し」という名をつけた。そうだ、とラトゥール神父はひとりごちた。ブロンシェはこんなに何度も、死のやつをだしぬいたんだ、もう一度ってこともあり得るさ。

司教は廃墟の塀のぐるりを歩いていて、聖器室が乾燥していて清潔なのを発見し、そこで毛布にくるまって、内側の壁に沿ってついているベンチの上で夜をすごそうと決めた。この部屋をしらべているうちに、古い教会のまわりに風が叫びはじめ、闇がさっとおりた。村《プエブロ》の家の低い戸口から、赤い火のきらめくのがみえた――ひたすら、目にはなつかしいものだった。岩の上で待っている司教の前に、ほっそりとしたヤシントの姿がうつった。彼は毛布を頭にきっちりと巻きつけ、風のために肩をこごませていた。

若いインディアンは、夕食ができたと告げに来たのだった。司教は彼について、かたまって建っていて皆おなじようにみえる小さな家のならびの中の、彼の小屋に行った。ヤシントの家の入口には二階につづく梯子があったが、二階は別の家族の住まいだったのだ。ヤシントの家の屋根はその家のベランダになっていた。司教は低い戸口をこごんで入った。部屋の床は敷居のずっと下にあった――風の吹きさらしを防ぐ、インディアン式の建築である。下りたところの部屋はせまくて細ながく、漆喰がなめらかにぬってあって、少なくともその装飾なきが故に、目には清潔にみえた。壁には二、三の狐の毛皮と、干瓢《かんぴょう》、赤唐がらしのほか、なにひとつかかっていなかった。ヤシントの自慢の豊かな色彩の毛布が、土の長椅子の上に幾重ねも積み上げられ――ヤシントも妻も、ここで煖炉近くに寝たのだ。長椅子の土は日中に暖まり、ロシア農民の炉床のように、朝まで熱い。火の上には、豆と乾肉の鍋が音を立てて煮えていた。ピニョンの丸太がもえて、部屋には甘い匂いの煙が満ちていた。司教が入って行くと、ヤシントの妻のクララがほほえみかけた。そしてシチューを注いでくれた。司教とヤシントは、めいめい丼をもって、火のはたの床に腰をおろした。その二人の間にクララが、南瓜の種入りの熱いパンを盛った鉢をおいた――これは、白人の乾葡萄入りのパンにあたる、インディアンにとっての御馳走なのだ。司教は食前の祈りをとなえると、手でパンを割いた。二人が食べる間、女はそれをじっとみながら、天井の棒から革紐でつるした鹿皮《バックスキン》の揺籠をゆすった。ヤシントは問われるまま、悲しげに、赤ん坊は病気なのだと言った。司教はこの赤ん坊が、幾重ねものおくるみで巻いてあるのを知っていた。顔から頭まで、風にあたらぬよう被《おお》ってあるのだ。インディアンは赤ん坊を、冬の間決して風呂に入れない。そして、彼等には、子供の養生法を教えてやっても無駄なのだ。そんな忠告を、インディアンの耳はうけつけないからである。と言っても、ヤシントの子になにもしてやれないのは、残念なことだった。ペコスの村《プエブロ》に揺り籠はたくさんない。種族は絶えはじめていた。幼児の死亡率が高く、若い夫婦の出産率も低かった――生命力が弱いのだ。天然痘や麻疹が、次から次へと重い通行税をとって行った。

もちろん、サンタ・フェの相当多くの人が信じている説明が、他にもあった。ペコスは、負いきれぬほどの暗い伝説をもっていた。これは白人にとっては、あまりにも誘惑的であり、歴史といったものを超えたものであったせいかもしれない。彼等は儀式用の火を、太古から山中のどこかの洞穴にかくしているといわれていた。この火はかつて持ちだされたこともなく、白人でこれを見たものはなかった。話というのは、この火に仕えるためにえらばれた青年――いつも種族中の最優秀なもの――の精力を火が吸うというのだ。ラトゥール神父には、このようなことはあり得ぬものと思えた。森林の多い山に、何世紀も在りかを秘めてきたほど小さな火をもやして行くのが、どうしてそんなに難儀なことなのだろうか。

それからまた、初期のアメリカ人及びスペイン人の探険家たちによってもたらされ、以来ずっと信じられている、蛇の話があった。この種族は妙に蛇崇拝に凝っていて、家にはガラガラ蛇をかくしていたし、ある祭日には、どこかの山に飼っている巨大な大蛇を村《プエブロ》までもっておりるというのだった。赤ん坊の数のへるのは、生後間もない嬰児を、この大蛇に犠牲《いけにえ》として捧げるからということだった。

白人のもってきた伝染病が種族の減少の原因だというのが、事実らしかった。インディアンにとって、麻疹、猩紅熱《しょうこうねつ》、百日咳などは、チフスやコレラ同様に危険であった。種族が毎年減って行くことはたしかだった。ヤシントの家は、生きのこりの村《プエブロ》の一端にあった。その背後には、死に絶えた村《プエブロ》の長い岩の棟があった——天候に破壊された空家で、土塊と石の積み重なったものとちがわなくなっていた。生きのこり横丁の成人の人口は百人足らずだった（原注／史実によると、ペコスの滅亡集落は、ニュー・メキシコの合衆国合併の数年前に放棄された）。これがあのコロナドの遠征報告の裕福で人口の多かったシクエの残党だった。彼の報告によると、当時は、このインディアン町には六千人もの人々がいた。彼等は、ペコス河から灌漑した豊沃な畑をもっていた。小川には魚があふれていたし、山には獲物が満ちていた。村《プエブロ》は、この青い山のふもとに位《くらい》していた。彼方、村の前方の杜松《ジュニパー》の点在する台地には、この不運な住民からとうもろこし、毛皮、木綿衣類等を重税としてとりあげるスペイン人が野営していた。ある春のこと、彼らがペコスから思う存分の奴隷や妾を連れて、クィヴェラの七つの黄金の市《まち》を探しに出かけたという話は、これから出たのである。

火のそばにすわって、山から吹きおろして大地を呻きまわっている風に耳を傾けつつ、ラトゥール神父はこんなことを考えていた。そして、やはり黙々として火のそばに腰をおろしているヤシントも、このことを考えているのではなかろうかなどと思った。この風は、夕暮に山の後にあった、インクのような雲の堤から吹いてくるのだ。が、もしかしたら、あのうすぼやけた暗い過去から吹いてくるのかもしれない。これに対抗して挙げられているただ一つの人の声、それは、揺籃の中の病児の弱々しい泣き声だった。クララが一隅で、音も立てずに食事をしていた。ヤシントは火をみつめていた。

司教は一時間にわたって、火影で聖務日禱を読んだ。骨まで暖まり、巻き毛布もすっかり暖まっているのを確かめると、出かけるために立ち上った。ヤシントも、毛布と野牛の皮の着物をかかえて立ち上った。二人は立ち並ぶ赤い戸口に沿って、裸岩を越え、淋しい廃跡に向った。そこは垂直な隠し塀のあるために、この嵐にも堪え、星の光がさしこんでいた。

2　石の唇

朝早く起きるのは、司教にとってむずかしいことではなかった。夜半をすぎると、徐々に身体が冷えてふるえてきた。毛布から出る前に祈りを唱えながら、彼はヴァイヨン神父の金言を想い出した。最初に祈っておけば、他のことをする時間は後からいくらもみつかるものだというのだ。

静まりかえった村《プエブロ》をぬけてヤシントの家まで行き、彼を起こして、火をつくるようにたのんだ。ヤシントが騾馬の支度をしに行っている間、ラトゥール神父は鞍嚢《あんのう》からコーヒー沸かしと錫《すず》の湯呑《コップ》と、まるいメキシコパンをとり出した。神父は数日にわたって、パンと砂糖ぬきのコーヒーで旅することができた。ヤシントは朝食をとらずに出かけようとしていたが、神父は彼をすわらせ、パンをわけてやった。インディアンの家では、パンはいつも足りぬがちである。クララはまだ長椅子に赤ん坊と寝ていた。

二人は、四時にはもう道を急いでいた。ヤシントは毛布を積んだ騾馬に乗っていた。彼は暗くとも街道を辿れるほど、自分の山々を知っていた。昼まえに司教は、騾馬を休ませるために休息しようともち出したが、案内人は空を見上げて首をふった。太陽はどこにも見えず、空気は灰色に澱《よど》んでいて、雪の匂いがした。間もなく雪が降り出した——はじめは少しだったが、徐々にひどくなって来た。目前の松の列が、粉のように一面に降ってくる雪片をとおして、だんだん短くなってきた。昼少し過ぎ、二人の旅人の周囲に一陣の風が雪の渦を立たせて、大嵐になった。風はあたかも海上の台風のようで、空気は雪にうずもれてしまった。司教は、案内人をみるのがやっとだった。

今度は頭、今度は肩、次は騾馬の黒い尻という風に、一部分ずつみえるのだ。道のわきの松の木も、一瞬現われるかとみると、また雪の中に消えて行く。街道も、道標も、山自体までがぼやけてしまった。

ヤシントは騾馬をとびおりると、巻きこんだ毛布をほどきはじめた。そして司教に鞍嚢を投げて叫んだ。「おいでなさい、いいところを知っています。神父《パドレ》さん、早く」

司教は、騾馬を置いて行くわけには行かないと言って反対したが、ヤシントは、騾馬は運にまかせるより仕方がないと言う。

次の一時間は、ラトゥール神父にとって忍耐の試練であった。目は見えず、息はつけず、口をあいて喘《あえ》いだ。半分しか見えぬ岩をよじのぼり、倒木につまずき、深い穴に落ちこんで、またもがき出ながらも、インディアンの若者の肩の赤い毛布について行った。毛布は、ヤシントの姿がみえなくなっても、はっきりと浮き出ていた。

急に雪が小降りになったかと思われた。案内人はつと立ち止った。二人は、嵐にむかって防柵をなしている垂れ下った岩壁の下に立っているらしかった。ヤシントは毛布を肩からおとして、崖をよじのぼる気配だった。見上げると、司教は奇妙な岩の構造を発見した。ぴったり重なって、その間に口のような開きのある二枚の角《かど》のない岩棚だ。少し間がひらいて上をむいたこの岩は、石の唇をおもわせた。ヤシントはこの口まで、よく知った足場をたよりにすばやく登った。登ると、下唇の方にねころんで、司教の登るのを助けた。そして荷物をもってくる間、この場所で待っているようにと、ラトゥール神父に言った。

数秒後、司教はヤシントと毛布について、この口から洞穴の喉にすべりこんだ。内部には、キヴァス（訳注／ホピ・インディアンの儀式用の洞穴）の中に用いられているような木の梯子があり、これを伝って容易《たやす》く床に下りることができた。

中は、輪郭のはっきりしない、どこかゴシックの聖堂のような形の、天井の高い洞窟だった――たった一つの光というのは、石の唇の狭い合い間からさしこんでくるのだった。必死になってかくれ家をさがしている時だったので、司教は梯子を降りながら感じた嫌悪、この場所に対するひどい憎悪に我ながらおどろいた。洞穴の中の空気はひいやりとしていて、骨の芯に浸《し》みわたった。大して強くはないが、非常に気持ちの悪い、嫌な臭気を覚えた。頭上約二十フィートの辺に、高い欄間《らんま》窓のような開いた口から、灰色の光が入っていた。

司教が穴の大きさを測定しようとあたりを見まわしている間、案内人は全く夢中になって床と壁を綿密に検査していた。梯子の足許には、もえさしの丸太がうずたかく積み重なっていた。ここで火をたいて、新しい土で消したのだ――火の中心だったと思われるところに、一盛の土がかぶさっていた。穴の壁にはピニョンの粗朶《そだ》が、きれいに積み重ねて立てかけてあった。ヤシントは床をくわしくしらべると、この薪の山を一本一本とっては、注意深く他の場所におきかえた。司教は、すぐ火をおこすのだろうと思っていたが、彼は急ぐ様子はなかった。全て薪をうつし終わると、彼は床の上にすわって考えこんでしまった。ラトゥール神父は、すぐ火をおこすように急《せ》きたてた。

「神父さん」とインディアン青年は言った。「あなたをここへ連れてきて、よかったかどうか。ここはわれわれが儀式につかうので、われわれだけしか知らないところなのです。ここからお出になったら、忘れてしまわなければいけません」

「もちろん忘れてしまおう。が、火をおこせないなら嵐の中へ帰った方がいい。もう気持ちが悪くなってきた」

ヤシントは毛布をほどいて、一番乾いたのをふるえている神父にかけてやった。それから小石をえり出すために、灰と黒くなった木の上にかがみこんだ。この小石は木切れがもえる時、それをかこったものだ。これを瓶《かめ》の中に集めると、洞穴の後部の壁までもって行った。そこには、頭の少し上に穴があるらしかった。特大の西瓜くらいの大きさの、不規則な楕円形だった。

こういう形の穴は、パヤリト台地の黒い火山壁にはかたまって多くあり、珍らしいものではなかった。しかしこの穴はただ一つで、暗く、もう一つの洞穴へつづくかと思われた。ヤシントの頭より上にあったとは言え、手はたやすくとどいた。司教のおどろいたことには、彼は集めた石を器用に、音もなくこの割れ目の口につめ、形をととのえながらこれをすっかり閉じてしまった。次に、ピニョンの薪から楔《くさび》をつくり、石の間の隙間につめこんだ。終りに、火を消すのに用いられた土を一塊り取ると、これを石の唇から吹きこんだ雪とまぜあわせた。この固い泥で細工の土を塗り、掌でなめらかにした。これだけの仕事は、十五分もかからなかった。

それからヤシントは、一言の註釈も説明もなく火を起しにかかった。燃えさかる丸太の芳香のおかげで、司教を不愉快にした匂いはまもなく消えた。熱は臭い空気を浄め、死のような冷気を去らせてしまったようだったが、神父の頭の中のがんがん言う音はつづいていた。最初はそれを、眩暈《めまい》で、寒気と血の循環の変化による耳鳴りのせいだろうと思っていた。が、あたたまってゆったりしてくると、彼はこの洞穴内の不思議な震動に気がついた。穴は、蜜蜂の巣のように、太鼓の遠鳴りのようにうたっていた。少ししてから神父は、ヤシントもこれに気がついているかどうか尋ねた。

華奢なインディアンの青年は、穴に入ってから始めてにっこりした。彼は炬火《たいまつ》に粗朶を一本とりあげると、山中につづくトンネルの方へ招いた。そこは、天井がずっと低くなっていて、ほとんど手がとどきそうだった。ここでヤシントは、瀬戸もののひびのような、泥で塗りかためた石の床の割れ目の上にひざまずいた。猟刀でこれを少し掘りかえすと、その口に耳をつけて、二、三秒間聞くと、司教にも同様にさせた。

割れ目から上る寒さにもかかわず、ラトゥール神父は永いことこれに耳をつけていた。彼が聞いているのは、地球の最古の声の一つだ。それは、反響する洞穴の中を流れる地下の大河の音だった。水は、ずっとずっと下の方、たぶん山のふもとくらいかもしれぬ深所で、洪水期前の岩の肋骨の下を、全くの暗黒のうちに動いて行く流れだったのだ。急流の音ではなく、威容と権力をもって流れる大河のひびきであった。

「全く凄い」ようやく立ち上った神父はこう言った。

「そう、神父さん」ヤシントは、つぎ目からえぐり出した粘土の上に唾を吐くと、またこれを塗りこんだ。

二人が火のそばに帰ってくると、二つの唇からもれてくる日の光は、ずっとうすれていた。司教は、それが名残り惜しげに消えて行くのを眺めていた。彼は鞍嚢から、コーヒー沸かしと、パン一塊り、山羊のチーズなどを取り出した。ヤシントは入口の下の岩棚によじのぼると、松の木をゆすって、コーヒー沸かしと一枚の毛布に新鮮な雪をつめた。案内人がこうやって忙しくしている間、司教はポケット瓶から、タオスの古いウィスキーを一口飲んだ。彼はインディアンの前で酒類を飲むことを決して好まなかった。

ヤシントは、パンや砂糖なしコーヒーを飲めて運がよかったと言った。中味を飲み干してその錫のコップを司教に返すと、嬉しそうに微笑んで、歯をすっかりむき出しながら、幅広の帯で手をこすった。

「ここの近くにいたのも運がよかったのですよ」と彼は言った。「騾馬がおいてあるから、ここへ来る道はわかるだろうと思います、たしかでないけれど。ここへはあまり来たことがない。神父さん、おっかなかったですか」

司教は考えてみた。「君ときたら、こわがるひまもくれなかったじゃないか。君こそこわかったかい？」

ヤシントは肩をすくめた。「村《プエブロ》へ帰られないかと思った」彼はみとめていた。

ラトゥール神父は永いこと、火影で聖務日禱を読んでいた。早朝から、彼のあたまは物質的なものにみたされていた。ようやく眠れそうな気がしてくる。そこで、野営の時のいつものならわしのように、ヤシントとパーテル・ノステル（天に在《まし》ます我等の父よ）をとなえると、毛布にくるまり、火の方に足をむけて体を長くのばした。と言っても彼は夜半に起きて、この案内人があのように丁寧にとじた不思議な穴を少し探《さぐ》ってみる気だった。泥を塗ってからは、ヤシントは二度とその方向をみようとしなかった。それで、ラトゥール神父もインディアンの礼儀を守って、その方に目をやらぬようにしていた。

本当に神父は目をさました。火はまだ、天井の高いこのゴシック式の部屋に、豊かに映えわたっていた。が、壁のところに、案内人ヤシントが目にはみえぬ足場の上に立って、岩の方に手をのばし、体を岩にぴったりとつけて、新しい泥の接ぎ目のところに耳をつけていた。なにかを聞いているのだ。感覚を超えた耳――そんなもので聞いているらしく、こんな恰好で岩につかまっていられるのも、心配でかたくなっているためと思えた。司教はそっと眼をとじ、この案内人がどうして寝ているなどと思っていたかと、われながら不思議におもった。

翌朝、二人は石の唇から彷い出し、きらきら輝く白い世界に出くわした。雪をいただいた山々は、日の出に赤くそまっていた。司教はしばし佇《たたず》んで、寒々とした樅の木の、梢から梢へとみわたした。枝々には和やかな朝の陽が射し、やわらかいばら色の処女雪がのっていた。

ヤシントは、騾馬を探すのは無駄だと言った。雪がとければ、鞍や轡《くつわ》もとりもどそう。二人はもがきつつ、八マイルばかり歩いて、木樵《きこり》の小屋をみつけて馬を借り、星影をたよりに旅を終えた。ヴァイヨン神父のところに着くと、彼は野牛の皮でつくった寝台の上に起きあがっていた。熱は降り坂で、もう回復期に入っていた。他の親友が司教より先に着いていた。キット・カーソンが二人のタオス・インディアンをつれて山中で鹿狩りをしていた時、この集落がやられたこと、副司教もそこにいることなどを聞いたのだった。彼は救援に馳せつけ、嵐になる寸前に、一包の鹿肉をもって村《プエブロ》に着いた。ヴァイヨン神父が鞍にすわれるようになると、カーソンと司教は、すぐ彼をサンタ・フェまでつれて帰った。身体が弱っていたので四日かかった。


司教は約束どおり、誰にもヤシントの洞穴のことを言わなかったが、相かわらず不思議がってはいた。いつもいつも頭にひらめき、その度に、あそこで何の経験をしたというのでもないのに、ぞっとして身ぶるいするのだった。困りはてていたあの場合、あれは情け深いかくれ家だったのだ。にもかかわらず、のちに彼は嵐を、そして自分が疲れはてていたことさえをも、りんりんとひびくような喜びの情をもって思い出したのに、おそらくは彼の命を救ってくれたあの洞穴のことは、思い出すとこわくなった。そして以後、どんな不思議な話を聞いたとしても、洞穴などへは決して行くまいと決心した。

うちへ帰ってからも彼は、まだこの儀式用の洞穴と、ヤシントの困ったような振舞について、好奇心に駆られていた。これは、ペコス宗教の不愉快な話の数々に色彩をあたえるようなものだ。彼はサンタ・フェ在住の白人もメキシコ人も、インディアンの信仰とか、インディアンの頭の働き方といったものがわかり得ないと決めこんでいた。

キット・カーソンの話によると、グロリエタ峠とペコス村《プエブロ》間の取引見張所の所有者がこのインディアンのごく近所で育ち、誰よりも彼等のことに詳しいというのだった。彼の両親が先の代にこの見張所をあずかっていて、母親はこの近辺における最初の白人だった。この商人は、ゼブ・オーチャードと言い、山中で塩、砂糖、ウィスキー、タバコ等を白人やインディアンに売りながら一人暮らしていた。カーソンの語るところによると、この男は正直で信用できるし、インディアンのよい友達で、一時はあるペコスの娘と結婚を望んでいたが、「白人」であることを大そう誇りにしていた老母がこれを聞き入れなかったので、独身で世捨て人として住んでいるということだった。

ラトゥール神父は、ペコスの風習や儀式のことを聞くために、ある布教旅行の際、この商人と一夜をすごすことにした。

オーチャードは、燃えつづけている火の言い伝えは無論本当であるが、山中ではなく、村《プエブロ》の中で燃えているのだと語った。その火は粘土の竈《かまど》の中に隠してあって、何世紀も以前にこの村《プエブロ》がたてられた時から、キヴァスの中で燃えつづけているのだった。蛇の話については、よくわからないという。村《プエブロ》付近で、たしかにガラガラ蛇をみたことはあるが、この辺ではどこにでもいるのだ。数年前、ペコス人の少年が踝《くるぶし》を咬まれて、彼のところにウィスキーをもらいに来た。彼は普通の少年と少しも変りなく、腫れ上って、死にかけていた。

司教はオーチャードに、皆がいうように、インディアンがどこかへ大蛇を隠しているのは本当だろうかと尋ねた。

「山の中で、なにか宗教的儀式にもってくるための有害な動物を飼っているのは事実です。が、果してそれが蛇かどうかは知りません。神父さん、白人は誰も、インディアンの宗教のことは知らないのですよ」

だんだん話すうちに、オーチャードは、彼自身子供の頃はこの蛇の話に好奇心をもっていて、一度、彼等の祭りの時に探ってみたことがあると告白した。これは、あまり安全とはいえぬ話だ。彼は二晩山の中で待ち伏せていて、一隊のインディアンが炬火をかかげて、大きな箱を運んでくるのを見た。それは女持ちのトランクほどの大きさで、これを吊した若い白楊《アスペン》の棒がしなるくらいの重さだった。「白人が暗くなってから箱をかついでくるのなら、なにが中に入ってるか、大体わかるでしょう。金、ウィスキー、でなきゃ飛道具とか。が、インディアンでは、なんともいえません。あいつ等の祖先の気に入った、変な形の岩っぱしかもしれませんしね。あいつ等が一とう大切にするものは、我々にとってガラクタなんです。自分たち一流の迷信をもっていて、彼等の頭は昔っからの同じ轍《わだち》を、世の終りまで、ぐるぐるぐるぐるまわっているのですよ」

この古習に対する尊敬は、彼等の性質の中では神父の好きなもので、それは彼自身の宗教の中でも大きな位置をしめていると司教は洩らした。

商人は、インディアンの中にもよいカトリック教徒ができるかもしれないが、この古い信心ときりはなしてしまうことは、絶対にできないと語った。「彼等の僧侶は、ちゃんと、ある種の玄義をもっています。どれだけ本当で、どれだけが作りばなしかは知りませんが。私がまだ小さい小僧だった頃こんなことがありました。ある夜、赤ん坊を腕に抱いたペコスの娘が、うちの台所にかけこんできて、私の母に、お祭りがすむまでかくまってくれというのです。彼女は首長たちの間であるサインがかわされるのをみた、これは、みながその赤ん坊を蛇に食わせようとしているのだというのですね。本当かうそか、かわいそうに、この女はたしかにこれを信じていたので、母はおいてやっていました。私は当時、強い印象をうけたものです」

V

マルチネス神父

1　旧《ふる》い理想

ラトゥール司教とヤシントは、タオスへの始めての公式訪問のため山を越えていた。教区内でタオスは、アルバカーキに次ぐ大きな富裕な町だった。そこの司祭も住民もアメリカ人に敵愾心《てきがいしん》を抱いていて、干渉されるのを嫌がっていた。スペイン人以外は、どのヨーロッパ人も、米国人《グリンゴ》とみなされていた。司教は、この敵愾心をさますためにたっぷり時間をおき、この教区を拋《ほう》っておいた。カーソンの手をかりて、この町の状況を詳しくしらべ、また精神的及び物質的事柄において統治者たる、権力者アントニオ・ホセ・マルチネスという老司祭についてもしらべておいた。ラトゥール神父がこの舞台に登場するまでは、マルチネスが北部ニュー・メキシコの全教区の専主で、サンタ・フェの地元の司祭はみな、彼の拇指《おやゆび》で押さえられていた。

アメリカ人の知事ベント及び数人の白人が惨殺され、頭の皮を剝《は》がれた五年前のタオス・インディアンの暴動がマルチネス神父の煽動によるものとは、誰もの言うことだった。七人のタオス・インディアン

ンディアンが軍事裁判に付され、殺人罪で絞首刑になったが、その計画をつくった司祭は呼び出されなかった。事実、マルチネス神父はこの事件によって相当得をしたのだ。

死刑を宣告されたインディアンたちは神父を呼びにやり、彼のせいで皆の落ちこんだ災難から逃がしてくれとたのんだ。マルチネスは、もし彼等が村《プエブロ》のそばにある彼等の地所の譲渡証書を書けば命を救ってやろうと約束した。彼等が証書を作成し、これが正式に交付されると、神父はもうこの件を気にするようすもなく、生まれ故郷のアビキュの町を訪ねに行ってしまった。神父の不在中、七人のインディアンは規定の日に処刑された。マルチネスは彼等の肥沃な農場を耕し、今では教区でも指折りの金持になっていた。

ラトゥール神父は、マルチネスとは鄭重な文通はしていたが、会ったのはただの一度だった。それは、新司教を認めるのを拒んだサンタ・フェの司祭等を応援するため、彼がはるばるタオスからやってきた、あの記念すべき日のことだった。が、司教には、あれはたった昨日のことのように思えた。タオスの司祭は、容易《たやす》く忘れ得るような人ではなかった。道で出会っても、その凄い体力と横柄な意志が感じられるくらいだった。事実は、背など司教よりさして高くなかったのだが、巨人のような印象をあたえた。幅広の高い肩は牡の野牛に似ていて、大きな頭がふとい首の上にすえられていた。でぶでぶした頬、赤い卵形のスペイン風の顔——司教があの顔をどんなにはっきりと覚えていたか。あまり普通とかけはなれているので、もう一度見たいほどだった。高くて狭い額、力強いアーチの下に深く凹んだ黄色い眼、肥った俗っぽい顔——アングロ・サクソンの顔のように、なめらかな、空白な肉の塊りではなく、男性的な躍動に満ちた頬だった。それは、顔の他のどの部分にも劣らず、感情に従って変化した。彼の口は、強い、拘束を受けぬ欲情と、暴君的な自負心の表われだった。ふくよかな唇は上向いていて、張り切っており、恐怖あるいは欲望のためにふくらんだ、野獣の肉のようだった。

ラトゥール神父は辺境地《フロンティアー》でさえも、もう無法な個人的権力の日は過ぎ去ったと考えていた。彼にとってこの人物はすでに、独創的で印象的ではあるが、実は無力で、過去の遺物のような存在だった。

司教とヤシントが山をぬけると、よもぎに被われた道が平野につづいていた。この植物の幹は、人間の脛《すね》ほどの太さがあった。土煙が彼等の方にむかって急速度でやってくるのを、ヤシントが指さした。インディアンとメキシコ人をまぜた、百人、あるいはそれ以上の騎馬の一隊が、司教歓迎のために出てきたのだった。ある者は叫びをあげ、ある者は小銃をうちならしていた。

一隊が近づいてくると、マルチネス神父はすぐにわかった——鹿皮《バックスキン》のズボンをはき、銀の拍車のついた長靴をはいて鍔広のメキシコ帽をかぶり、肩の辺には大きな黒いケープを羊飼いの毛布のように巻きつけていた。司教のところまで乗りつけると、彼は黒の去勢馬を制しながら、帽子をとり手をぱっとひろげて歓迎した。すると護衛の連中は、司祭たちを取り巻き、空に向けて小銃をぶっ放した。

二人の司祭は並んで、黄色い壁と曲りくねった道と緑の果樹園の小さな町、ロス・ランチョス・デ・タオスにのりこんだ。住民はみな教会前の広場に集まっていた。教会へ入ろうとして司教が馬を降りると、通路として女たちが、埃っぽい道に肩掛《ショール》を投げた。ひざまずいた人々の間をとおりぬけて行くと、男も女も、司教の指輪に接吻せんものとひしめきあった。もし故国においてなら、これらのことはジャン・マリー・ラトゥールにとって、およそ嫌なことだったにちがいない。しかしここでは、この示威運動のすべては、風景と庭園の、燃えるようなサボテンの、きらびやかに飾りつけられた祭壇の——苦しみのキリスト、悲しみの聖母、また人間くさい聖人たちの——鮮やかな色彩から切り離すことのできぬもののようであった。この人々にとって、宗教は必然的に劇的でなければならぬことを、彼は知っていた。

一行は、ロス・ランチョスから急いで灰色の野を越えてタオスに行き、教会の向いの司祭館に着いた。ここには大群集がいた。人々がひざまずいてひれふす中に、十歳か十二歳くらいの、のろまな感じの少年が、口をあけ帽子もとらずにつっ立っていた。マルチネス神父は、数人のひざまずいている女の頭越しに手をのばして少年の帽子をはらいのけると、耳のあたりに拳固でしたたかくらわせた。ラトゥール神父が小声にたしなめると、司祭は図々しく言ってのけた。

「司教、あれは私の息子です。もう行儀を教えてもよい時分ですからな」

この調子だなと司教は思った。厳しく鍛えられた彼の表情はこの抗議を受けてもびくともせず、そのまま司祭館に入った。彼等がまっすぐにマルチネスの書斎に入ると、床の上に若い男がぐっすり寝ていた。巨大な、肥った青年で、本を枕にして上向きになり、息をする度に物凄いほど体が上下した。彼はフランシスコ会の茶の修服を着ていて、髪は短く剪《き》ってあった。このねむりこけている男をみると、マルチネス神父はげらげら笑い出して、あばら骨の辺を相当きつく蹴った。そいつは大そうとりみだして起き上り、戸口をすりぬけて、内庭の方へ行ってしまった。

「こらぁ」と神父は後から呼んだ。「若いのに昼ねむたがる奴は、夜働くからなんだぞ。蠟燭の光で勉強してやがったんだろう！　神学の試験をするぞ！」これにこたえて、中庭越しに窓から、女の忍び笑いがきこえた。逃亡者が身をかくした、洗濯物の干したあたりからだった。彼は丈の高い巨軀を曲げて、二枚の濡れたシーツの間に姿を消した。

「あれは、私の生徒のトリニダドです」とマルチネスは言った。「アロヨ・ホンドにいる、私の古い友達のルチェロ神父の甥でしてね。今は修士なのですが、司祭にならせたいと思っています。ドゥランゴの神学校までやったのですが、すっかりホームシックになってしまったり、なにを習うにも頭がわるいというところなので、ここで教育しています。いつか司祭に仕立てるつもりです」

ラトゥール神父は、この家をご自分のおうちのつもりでお使いくださいといわれたが、そんな気にもなれなかった。彼の潔癖性にとって、この不整頓はたえ難いものだった。神父の文机の上には嗅ぎ煙草がちらかり、あまりうずたかく本が積み重ねてあったため、その上の十字架が見えぬほどだった。方々の椅子やら机、全く家中に本が積まれ、その本にも床にも春の砂塵が積もっていた。一隅にはマルチネス神父の長靴と帽子がころがっていたし、外套や法衣《カソック》は釘にかかっていたが、様々な家具の上になびきかかっていた。それでいて家の中には、老若まぜた給仕女や、それから大きな黄色い猫たちがあふれかえっていた。この猫は明らかに特種の血統のもので、その毛はふかふかとしてやわらかかった。窓べりに寝そべっているのもいたし、内庭の井戸のふちにもいたし、一番図々しいのは夕食の時、食卓までやってきた。すると彼らの主人は無頓着に、自分の皿から食べさせてやるのだった。

皆が食卓につくと主人は、先ほど床にねていた、肥っておなかの突きだした若者を司教に紹介した。トリニダド・ルチェロは彼のところで勉強していて、自分の秘書になるはずだといい、こいつはいつも台所の辺をうろついていて女共の仕事の邪魔をしていると付け足した。

これらのことは青年の前で言われたのだが、彼には寸分も恥じる様子はなかった。彼は全神経を羊肉のシチューに集めていて、皿が前におかれるや否や、ものすごい勢いで呑みこみはじめた。この青年が、まるで貧しい親戚か召使のような扱いを受けていることを、司教は後になって知った。彼は使いに出されたり、横柄な神父《パドレ》の靴をとってこさせられたり、火にする薪を運んだり、馬に鞍をおいたりさせられていた。ラトゥール神父は彼の人格に嫌悪を感じて、見るのさえ嫌だった。その肥えた顔は腹の立つほど間がぬけていて、やわらかいチーズのようで、うすぎたない、ずるずるした感じだった。口の隅はむっちりしていて、赤ん坊の足首のようなふかい皺ができていた。眼鏡のかねのふちが鼻の頭にかかったところは、やわらかい肉に食いこんでいた。彼は食事中、一言もものを言わなかったが、まるでふたたび食物をみることがないという恐怖にとりつかれたかのように、貪《むさぼ》り食った。一瞬皿から注意をそらすような時があると、同じ意地汚い恰好で、給仕の女の子に注意が行く。その娘は彼を、あからさまな軽蔑の念をもって見下していた。この学生は終始肉欲的な、あるいはそれに類した考えに邪魔されて、ぼんやりとしている体《てい》だった。

　マルチネス神父は、法衣《カソック》を汚さぬように首のまわりにナプキンをまいていたが、よく食い、よく飲んだ。司教は、料理人の多さに比して料理の貧弱なことに気がついた。が、エル・パソ・デル・ノルテ産の葡萄酒は、大そう美味であった。

　食事中、主人は司教に面とむかって、司祭の召命において独身は必然的なものだろうかと尋ねた。ラトゥール神父は、この問題は何世紀も昔に論じ尽くされ、永遠に決定されたものだと答えたのみだった。

「永久に決められたものなどありはしない」と、マルチネスは鋭く反対した。「フランス人の聖職者にとって、独身生活は大変結構なことかもしれぬが、われわれにはそうは行かない。聖アウグスチヌスだって、自然に逆わぬ方がよいと言われた。あの方が年とってから、自分の実行してきた禁欲を後悔したという証拠を、いくらでもあげることができますよ」

司教は、聖アウグスチヌスのものはかなりよく知っていたので、そんな結論を引いた部分を見たいものだといった。

「よくそれを言い表わしている部分を、どこかにみな書きとめてもっている。あなたが発たれるまでには探しましょう。あなたは、頭に封をしてお読みになったのでしょう。独身を守っている司祭は、理解力をなくすものですよ。どの司祭だって、自分で罪に陥ったことがなければ、罪の後悔や赦《ゆる》しを経験することはできません。一番平凡な誘惑の形が肉欲であるからには、少しくらい知っていた方がいいでしょう。断食と祈りだけで、霊魂は謙遜にはなれません。罪の赦しを経験し、聖寵の状態に立ちもどるためには、一度、大罪でぺしゃんこにならねばならんのです。でなければ、宗教など死んだ論理にすぎなくなる」

「これは、ゆっくり後で御相談しなければならぬ問題ですね」と司教は静かに言った。「このような慣習は、私の司教区ではできるだけ早く改革いたしましょう。自己を祭壇への奉仕に捧げ尽くした時の誓いを守らぬような司祭が、一人もいなくなる時が早く来ればよいと思っております」

色黒の神父は大声にわらって、肩までのぼって来た大猫をなげ出した。「司教、それはお忙しいことですな。ここでは、自然があなたの一歩先にいますよ。地元の司祭は、あなた方フランス人のイエズス会員よりよほど熱心ですよ。ここにはヨーロッパの死んだ腕でなく、生きた教会がありますからね。われわれの宗教は土から生えたもので、ここだけの根っこをもっています。教皇個人には子としての敬意を表しはしますが、ローマの権力などここでは全くありません。われわれには布教聖省からの援助も要らないし、干渉されたくありません。フランシスコ会の神父方の植えつけなさった教会は伐り倒されて、これは二度目に生まれた土着のものです。ここの人々は世界にただ一つのこっている敬虔な民族です。もし欧州風の固苦しさでわれわれの信仰をけなされるのなら、誰だって不信心になって道楽三昧になるでしょうよ」

この雄弁に対して司教は、彼が皆の宗教をとりあげに来たのではないが、司祭のある者が暮らし方を変えぬのなら、教区をとりあげねばならなくなるだろう、とおだやかに言った。

マルチネス神父は、酒をコップに注ぎながら上機嫌に答えた。「司教、私のはおとりあげになるわけには行きませんよ。やってみてごらんなさい！　私の教会は私が統率しましょう。ええ、あなたのためなら、タオスにフランス人の司祭をお置きになっても結構ですよ。人々は私のものですからね」

神父はこう言って食卓をはなれ、背を火にむけて立ち、ズボンを炎にさらすために法衣《カソック》を腰までまくりあげた。「司教、あんたはお若い」彼は首を後にまわして、煙にいぶった梁を見上げていった。「それに、インディアンやメキシコ人のことはなにもごぞんじない。もしここでヨーロッパ文明をとり入れて、今までのやり方を改めさせたり、インディアンの秘密の踊りに干渉なすったり、悔悛者の血腥《ちなまぐ》さい儀式を廃止したりしようとなさるのなら、必ず早死になさると申し上げますぞ。改革に手をつけられる前に、この土地の伝統を勉強なすった方がいいでしょう。フランスの御方、あんたは野蛮人の中、ええ、二種類の蛮族にはさまれてお住まいなのですよ。お宅の教会で禁ぜられている暗いことは、インディアンの宗教の一部なのです。ここでフランス流をご紹介なさるのはご無理でしょう」

この時、弟子のトリニダドはそっと立ち上り、司教に媚《こ》びるような一礼をすると、静かな、抜けだすような足どりで台所の方に去った。彼の茶色の裾が戸口から消えると、ラトゥール神父はきびしく主人の方に向きなおった。

「マルチネス、若い者の前でこのようにだらしのない様子でしゃべるのは不都合だ。殊に、司祭になるための勉強をしている男ではないか。が、このような才幹の男が、なぜ司祭職に就くのを奨励されねばならぬのか、私にはわからない。私の司教区では、絶対に教区を持たせないよ」

マルチネス神父は、黄色い長い歯をむき出して笑った。彼は笑うと似合わなかった。歯が大きすぎる――たしかに品がなかった。

「ああ、トリニダドはアロヨ・ホンドに行くでしょう。副司祭としてね。あれの伯父はもう年とってきたから。トリニダドは熱心な奴でね。受難週間になると見ものですよ。アビキュへ行くのですが、まるで人が変ってしまう。一番重い十字架を山まで運ぶし、誰よりも多く笞《むち》をうける。ここへ帰ってくる時には、背中じゅうサボテンのとげだらけで、娘たちが鶏かなんぞのようにむしってやらなければならん」

ラトゥール神父は疲れていたので、夕食後すぐ部屋に行った。床《とこ》は、調べると清潔で気持ちよさそうだったが、そのまわりが危ないような気がした。彼はこの家の空気がきらいだった。部屋に引きとってからも、皿洗いのかちかちという音や、女の忍び笑いなどが内庭のむこうから聞こえ、神父は永いこと起きていた。それが止むと、マルチネス神父が、どこか近くの部屋でいびきをかきはじめた。内庭につづく戸口をあけておいたにちがいない。乾燥煉瓦《アドベ》の壁は厚いので、大概の音は消してしまうのである。神父のいびきは猛り立った野牛のようなので、とうとう司教は起きて行って戸口をさがし、閉めてくることにした。彼は起き上ると、蠟燭をともし、決めかねた気で部屋の戸をあけた。夜風が部屋に吹きこんだ時、壁から床にかけて、小さな黒い影がちらと動いた。ねずみだろう。が、ちがった。どこかのだらしのない女がこの部屋で化粧した時に、一隅に不精にもつみあげておいたらしい女の髪だった。司教はこんなものをみつけて、したたか当惑した。

翌朝十一時に、荘厳弥撒《ミサ》がたてられた。教区司祭の司式で、司教は司教席についた。彼はタオスの教会には満足した。建物は清潔で修理が行きとどいていたし、会衆は数も多く、熱心だった。細やかなレース、雪のような麻布《リネン》、祭壇の磨きこまれた真鍮が、熱心な祭壇会をものがたっていた。弥撒《ミサ》答えの少年たちは、深紅の袈裟《スルプリ》の上に豪華な手編レースの上衣《スモック》を着ていた。司教は、マルチネス神父のような印象的な歌弥撒《ミサ》にあずかったことがないと思った。彼の声は美しいバリトンで、感情の力の深い泉から出ていた。式中、いい加減にされた所はどこもなく、どの句も仕草も意義深いものだった。聖体奉挙の瞬間、この色黒の司祭は全力を、肥った体と全身の血を、聖杯《カリス》を差しあげる力にこめたかと見えた。このメキシコ人も、正しく導かれれば偉人になったかもしれないのだ。全体から見ると彼は、人を否応なしに服従させる性格、なにか気にかかる、神秘的な、人をひきつける力をもっていた。

堅振式の後、マルチネス神父は馬を連れてこさせて、農場と家畜飼育場に司教を案内した。彼はタオスとインディアン村《プエブロ》の間の、豊沃な谷間の畑の農場を全部みせてくれた。この土地は既知のごとく、絞首刑をうけた七人のインディアンから手に入れたものだった。マルチネスは道すがら、ぶっきらぼうにベント殺戮の話をした。彼は、ニュー・メキシコに起きた事件で、その端をタオスに発せぬものはないとうそぶいた。

二人は夕暮少し前に、村《プエブロ》の少し西で立ち止った——司教が今まで訪れたところと、非常に感じのちがった村《プエブロ》だった。大きなピラミッド形の公共の家屋が二つ、紫の山を後に控え、午後の光に、黄金色に映えていた。白い頭巾外套を着た黄金色の男たちが屋根の梯子状の階段に出てきて、像のように音もなく立ち止った。山に映える光の変化を眺めているのにちがいない。あたりに、なにか宗教的な沈黙が漲《みなぎ》り、金色の埃の雲につつまれて家路をたどる山羊の嘶《いなな》きの他、何の音もなかった。

神父の話によると、この二つの家は、この種族が千年以上も占めてきたということだった。コロナドの連中もこの地点で彼等に会い、顔立ちの立派な、挙動に威厳のある、ヨーロッパ人と同型の鹿皮《バックスキン》の上着とズボンを着けた、優秀なインディアンの種族と誌している。

山からは材木が伐り出されていたが、輪郭が鋭くサンディア山脈に似た、裸な、彫刻のようなおもむきがあった。山腹の植物のほとんどは常緑樹だったが、峡谷や谷間には白楊《アスペン》が繁茂していたので山腹の凹みの形や色がちがっており、暗緑色対明緑色となって、螺旋形、三日月形、半円などを描き、なにか象徴的だった。この谷と山々は何世紀もわたって古くからの宗教的儀式の場所で、静かな、インディアンの生活の巣となっていて、彼等の秘宝の安置所なのだと神父が説明した。

「奴等はこの中のどこかにたしかにポペの洞穴《エストゥファ》（訳注／エストゥファ estufa の原意は煖炉で、初期アメリカ開拓のスペイン人が、インディアンの儀式用の洞穴、キヴァス Kivas につけた名である）をかくしているのですが、白人には絶対に見せないでしょう。ポペが一六八〇年の暴動を計画していた時に、自ら籠って、四年もの間、陽の目をみなかったという、あの洞穴《エストゥファ》です。司教、あの事件のことは、よくごぞんじでしょうな」

「少しくらいはね。もちろん、殉教録から。が、あれがタオスで始まったとは知らなかった」

「ニュー・メキシコに起った事件で、タオスから出てないものはないいって言ったじゃないですか」

神父は傲然として言った。「ポペは、サン・フアンのインディアンの出ですが、ナポレオンもコルシカ人でした。彼はタオスから売り出したのですよ」

マルチネス神父は自分の国、歴史的書物のない自分の国を知っていた。彼は司教に、今まで聞いたことのないような正確な、一六八〇年のインディアンの大暴動の次第を話してくれた。この事件によって、新大陸の殉教録には大部が書きこまれた。スペイン人は一人のこらず殺されたかまたは追われ、エル・パソ・デル・ノルテ以北には、一人のヨーロッパ人も生き残らなかった。その夜、夕食がすみ、主人が腰をおろして嗅ぎ煙草を一服する間、ラトゥール神父はあれこれと訊ねて、彼の身の上についていくらか知った。

マルチネスは、タオスの西方に忽然とそそり立つ青い山脈のふもと、アビキュに生まれた。その山は頂上がきりとられて、ピラミッドの形をしていた。アビキュは、この地方では最古のメキシコ人植民地の一つで、深い谷と険しい山にかこまれ、外界との交際は全く絶たれていた。この孤独のために、ここの住民は真面目な気質で、信仰は強かったが狂信的で、受難週間になると、十字架担いや血腥さい笞刑《ちけい》などで祝うのだった。

アントニオ・ホセ・マルチネスは、読み書きも知らずここに育ち、二十歳で結婚し、二十三の時妻子を歿《な》くした。結婚後、彼は教区司祭から読み書きをならったので、鰥《やもめ》になった時、司祭になるために勉強しようと思い立った。衣類と家財道具を売払って得た少しばかりの金をもって、彼は馬でオールド・メキシコのドゥランゴへむかった。そこで神学校に入ると、こつこつと勉強をはじめた。青春を疾《と》うに過ぎるまで読むこともできなかった若者にとって、きびしい学業を修めるのがどんなことか、司教には想像できた。彼は、マルチネスが教会博士の著書だけでなく、スペインやラテンの古典まで通暁しているのをみとめた。神学校で六年すごすと、マルチネスはアビキュへ教区司祭として赴任した。彼は、四角錐の山のふもとのこの古い村を、熱情的に愛していた。タオスにいる間――もう半生涯にもなるのだが、彼は定期的に馬でアビキュを訪れるのだった。まるであの黄色い土の香が、魂の薬になるとでもいうかのようだった。もちろん、彼はアメリカ人を嫌っていた。彼は旧い理念の男、アビキュの子だった――彼の時代は過ぎ去っていた。

司教はタオスに別れを告げると、キット・カーソンの農場の家を訪ねた。カーソンが羊を買いに行って留守であることは知ってはいたのだが、ラトゥール神父は、セニョーラ・カーソンにあって、もう一度マグダレナのために礼を言い、現在の、サンタ・フェの学校の修道女たちと送っている楽しい勤労の生活の話をしたかったのだ。

夫人は、あの、メキシコ人の家庭に共通の徳、静かな、しかし臆せぬ親切さで彼を迎えた。彼女はほっそりとした、背の高い、撫《な》で肩の、みずみずしい黒い瞳と髪の女だった。読むことはできなかったが、顔も会話も理知的だった。司教の意見では、彼女は美人だった。表情が、彼の尊敬する生活の規律正しさを物語っていた。その上、性質が快活で、ユーモアの感覚《センス》をもっていた。この人には胸を開いて話すことができた。夫人は、マルチネス神父様のところはいかがでございましたかと聞いた。どうだかという口振りだった。司教が、トリニダド・ルチェロの存在には迷惑したと告白すると、少し笑った。

「あの人は、ルチェロ神父様の御子息だっていう人もおりますのよ」と夫人は肩をすくめて言った。「でも、そうじゃないでしょう。私はそれより、マルチネス神父様の息子さんのような気がいたしますの。去年の受難週間、あの男がアビキュでやったこと、ごぞんじでいらっしゃいまして？　キリスト様のまねをしようとして、十字架にかかったんでございますよ。あら、もちろん釘でじゃございません。縄で十字架に縛りつけて、一晩中吊るしておくのですけど。アビキュでは時々いたしますの。ばんからなところでございましてね。けど、あの人は重すぎたもので、二、三時間かかっていただけで十字架がひっくり返ってしまいましたわ。大恥をかいたのでございますよ。すると今度は、自分で棒に体をしばりつけて、キリスト様と同じだけ、答うってくれって申しますの。六千でございましたっけ、聖ブリジッドにお告げがあったように……。でも、百にもならないうちに気絶してしまいました。その時皆のつかったのがサボテンの答だったもので、背中がすっかりかぶれてしまい、あそこで永い間ねてましたわ。今年はアビキュから、来てほしくないっていう言伝てがきたものですから、聖週間はここにいなきゃなりませんでしたの。みなが馬鹿にいたしましてねえ」

ラトゥール神父は夫人に、この懺悔修道士たちの無茶な行いを止めさせることができぬものか、はっきり言ってほしいとたのんだ。彼女はにっこりして、首をふった。「いつも主人に、あれをとめたりしないでくれって申しておりますの。人々が反抗するばかりでございましょう。老人には古い習慣が必要なのでございます。若い者は、時代と共にどうにかなりますでしょう」

司教が別れを告げると、夫人はマグダレナにと言って鞍嚢《あんのう》の中に美しいレース細工を入れた。「自分では使わないかもしれませんけれど、修道女様方にさしあげるために、なにかあれば喜んでくれますでしょう。あの獣のような男は、あの子のためになにも残してやりませんでした。絞首刑のあと、売るものといっては銃一挺と驢馬《ろば》一頭きりでございました。そんなだったもので、神父様方お二人の御命を、あの騾馬《らば》欲しさにあやめてしまおうとしたのでございます——そう、宗教に対する嫌悪もありましたでしょう。よく、モラの神父様を殺すといっておどかしたと、マグダレナが申しておりましたわ」

サンタ・フェでは、ヴァイヨン神父が司教を待ちうけていた。お互いに復活祭以来、あっていなかったので、話がたまっていた。ラトゥール司教の行政に対する精力と熱は、すでにローマでもみとめられていて、最近、布教聖省庁長官フランソニ枢機卿《すうききょう》から、サンタ・フェ代牧区がこの度正式に司教区に上げられたという書状を受けとっていた。この永い間かかって来た書簡で、枢機卿は同時に、翌年ヴァチカンで開かれる重大会議にぜひ出席してくれという招待状を送っていた。このような事柄は、司教と副司教のどちらかが処理すればよいのだが、この場合、疑いもなくジョセフ神父は、司教がタオスでどんなもてなしを受けたかを知りたい一心で、アルバカーキからやってきたのだった。

書斎でなつかしい法衣《カソック》に着更え、中央のテーブルに蠟燭をともして、二人は永い宵を共にすごした。

「現在は」とラトゥール神父は述懐した。「タオスの奇妙な状態を改めることはすまい。干渉するのは得策じゃない。教会はしっかりしているし、人々は信心深い。あの司祭の行いがどんなであったにせよ、彼は強力な団体をつくったので、人々は誰もが司祭に対して献身的に忠実だ」

「しかし、あの司祭を訓戒させることができるとは思わないかい?」

「訓戒どころか! あまり永いこと大将でいすぎたよ。フランス人の司祭にむかってなら、あそこの人間は完璧に彼を助けるだろうよ。現在はあそこの気に入らぬことには目をつぶっていよう」

「だけどさ、ジャン」ジョセフ神父は興奮して叫んだ。「あの男の生活は公然の醜聞《スキャンダル》だ——どこへ行っても、みなが言ってる。たった二週間ほど前、コステラ峡谷のインディアン襲撃の際、拉致されたメキシコ娘の話を聞いたばかりだ。連れていかれた時は八つの子供だったが、見つけられて買い戻された時は十五だった。この永い間、この信心深い少女は、奇蹟の連続によって処女を守りとおした。この子は首に、グアダルペの聖母堂でうけたメダルをかけていて、教えられたとおりの祈りを誦《とな》えていたのだ。何度も純潔が脅かされたが、その度に思いがけぬことがおこって災難を免れた。発見されてアロヨ・ホンドの親戚のうちにかえされてからも、この子はとても信心深くて、修道女になりたいと思っていた。ところが、このマルチネスは汚《け》がしてしまったあげく、自分の負債奴隷のところに嫁にやってしまったのだ。今じゃ、あいつの農場の一つに住んでいるがね」

「うん、その話はクリストバルから聞いた」肩をすくめて司教が言った。「しかし、マルチネス神父は、もうドン・ファンをやってるには、年とりすぎているよ。ねえ君、僕は、主任司祭を罰するために、タオスの教区は失いたくはないんだ。今、代りに入れるような強い司祭はここにいない。あそこでやって行けるのは君くらいなのだが、君はアルバカーキだしね。僕が来年はローマに行くだろうから、タオスの教区を引きつげるようなスペイン人の宣教師をみつけてこよう。あそこで歓迎されるのはスペイン人だけだろうから」

「たしかに君の方が正しい。僕はよく判断を急ぎすぎるんだ。君がヨーロッパにいる間、大へまをするかもしれないよ。君の留守中、僕は愛すべきアルバカーキをはなれて、サンタ・フェにくるんだろう？」

「もちろんさ。しばらくいなかったから、みなそれだけ君をしたってくるだろう。誰かオーヴェルニュの頑丈な人を連れて帰ろう。うちの神学校から若い人をね。そのうちの一人をアルバカーキにやらなければならんかもしれないんだ。君ももうあそこでずいぶんになるし、必要なことはみなすませてくれた。ジョセフ神父、僕は君にここにいてもらいたいんだ。今のままじゃ、なんのはなしをするにも、どちらかが七マイルも馬をとばさなきゃならない」

ヴァイヨン神父は溜息をついた。「ああ、そうくると思っていた。ちょうど、サンダスキーから僕をもぎはなしたように、君はアルバカーキからも引っぱり出すんだろう。あそこへ行ったときは、みなが僕の敵だった。ところが今は、みな僕の友達だ。即ち、行く時が来たのだね」ヴァイヨン神父は眼鏡をはずすと、たたんでケースにおさめた。これは、いつも神父が寝に行く決心をした時にすることとだった。「じゃ、一年後の今頃、君はローマにいるんだね。そうさね、僕はアルバカーキで、うちの教区の人たちと一しょにいた方がいい。これは確実だ。が、クレルモンか――うらやましいね。もう一度、故郷の山をみたいな。少なくとも、君がうちの人たちに会って、言伝てをもってきてくれるだろう。妹のフィロメーヌとあそこの修道女たちがこの三年かかって、僕のためにつくってくれている祭服ももって帰ってくれることができるね」神父は立ち上ると、一方の蠟燭を取りあげた。「それから、ジャン、クレルモンをたつ時には、僕に栗を二、三個、ポケットに入れてきてくれ！」

2　守銭奴

二月に、司教はふたたび馬でサンタ・フェ街道を往った——今度の目的地はローマだった。彼は一年近く留守だった。帰りに、モンフェロンの母校から四人の若い司祭と、ローマでみつけたタラドリドというスペイン人の司祭をつれてきた。タラドリドは直ちに、タオスにやられた。司教の提案で、マルチネス神父は正式に教区から引退した。ただし、大祝日等には、まだ弥撒《ミサ》をたてるという条件つきだった。彼はこの特権を利用したのみならず、結婚式から葬式、教区民の生活指導に至るまでを続行した。間もなく、彼とタラドリド神父は、公然の戦闘状態に入った。

二人の不和を鎮められぬままに、司教が新司祭を援助すると、マルチネス神父と、その友人、アロヨ・ホンドのルチェロ神父が反抗した。彼等は服従することを頑として拒絶し、自分たちの教会を組織した。そしてこれこそ、メキシコ古代からの神聖なるカトリック教会なりと宣言し、司教の教会はアメリカの建てたものだと言った。二つの町の人口の大部分は、分離派教会に行ったが、何人かの篤信のメキシコ人は弱り切ったあげく、両方の弥撒《ミサ》にあずかった。マルチネス神父は、雄弁な長文の宣言書を印刷し（教区にこれの読める者はほとんどいなかったのだが）、分離に関する歴史的見地よりみた証明を試み、司祭職における独身生活を否定した。この特別の一節は、彼もルチェロ神父も相当の年配だったので、この組織の中で得《とく》するのはトリニダドくらいなものであった。

二人の老司祭の分離後始めての荘厳式は、ルチェロ神父の甥の叙品式だった。トリニダドはその後、双方の副司祭として、タオスーアロヨ・ホンド間を往ったり来たりしていた。

この分離派教会は、少なくとも、頭《かしら》の二人の反逆司祭を若返らせる役には立った。そして遠く広く、彼等に対する民衆の興味を覚醒した——平生とても、充分な話題を提供してはいたのだが。彼等が隣接教区を受持った青年時代から、二人は友達であり、親友であり、競争相手であり、時には激しい敵同士だった。が、争っても、永くはなれていることはできなかった。

マリノ・ルチェロ老人は、権力に対する愛以外、マルチネスとはあらゆる性格を異にしていた。彼は若い頃からけちで、金持だという噂に反し、アロヨ・ホンドの場末に赤貧洗うがごとき生活を営んでいた。自分の家のことを驢馬小屋のようにみすぼらしいとうそぶいたものだ。家具といっては、寝台と十字架、豆の壺くらいだった。貧弱な驢馬一匹以外は家畜も飼わず、これに乗って仲間のマルチネスの所まで喧嘩に出かけたり、ひもじくなると食事をしに行くのだった。近所の女が鶏をしめて、単なる同情心からもってでも来てくれぬかぎり、神父のお邸では毎日が金曜、精進日だった。教区の人々は彼が好きだった。欲張りだったが圧制的ではなかったからだ。彼は自分の谷間よりも、むしろ、アロヨ・セコやケスタから金をしぼった。メキシコ人にとって倹約は珍らしい性質《たち》だったので、皆はこれを面白がっていた。教区の人々は、神父が決してものを買わず、主婦たちのすてた箒をひろったただとか、マルチネス神父のおふるを、大きすぎるのに着ているのだとか言っては喜んでいた。二人の司祭の一番激しかった争いは、マルチネスのところで勉強していた修道士が、冬になっても着るものがなかったため、自分の古いものをやったというのに端を発していた。

二人はいつもお互いのことを、恥じらいもなく語った。マルチネスの一番面白い話というのは必ずルチェロの話で、ルチェロのはマルチネスの話だった。

「わしのやり方が、どんなに老いぼれのホセ・マルチネスより良いかおわかりだろう」とルチェロ神父は、結婚披露の席で若者にいう。「あいつは、もう鼻とあごが近よりすぎてて、女の腰巻はあまり効かんのだよ。が、わしは、金さえ見ればまだまだしゃんとなる。新しい金を手に入れると、すっかり楽しくなるのでね。相手がきれいな娘じゃ、生まれるのは後悔ぐらいでさ」

彼の言によると、貪欲は年とると共に強く、なつかしくなる欲情だった。マルチネスの女に対するような欲を、彼は金に対して持っていた。そして二人は、競って各自の快楽を追っていたのだ。トリニダドが叙品されて伯父のもとに暮らすようになると、ルチェロ神父は、彼がマルチネス神父といた間にあつかましくなって、家中のものを食いあらすとこぼしていた。マルチネス神父は、トリニダドがアロヨ・ホンドの教区で、強引に食っては、次々と豆の壺を嗅ぎまわるはなしをしては、はしゃぐのだった。

司教は、もはやこの叛乱に知らぬ顔でいられなくなった。そこでヴァイヨン神父をタオスに派遣し、三週間にわたって喚告を公開し、二人の司祭に異端説を棄てるよう忠告させた。いつも「猫への使い」に出されるとおこっていたヴァイヨン神父が、四週間目の日曜日、おごそかに、司教がマルチネス神父の司祭職権及びその特権を取り上げる旨の書状を読みあげた。同日の午後、彼は十八マイルはなれたアロヨ・ホンドに行き、ルチェロ神父に対する同様の破門の通達を読みあげた。

マルチネス神父はずっとこの分離派教会の頭をつとめていたが、短い病気をして死に、異端のまま、ルチェロ神父が葬ってやった。その後間もなく、ルチェロ神父も降り坂になった。が、わずらってからも、武勲をたてたことがあった。それは後々までも、この地方の伝説になっていた。——真夜中の乱闘で泥棒を殺したのだった。

手くせのわるいために首になった放浪の荷馬車隊馭者がタオスで生計を立てていたが、ルチェロ神父の秘宝の話を耳にした。そしてこの老人に窃盗を働こうと、アロヨ・ホンドまでやってきたのだ。ルチェロ神父は眠りの浅い性質《たち》だった。夜半にしのび足の音を聞いて、藁蒲団の下に隠しもった料理庖丁を握ると、闖入者にとびかかった。二人は暗闇の中で戦いはじめた。賊が若い男で、おまけに武器をもっていたにもかかわらず、老司祭はこれを刺し殺し、血まみれになって、町の人々を起しに走り出した。近所の人々が行ってみると、神父の部屋はまるで屠場のようで、獲物は自ら掘った墓穴のそばに横たわっていた。皆は老人の能力にすっかり驚いたものだ。

しかしルチェロ神父は、この夜うけたショックから二度と回復し得なかった。あまり衰弱が激しかったので、人々はタオスの馬医者を呼んだ。この獣医は馬同様、人間扱いにも成功したヤンキーだったが、ルチェロ神父には匙を投げた。なにか、内臓の腫瘍あるいは癌ではないかといっていた。ルチェロ神父は罪を悔いて死んだ。かつて彼の破門を宣言したヴァイヨン神父が、今度は彼を教会に戻してやったのだった。副司教ヴァイヨン神父は、司教の所用でタオスのキット・カーソン夫妻のところにいた。ある夕方、ひどい雨風の間、みなで食卓についていると、玄関に騎馬の人影があった。カーソンが迎えに出た。彼に連れられて入ってきたのは、トリニダド・ルチェロであった。彼は、ゴム外套をぬぎ、アロヨ・ホンド製のひろい法衣《カソック》の首に十字架をかけていた。巨大な体軀と貫禄で、部屋が一ぱいになったような感じだった。夫人にむかってうやうやしく一礼すると、彼はとっておきの英語でゆっくりとヴァイヨン神父に直接話しかけた。フエルトのような厚ぼったい声だった。

「私はルチェロ神父のただ一人の甥であります。伯父が、てえへん、ぼうきで、死にかけています。

かのじょは血をはきました」

「おい、自分の国語で話をしろ」とジョセフ神父が叫んだ。「君の英語より、僕のスペイン語の方がまだましだ。さ、伯父さんの容態を言ってごらん」

トリニダドはいくらか報告したが、「かのじょは血をはきました」というところを印象的と思ったのか、何度もおごそかにくり返していた。病人がヴァイヨン神父に会いたがっており、来て秘蹟を授けてほしいというのだった。

ホンドへ行く道が雨で流されていて、暗闇を行くのは危険だから翌朝まで待ってはと、カーソンがしきりにすすめたが、ヴァイヨン神父は、道が悪ければ歩いて行くと言った。彼は夫人にことわって部屋に行き、乗馬服を着、鞍嚢をとって来た。トリニダドはさそわれて、神父の席につき、この時とばかりに貪《むさぼ》り食った。カーソンがヴァイヨン神父の騾馬に鞍をおき、副司教はトリニダドを案内にたてて去った。

アロヨ・ホンドへの道案内などいらなかったのだ。神父はそこを特別に愛していて、行く口実をみつけては喜んでいた。夏の晴れた日に、あるいはまだ緑の萌え出でぬ早春の日、大地が色地図のようにピンクと青と黄にかがやいていた頃、何度となく彼はこの地を訪れたのだった。

はるか彼方の山々までつづく、見渡す限りよもぎの生いしげる平原に近づく。と、予告もなしに、自分は断崖の縁《ふち》に立っている。二百フィート以上もある地の割け目で、両側はただの絶壁——といっても、岩でなく土の絶壁なのである。一端で手綱を引いて下の世界を見おろすと、この大きな溝の底に、緑の野や畑や、ピンクの乾燥煉瓦《アドベ》の町がある。下には人や騾馬が歩き、畑を耕し、まるでおもちゃのノアの箱舟の人物のようにみえるのだった。谷の真ん中、低まった野や畑の中を、高山から流れてくる小川がせせらいでいる。水源が実に高いところにあるため、ただ谷の反対側に木製の蓋のない水槽をおいただけで、メキシコ人は崖の上まで水を引きあげていた。この水門溝は、断崖の表面をジグザグに、何平方マイルにもわたって登り道に敷かれていた。ヴァイヨン神父はいつも立ち止っては、まるで生きものかなにかのように、断崖の側面をほとばしり上って行く水をみつめているのだった。ごぶごぶと音を立てては登って行き、銀色に曇って、果て知れず上へ行く清水の梯子であった。神父は土地のものに、ただ一度、イタリアで、こうして水の登るのをみたことがあると語った。

この水路を変えられた水は全体の流れにくらべて、一すじの糸にしかすぎなかった。本流は谷間の白い岩床の上を流れ、岸辺には緑の柳や飼料用の草が深々と茂り、目にも鮮やかな野の花が咲いていた。月見草、光草、胡蝶草などが熱帯的な丈にのび、菅《すげ》の中に光彩を放っていた。

しかし、ヴァイヨン神父にとって、日が暮れてからホンドへ行くのは、これが始めてだった。絶壁の端にくると、彼はコンテントに、このような残酷な試練を与えまいと決めた。「やればできるんだ」と神父はトリニダドにいった。「が、させまい」そして騾馬をおり、険しい曲りくねった道を歩いた。

ルチェロ神父のところに二人が着いたのは、真夜中近かった。町の人口の半数が奉侍しているらしく、家には祭りの前でもあるかのように、灯がともされていた。病室には、黒いショールをまとったメキシコ人の女が床の上にぎっしりすわっており、火のついた蠟燭を前にして祈っていた。蠟燭のため、足の踏場もないほどだった。

ヴァイヨン神父は、なじみの女コンセプシオン・ゴンサレスを手まねきして、これは一体、どういうわけなのかと尋ねた。女は、この死にかかっている神父《パドレ》のお望みですとささやいた。視力が徐々に衰えたため、明りを求めつづけるのだった。一生涯、彼は極度に蠟燭を節約し、夜は大部分、松の木片で間にあわせていたのだとコンセプシオンが言った。

ルチェロ神父は片隅のベッドで、呻き、のたうっていた。一人の男が足をさすり、他の一人は、布切れを湯でしぼっては、痛みを和らげるために胃の上にのせていた。コンセプシオンが、病人は痛みのために敷布を噛むので、彼女のもってきた最上等のも、上のところをレースのように噛んでしまったとささやいた。

ヴァイヨン神父が寝台に近づいた。「御婦人方、少し寝台からはなれて。壁にそってお並びなさい。蠟燭でなにもみえない」

が、みなが立ち上って、蠟燭立てを床から持ち上げようとすると、病人が叫んだ。「いけない、駄目だ！　明りをもってくな！　賊が入るぞ、みな盗られてしまうじゃないか」

女たちは肩をすぼめ、ヴァイヨン神父の方をうらみがましく見上げると、また、すわってしまった。

ルチェロ神父は骨まで痩せおとろえていた。頬は落ち、鉤鼻は粘土色で蠟のようにすきとおり、目は熱のために狂おしげだった。ジョセフ神父をみると、その目が燃えさかった——大きな、黒い、ぎらぎら光る、疑いぶかい目だった。この別れの夜、老人は、メキシコ人というよりもスペイン人のようにみえた。彼は驚くほどの力で、ジョセフ神父の手をぐっとにぎると、足をもんでいた男の、胸のあたりを蹴った。

「足はやめて、このぬれた布《きれ》をとってくれ。さ、副司教だ。言うことがある、みな聞けよ」ルチェロ神父の声はいつもかぼそく甲高かったので、教区の人々は、馬が話すようだと言ったものだ。「副司教さん、マルチネス神父をおぼえておられるかな？　そのはずじゃ。あんたはあいつには、わしにと劣らぬほど、つらくあたりなさったからな。さ、お聞き」

ルチェロ神父の述べたところによると、あのマルチネスが死ぬ前、霊魂の安息のため、弥撒《ミサ》をたててくれといって、何がしかの金額を彼にあずけた。故郷のアビキュの教会でというのだった。ルチェロは約束通りに金を用いず、この部屋の土の床下、ちょうど反対側の壁の十字架の下のところに埋めておいた。

ここまでくるとヴァイヨン神父は、もう一度、女たちに引きとるよう合図したが、みなが蠟燭を持ちあげると、ルチェロ神父はねまき姿で立ち上った。「そこにおれ！　逃げおって、わしを他人と一しょに置いておく気かな？　お前等ほど、わしはこいつを信用しとらん。ああ、なんで神様は、死んでからも、所有物が安全なようにしとかれんかったのだろう。生きとればナイフ一挺でどうにもなるが、もう年とった、これからは――」

コンセプシオンが神父をなだめて横になるようにすすめ、なにをすればいいか言いつけてくださいと言った。彼は、マルチネス神父から受け取った金はアビキュに送って、神父《パドレ》の望んだ通りに使ってほしいとたのんだ。十字架の下と、彼の寝台の下には、自分で貯めた金があるだろう。貯えの三分の一はトリニダドのため、残りは、彼の霊魂のための弥撒《ミサ》に用うべく、サンタ・フェの古い教会、サン・ミゲルで行ってほしいとのことだった。

望みはみな実行しようと請《う》けあってから、ヴァイヨン神父は、もうこの世の心配をはなれて、秘蹟を受ける心の準備をするようにと言った。

「いずれ時がくれば。しかし人というものは、そんなにたやすく俗世をはなせるものじゃない。コンセプシオン・ゴンサレスはどこへ行った？　娘や、ここへおいで。わしがこの部屋にいるうちに、つめたくならんうちに、床下から金を出すようにはからってな。この女共の目の前でかぞえて、合計を書きとめてくれ」ここで老人は、新しい希望にもえたかのように、言いはじめた。「そうだ、クリストバルだ、あれこそ男だ、クリストバル・カーソンこそ、ここで勘定して書きとめてくれねば。あいつは正しい男じゃ。トリニダド、馬鹿野郎。どうしてクリストバルを連れてこなかったんだ！」

ヴァイヨン神父は憤慨した。「ルチェロ神父様、お静かに。天国のことをお考えにならぬと、秘蹟をお授けしませんぞ、今のお心の状態では、瀆聖になります」

老人はうなずいて、手をあわせ、目をとじた。ヴァイヨン神父は次の部屋に、法衣《カソック》とストラを着けに立った。その間にコンセプシオン・ゴンサレスが、寝台のそばの小机を自分の持ってきたナプキンで被い、その上に二本の蠟燭と、司祭が手を洗うための水をコップに入れてのせた。ヴァイヨン神父が祭服をつけ、聖体携帯器と、鉢に聖水を入れて入ってきた。*Asperges me, Domine, hyssopo, et mundabor*（主よ、ヒソップにてわれを洗いたまえ、いざ、わが身を潔めん）と讃歌を唱えながら、寝台とその周囲の人々に、聖水を灌《そそ》ぎはじめた。女たちは明りを床の上において、忍び足に出て行った。ルチェロ神父は異端説を棄て、痛悔の情を表わしつつ告解し、聖体を拝領した。

式後、悶え苦しんでいた神父は鎮まり、胸に手をくみあわせて、しずかにねていた。女たちが出てきて、もとのように祈りをつぶやきつつ腰をおろした。雨が窓ガラスに激しくあたり、風が深い谷間をかすめて、うつろな音を立てた。看護人のある者は、疲れて沈みがちだったが、家に帰りたいという者は誰もなかった。臨終を看取るということはつらいことでなく、特権であった。――それが、司祭の臨終となると、特権は栄誉となった。

当時、死ということは、ヨーロッパにおいてさえ、厳かな社交的重要性をもっていた。ある肉体的組織が活動を停止すると言ったものではなく、劇的最高潮、魂が目醒めたままで、低い戸口を抜け、次の世界に登場して想像もつかぬ場景の中に移って行く瞬間なのであった。看護人たちはいつも、死んで行く者が、彼にしか見えぬものについて語るかもしれないという希望を抱いていた。唇からでなければ、容貌がものをいうかもしれない、表情に、なにかむこうの世界の影とか光とかがさすかもしれぬというのであった。偉人、ナポレオン、バイロン卿等の「最後の言葉」というものが、まだ印刷され、何でもない普通の人でも、死ぬとなるとみなないにを言うかと耳をすまし、近所の人々や親戚のものが有難がった時代だった。たとえどんなにつまらぬものでも予言的価値がつき、いつかは同じ道を行かねばならぬ人々は、これをひねくりまわして考えるのだった。

トリニダドが、祈ろうとして、壁の十字架の前にひざまずいた時だった。不意に死の部屋の静けさが破られた。眠っているとばかり思っていた伯父が、もがきはじめ、「泥棒っ！　助けてくれ、助けてくれっ！」と叫んだのだ。トリニダドはさっと退いたが、それからというものは、老人が片目を開いていたので、誰も十字架に近づこうとしなかった。

夜の明ける一時間ほど前、神父の息づかいが苦しげになってきたので、二人の男が後にまわって枕をもちあげた。女たちは、顔が変ってきたとささやき合い、蠟燭を近くにもって来て、寝台のそばにひざまずいた。眼は生気にあふれ、まだ視力を保っていた。神父は片側に頭をずらし、顔をこわばらせて、まばたきもせずに蠟燭の光をみつめた。数回、唇が歯の上にむくれかえった。死ぬ前にきっとなにか言うだろう、看護人たちは息をつめた――そら、言った。せせら笑ったように顔をひきつらせ、口の中でぜいぜい息をすると、彼等の神父《パドレ》は、馬のようにしゃべった。これが最後だった。「Cómete tu cola, Martínez, cómete tu cola!（尻尾を喰らえ、マルチネス、尻尾を喰らえ！）」ほとんど同時に痙攣をおこして死んだ。

夜が明けると、トリニダドがとび出して、ルチェロ神父は死ぬ瞬間に次の世を垣間見、苦しみもだえるマルチネスに会ったと宣言した――（メキシコ人の女たちもこれを確認した）。この話は、この臨終に居あわせた信徒の生きている間、アロヨ・ホンドに囁き交わされた。

遺言どおり、司祭館の床をあげる時には群集が、タオス、サンタ・クルス、はてはモラ等から、埋められた金銀貨の袋を見物に来た。スペイン貨あり、フランス、アメリカ、イギリス貨等々、大そう古いものもあった。政府の造幣局に運ばれ、調査の結果、アメリカ貨幣にして約二万ドルとみられた。谷底の教区の一人の老司祭がこつこつ蓄めたにしては、多額といえよう。

Ⅵ　ドーニャ・イサベラ

1　ドン・アントニオ

ラトゥール神父は、一つの、大そう強い世俗的な望みをもっていた。この天然の美に恵まれた背景にふさわしい大聖堂を、サンタ・フェに建てるというのがそれだった。この望みを胸に秘め、熟考すればするほど、この建物は、神父がこの場面からいなくなってもなお残って、彼の抱負を存分につたえる一個の肉体、彼自身とその目的の延長であるような気がしてくるのだった。行政の初期から、彼は、この聖堂建築資金にと少額をわきによけておいた。何人かの富裕なメキシコ人の牧場主が援助していたが、ドン・アントニオに並ぶものはなかった。

アントニオ・オリバレスは、兄弟や従兄弟たちからなる大家族中の最も聡明な、幸せな人で、当時、それもこの地方としては、見聞の広い、世間的な知識をもった人間だった。彼はその人生のほとんどを、ニュー・オーリンズとエル・パソ・デル・ノルテで暮らしてきたが、ラトゥール神父赴任の数年後、サンタ・フェで落ち着くために帰ってきた。彼はアメリカ人の夫人を連れ、家具を積んだ荷馬車を率いて帰り、町の東寄りの、彼の生まれ育った古い牧場の家に、落ち着いた。老後をそこで送るつもりだった。当時、彼は六十歳だった。最初の妻を若い頃なくしており、ニュー・オーリンズに行ってから、ケンタッキーの少女を二度目の妻に迎えた。この新夫人はルイジアナの親類のところで育った人で、美しくて品が良く、フランス系の修道院で教育されたため、夫を欧州化するに当って力があった。ドン・アントニオの優雅な服装や礼儀、贅沢な暮らしなどは、兄弟や友人たちに軽蔑まじりの羨望を抱かせた。

オリバレス夫人、ドーニャ・イサベラは、熱心なカトリック教徒だったので、オリバレス家では、フランス人司祭はいつも歓迎され、いとも鄭重にもてなされるのだった。オリバレス夫人は、がらんとした乾燥煉瓦《アドベ》の家に、大きな中庭と門をつけ、梁や柱には彫刻をほどこした。その上、立派な杉綾の天井と、気持ちの良い煖炉をそなえて、これを楽しい場所にした。夫人は愛想のよい人で、もうそんなに若くはなかったが、まだ人目をひくくらいだった。ほっそりとしていて、活発で、動作が早く、この悪い気候の中でも、きめのこまかい白い膚を失わなかった。金髪であったが白いものがまじっていた。だんだん痩せてくる顔の輪郭のためにつけた髪のふくらみや輪《リング》が多すぎたせいかもしれない。ドーニャ・イサベラのフランス語は流暢なものだった。スペイン語もどうにかこうにかしゃべれたし、竪琴と歌が上手だった。

奴隷やインディアン、乱暴な開拓民の中に暮らしている両神父にとって、たまにでも、自国語で教養ある婦人としゃべったり、もてなしのよい炉辺にすわったりするということは、なんといっても、幸運のかけらであるにちがいなかった。部屋は、古い鏡や彫刻、家具向きに布張りされた椅子でかざられていたし、窓にはさっぱりしたカーテンがかかり、戸棚には、皿やベルギー製のガラス食器がぎっしりならんでいた。世間の出来事に興味のある夫妻と夕を共にし、すばらしい御馳走になり、良い酒を飲んだり音楽を聴くなどというのは、全くよい気分のものだ。矛盾だらけの人間、ジョセフ神父の声は、強くはないが質《たち》のよい、心地好いテノールだった。オリバレス夫人は、神父と一しょに古いフランス語のうたをうたうのが好きだった。夫人はたしかに少々虚栄心がつよく、うたうとなると、三ヶ国語でうたうといって聞かないのだった。それでも夫の好きな、「ラ・パロマ」「ラ・ゴロンドリナ」「うちのネリーは姫《ひい》さんだった」を入れるのをわすれなかった。当時、スティーヴン・フォスターの黒人風の歌曲が、もう既に辺境地《フロンティアー》に達していた。文字によってではなく、河の街道を、名も知れぬ歌手から歌手へと伝わって行ったのだ。

ドン・アントニオは、肥った、腰の太い、少し頭の禿げた大男で、大変ゆっくりものをいった。が、眼は生き生きとしていて、その中に黄色い火花がちらついていた。それは黙っているときなど、殊によく見えた。食後など、ニュー・オーリンズ製の大きな椅子に腰かけて、長い金褐色の指に葉巻をはさみ、竪琴を奏でる夫人にみとれている彼はみものだった。

もちろん、夫人があの美しい膚を保ち、さしもの長年月にわたって夫の尊敬を一身にあつめているという点について、サンタ・フェには、いろいろな噂があった。アメリカ人や、ドン・アントニオの弟たちは、夫人の着物が派手すぎるといっていた。これは本当だったかもしれないが、はては、ニュー・オーリンズと、エル・パソ・デル・ノルテに愛人がいるとまでいわれていた。夫人の義理の甥などは、夫人が、オリバレス家のバンジョー弾きの少年に心があるのだなどといっていた。この少年はメキシコ人で、バンジョーを弾かせるために、サン・アントニオから連れて来たのだった。夫婦はそろって音楽好きだったが、パブロというこの少年は、楽器にかけては魔術師だった。あらゆる噂が、台所から洩れていった。ドーニャ・イサベラは、実にすばらしい衣裳を部屋一ぱい持っていて、ここで着ているのはそのほんの一部にすぎないのだとか、御主人のポケットから金貨を盗んでは部屋の床の下にかくしているだとか、御主人の情熱を燃やすために、媚薬や薬草湯を盛ったとか、それはさまざまであった。この噂話は、召使たちが主人に対して不忠なのではなく、むしろ、自分たちの女主人を誇りとしていたのだ。

一週間も後れて着くのだが、とにかく、新聞というものをとっているオリバレス、巻煙草より葉巻を、ウィスキーよりフランスの葡萄酒を好むオリバレスは、弟たちとあまり似ていなかった。二人のフランス人司祭は、サンタ・フェでは、彼の旧友、マニュエル・チャベスに次いで、喜んでつき合った人々で、オリバレスは、よくこれを表した。彼は友人を大切にした。彼は好んで司教を訪ねては、若い果樹園に関する注意をあたえたり、ヴァイヨン神父にといって、自家製の桜桃のブランデーを置いて行ったりした。銀の手桶と、水さし、化粧道具をラトゥール神父に贈ったのは、このオリバレスだった。彼は死ぬまで、このことについて気をよくしていた。サンタ・フェにはよい銀細工をするメキシコ人がいたので、ドン・アントニオは、自分の化粧道具をまねて作らせたのだった。ドーニャ・イサベラがこんなことをいったことがある。主人は、ヴァイヨン神父さまとみればなにか、お口にそうものを、ラトゥール神父さまには、いつも、お眼のお楽しみになるようなものをさしあげるのでございますよ、と。

夫妻には子供が一人あった。セニョリータ・イネスは、もう相当の年だったが、未婚だった。事実、この人は、結婚しないだろうということになっていた。ヴェールこそ受けてはいなかったが、修道女のような暮らしをしていた。質素この上なく、母親の社交的な優雅さなどみじんも持ちあわせていなかったが、声は美しいコントラルトだった。セニョリータは、ニュー・オーリンズの大聖堂の聖歌隊付きで、そこの修道院で歌を教えていた。両親がサンタ・フェに移ってから、ただ一度、やってきたが、この陽気な家の中で、なにか、地味な存在だった。ドーニャ・イサベラは娘をとても愛していたが、その気持ちを害ねるのを恐れているらしかった。イネスのいる間、母親も質素に身をつくろい、右の耳の上にたれた捲毛をピンでとめ、二人は終日、教会《そこ》に行っていた。

アントニオ・オリバレスは、司教の大聖堂建立の夢に深く興味をもっていた。彼は司教が、なによりもこれに熱中しているのをみてとった。オリバレスは、友が心の望みを遂げるのを見るのが好きな性《たち》の人だった。それにも増して彼は、故郷の町に深い愛情をもっていたし、旅行して多くの立派な教会をみてもいたので、サンタ・フェにも、いつか一つそんなのができると良いと思っていた。彼はこのことについて、幾夜も、ラトゥール神父と炉辺で語りあった。敷地を、設計を、用いる石、費用、資金獲得の困難性を論じ合った。司教は一八六〇年、司教区赴任の十年目の年にこの建築を開始したいとのぞんでいた。ある夜、オリバレス邸で行われたあの忘れがたい新年宴会の席上、彼は客の前で、この新しい年の暮れるまでに、ラトゥール神父の目的達成を可能ならしめるに充分な金額を、大聖堂建築資金として寄付する予定だと告げた。

オリバレス邸で催おされたこの晩餐会は、この約束のため、その上、これは仲のいい友の別れのしおとなったので、忘れ難いものとなった。ドーニャ・イサベラは砦《とりで》の将校をもてなしていた。その中には、サンタ・フェをはなれる命令をうけた二人がいた。人気者の司令官はワシントンへ召還され、若い騎兵中尉はずっと西部の方へ送られることになっていた。彼は結婚後間もない、アイルランド系のカトリック教徒で、ラトゥール神父に大変可愛がられていた（彼は次の元旦をも迎えずに、アリゾナ曠野で、インディアンと戦って散った)。

が、この夜、未来の心配をする者などなかった。家は光と音楽にあふれ、空気は、辺境地《フロンティアー》特有の天真爛漫な歓待にあたたまっていた。誰もが逐謫《ちくたく》の身をかこち、親兄弟を遠くはなれた辺境の地では、みなが普段から、荒れた暮らしを営んでいたから、楽しみのために集うことなど、ごく稀れだった。オリバレス夫人を心から尊敬していたキット・カーソンは、当夜、出席するために、わざわざタオスから娘をつれて、二日かかってやってきた。セント・ルイスの修道院の学校から帰ってきたばかりの、気のやさしい、混血児だった。この夜、カーソンは、すばらしい鹿皮《バックスキン》の上着を着ていた。それには、銀のぬいとりがほどこされ、袖口と衿には、茶のびろうどがついていた。皆の将校たちは制服で、ドン・アントニオはいつものとおり、ブロード・クロスのフロック・コートを着ていた。夫人のは、ニュー・オーリンズ製の、美しい洋服だった。フランス風の、裾に鯨の骨の入った大きなもので、一面に、ピンクのサテンのばらの小さな花輪がついていた。将校の妻君たちは、サテンの靴に泥がつかぬように、オリバレス邸に軍用馬車でやってきた。司教は、めったに着ない紫のヴェストを着け、ヴァイヨン神父は、リオムのなつかしい妹フィロメーヌの、やさしい手になった法衣《カソック》をおろして着た。

ラトゥール神父は、ジョセフが妹と修道女たちに、たえず法衣《カソック》や祭服をつくらせているのを、少し恥に思っていたものだ。しかし、この前フランスへ帰って以来、意見がちがってきた。神父が、フィロメーヌ院長の修道院を訪れた時のことだった。一人の若い修道女が、このように世間から遠くはなれて暮らしているものにとって、はるか彼方の布教事業に尽くせるのは、なんと感慨深いことなのでしょうとうちあけたのだった。また、ヴァイヨン神父の長い手紙、妹にむかって、土地のこと、インディアンのこと、信心深いメキシコ人の女のこと、昔のスペイン人の殉教者のことなどをしたためた手紙が、みなにとって、どんなに貴重なものかを話した。夜、フィロメーヌ院長様が読んでくださいます、と彼女は言った。この修道女は、さらに、ラトゥール神父を、出窓のところにつれて行った。この窓は、道の上になっていて、その道は、塀の角にさえぎられて視界を区切っていた。「ごらんあそばせ、院長様が、お兄様からのお手紙を読んでくださったあと、私はここにきて、一つしか明りのない、この道をながめるのでございますよ。そこの角を曲ったところが、メキシコ。赤い荒野、青い山脈、大平原や野牛《バイソン》の牧畜、この辺《あたり》のどの峰よりも深い峡谷《キャニヨン》、神父様のお書きになるものは、みな、ついそこのことなのでございますの。私もそこにいるって気になりますと、胸がどきどきして、寝《やす》む鐘にその夢が途切れるまで、ほんの一瞬間としか思えません」ジョセフのために修道女たちが働くのは良いことなのだ、と司教は確信して、別れをつげた。

今夜、オリバレス夫人が、ヴァイヨン神父の着ているポプリンとサテンのつやを賞《ほ》めるのを耳にして、ラトゥール神父は、なぜか、あの修道女と出窓にいた瞬間を、あの白い顔、あのもえるような瞳をおもいだして、溜息をついたのだった。

夕食がすんで、乾杯がほされると、殿方が煙草を一服する間、一同にバンジョーを聞かせるためにパブロ少年が呼ばれた。ラトゥール神父にとって、バンジョーはどうしても異国の楽器だった。ただ野蛮というのでなく、もっとなにかが感じられた。この一風変った、黄色い少年がこれを奏でると、針金の糸には、やさしさと憂《うれ》いがただよった——が、同時に、なにか狂おしげなもの、向うみずなものがやどっていた。ここにいる人々の誰もが耳にし、なんらかの方法でここまで従《つ》いてきたあの野の叫びだ。葉巻の煙の雲をとおして、斥候《スカウト》と軍人、メキシコ人の牧場主と司祭が、バンジョー弾きの、うなだれた首、こごみこんだ肩や往きつもどりつする黄色い手を、黙ってみつめていた。その手は、時々見えなくなっては、砂塵の一点のように、ただのたうちまわる物体の渦と化するのであった。

みな、しんとして物思いにふけっていた。それを見てラトゥール神父は、この一人一人が、自己の身の上話をもっているだけでなく、神父の身の上話の領分まで入り込んできているのを感じていた。カーソンの遠くをみつめるような、碧い、心配気な瞳、これこそ、斥候《スカウト》の、新路開拓者《トレイル・ブレーカー》の眼でなくしてなんだろうか。ドン・マニュエル・チャベス、一同の中の美男子で、優美に仕立てられたびろうどとブロード・クロスを、すばらしく品良く着こなしていた。人を小馬鹿にしたような顔つき――部屋を横切るのを見るだけでも、食事の時、隣にすわるだけでも、その冷たい、抑制されたものの下にある電気のような性質が感じとられた。彼は、なにかに対する忿懣《ふんまん》からくる鋭さ、危険なものに対する情熱をもっていた。

チャベスの自慢は、彼が一一六〇年、チャベスの町をムア人から解放した、二人のカスティーリャの騎士の子孫だということだった。彼は、ペコスとサン・マテオ山中に土地をもっていて、サンタ・フェに美しい樹木と庭にかこまれた邸をもっていた。彼は祖国の自然の美を情熱的に愛していて、これに気のつかないアメリカ人をにくんでいた。また彼は、インディアン襲撃手としてのカーソンをねたんでいた。カーソン等が見たこともない頃、まだ二十歳《はたち》まえに、もう何度もインディアン襲撃を見たといっていた。彼はピストル射撃では、たやすくカーソンに敵し得た。弓矢にかけては、彼の右に出るものはなかった。チャベスほどの遠矢を射る者は、インディアンにもなかったのだ。毎年、インディアンの一隊が、賭けで射ようと、「町《ヴィラ》」へやってきた。彼の邸にも廏《うまや》にも、賞杯があふれていた。彼はインディアンたちの馬や銀貨、毛布、その他何でも賭けた品を押収するのを何とも思っていなかった。インディアンの武器をあつかうのが得意だったのだ。これにはしかし、ずいぶん苦しい学習をしたものだった。

まだ十六歳の小僧っ子だった頃、マニュエル・チャベスは一隊のメキシコ少年たちと、ナヴァホー族狩りに出かけた。当時、米国が接収するまで、「ナヴァホー狩り」にはなんの許可もいらず、スポーツの一種とみなされていた。一団のメキシコ人がナヴァホー地方を西に乗り切り、二、三の牧羊キャンプを襲撃し、羊や小馬と共に一群の捕虜を連れて帰ると、メキシコ政府はその一人一人に対して、巨額の賞与金を出した。チャベス少年が略奪と冒険を目指して加わったのは、この種の襲撃隊だった。

メキシコの若者たちは、一人のインディアンも見当らぬのをみて、予定以上に深入りした。終始移動しているナヴァホーは、この時期には宗教上の儀式のために峡谷に集まっていた。それとも知らず彼等は、当時インディアンのひしめきあっていた、あの神秘につつまれたおそろしい谷間の縁まで、無茶苦茶に出てしまった。みな、たちまちにして包囲され、退却は不可能となった。彼等は、この谷間に被いかかっている、裸の砂岩の上で戦った。一行の隊長をしていたマニュエルの兄、ドン・ホセ・チャベスは、真っ先に死んだ一人だった。五十人の仲間は、一人残らず殺された。マニュエルは五十一人目で、生きのこった。七つもの矢傷を負い、その中の一本は体を貫通していたから、死んだものとして死骸の山の中にすてられた。

その夜、ナヴァホーは勝利を祝っていた。少年はそのすきに岩をつたって、敵との間の高い壁のところまで匍い出し、そこまでくると、歩いて東へとむかった。夏、赤い砂岩地方の暑さはきびしい。傷が燃えた。が、彼は、少年期の驚異的な生命力をもっていた。一しずくの水もなく二日二晩、平野をわたり、山を越え、後《のち》に砦の築かれた、反対側の高地の泉まで六十余マイルを歩きとおした。そこまでくると水を飲み、傷をあらって眠った。戦いの前の朝からなにも食べていなかったので、泉のそばで大きなサボテンを見つけ、猟ナイフで棘をけずりとって、この汁気の多い繊維で腹を満たした。

ここから人にもあわず、ラグーナの北方、サン・マテオ山にたどりついた。山中の谷間で、メキシコ人の羊飼いたちが野宿しているのに出あい、気を失った。牧羊者たちは、若枝と自分たちの上衣で担架をつくり、彼をチェボレタの村まで運んで行った。数日間、少年は生死の境を彷徨した。何年もたってから、財産を相続した時、チャベスは、サン・マテオ山中の美しい谷間の土地を買いとった。そこの二本の気高い樫の木蔭こそ彼が気を失った場所だった。彼はこの一対の樫の木の間に家を建て、すばらしい土地に仕立てた。

チャベスは、アメリカの法律には決して従おうとはしなかった。それで、サンタ・フェにいる間は、人からはなれて暮らしていた。インディアンが暴動を起したと聞くと、遠かろうと近かろうとおかまいなしに、馬でとんで行き、自分の記録《レコード》に、いくつかの皮をはいだ数を追加するのだった。彼は、インディアンやヤンキー共としたしい司教を信頼してはいなかった。その上チャベスは、マルチネス派だった。今夜はただ、オリバレス夫人への義理で来ているだけで、アメリカ人の制服にまざってすごすのを大変嫌がっていた。

バンジョー弾きが疲れ切ってしまうと、ジョセフ神父が、もしよければ客間《サロン》向きの音楽を聞きたいといって、オリバレス夫人を竪琴の方にみちびいた。楽器に倚《よ》った夫人は実に魅力的だった。そのたたずまいが、夫人のカナリア色にきらきらと輝く髪に、小さな足に、白い腕に、よく似合っていた。

夫人が夫のためにうたうラ・パロマを司教がきいたのは、これが最後だった。ドン・アントニオは感じ入っていた。その眼は、肥った顔が眠っているかのごとく見えた時でさえ、妻にむかってにっこりしていた。

オリバレスは、七旬節の主日になくなった。夕食後、蠟燭をともしていて炉辺に倒れ、バンジョー弾きの少年が司教を呼びにやらされた。夜半前、オリバレスの二人の弟が興奮とブランデーのまざった酔の体を、弁護士を呼びに、サンタ・フェから馬をとばして、アルバカーキ街道へと出て行った。

2　令夫人

アントニオ・オリバレスの葬儀は、サンタ・フェ開闢以来の厳粛かつ荘麗なものだったが、ヴァイヨン神父は不在だった。神父は布教のため南部に旅行中で、帰ったのは、オリバレス夫人が未亡人となって数週間後のことであった。乗馬靴を脱ぐか脱がぬうちに、彼はラトゥール神父の書斎に呼ばれた。そこで夫人の弁護士に会わされたのだ。

オリバレスは、種々の事務の処理をボイド・オライリーにまかせていた。この人は、新領土、ニュー・メキシコに法律を施《し》くためにボストンから来た、若いアイルランド系のカトリック教徒であった。オライリーは、オリバレス家の遺言状を頑丈な箱にしまっていた。当時サンタ・フェには、まだ金属製の金庫はなかった。書類は簡単明瞭だった。アントニオの財産は、アメリカ貨幣にして約二十万ドルにのぼっていた（当時としては、相当な額である）。これから来る収入は、「我が妻、イサベラ・オリバレス及びその娘イネス・オリバレス」の存命中、自由に用いらる可《べ》く、その死後、彼の所有物は、教会及び信仰弘布会に行くはずになっていた。大聖堂建築資金に関する遺言付属書は、惜しくも付加されていなかった。

オリバレスの弟たちが、アルバカーキの有力な法律事務所に依頼して、この遺言書について争っているのだと、若い弁護士がヴァイヨン神父に説明した。争いの中心点は、セニョリータ・イネスが、オリバレス夫人の娘にしては年をとりすぎているというのだった。ドン・アントニオが、青年時代、奔放な恋愛家だったところから、弟たちは、イネスは、どこかの一時的な愛情の産物にすぎず、ドーニャ・イサベラがこれを育てたのだと言っていた。オライリーは、ニュー・オーリンズから、オリバレス夫妻の婚姻証明書と、セニョリータ・イネスの出生証明をとりよせた。が、夫人の生まれたケンタッキーには、出生証明がのこっていなかった。それで、イサベラ・オリバレスの年齢を証拠づけるものとしてはなにもなかった上、当人が本当の年を打明けなかったのだ。サンタ・フェでは、大体、夫人は四十そこそこと信じられていた。そうとすると、イネスの生まれた時には、やっと六つか八つくらいとなる。事実、夫人は五十すぎていたのだが、オライリーがこれを法廷でみとめさせようとすると、夫人は、この命令に従うことをきっぱりと断った。彼は、ここのところをどうにかしてほしいと、司教と副司教にたのむのだった。

ラトゥール神父は、このようなデリケートな問題にふれるのを恐れて手を引いた。が、ヴァイヨン神父は、この二人の女性を保護すると共に、布教聖省の権利を固めるのは、他でもない彼等の義務であると見てとった。彼はそれ以上さわぐこともなく、法衣《カソック》の上に古いコートをはおると、三人で、赤い泥の中をオリバレス農園にむかった。農園は町の東の丘の上にあった。

ジョセフ神父はあの新年宴会の夜以来、オリバレス家には行っていなかった。近くにくると、彼は溜息をついた。手入れを怠ったため、すっかり変ってしまっていたのだ。大きな門は鉄の鉤がなくなっていたので、棒で支えて開け放しになっていた。中庭には、犬のもってきたボロや、肉の骨がちらかっていた。誰も片づけようとしないのだ。玄関に吊した大きな鸚鵡《おうむ》の籠は汚れていて、鳥共がぎゃあぎゃあ鳴いていた。オライリーが門の外で呼鈴をならすと、バンジョー弾きのパブロが、客を通すために走ってきた。彼の髪はもつれ、汚ないシャツを着ていた。一同は、細長くてがらんとした、寒々しい居間に招じ入れられた。煖炉は暗く、掃除もしていなかった。椅子や窓際には、赤い埃が厚くつもっていた。ガラス窓もきたなく、涙のあとのような縞がついていた。机の上には、空瓶や、ネトネトしたコップや葉巻のかすがのっている。緑色の被いをかけた竪琴が片隅にあった。

パブロは神父たちに席をすすめた。夫人はおやすみで、料理番は手に火傷をした。他の女中たちは怠けているのです、といいつつ、彼は薪をもってきて火をつくった。

しばらくすると、イサベラ夫人が喪服を着て現われた。その黒に対して、夫人の顔は真白で、眼が赤かった。首や耳のあたりの捲毛までが、色褪めてみえた。まるで灰色だ。

ヴァイヨン神父が挨拶し、おくやみを述べると、若い弁護士はふたたび、やさしく、彼等の面している困難について説き、次に、オリバレス家の人々の行為を打負かすにについてすべきことを説明した。夫人は、小さなレースのハンカチで眼や鼻を拭きながらおとなしく聞いていたが、彼のいったことの一言たりとも、理解しようとしていないのは明らかだった。

まもなく、ジョセフ神父が癇癪をおこして、未亡人に近づいた。「ね、おわかりでしょう」と神父は威勢よく始めた。「御主人の弟御さんたちは、故人の希望を無視して、あなたとお嬢さんを、やがては教会を騙《かた》ろうとしておられるのですよ。子供みたいに見栄をはってる時じゃない。御主人の霊に対するこのような侮辱をさせぬには、あなたがイネスさんのお母さんとしてふさわしい年齢だということを発表して、法廷を満足させなければならない。本当の年を、きっぱりとおっしゃるんだ。五十三、でしょう?」

ドーニャ・イサベラは、恐怖のため、かたくなってしまった。深いソファの一隅に小さくなっていたが、光をあつめた青い瞳をみひらき、あたかも壁に支えられたかのように、その隅で心一ぱいに力づけられたかにみえた。

「五十三！」夫人は、恐れに満ちた驚きの声をはなった。「まあ、こんな失礼なこと、うかがったことございませんわ。この前のお誕生日で、私、四十二歳でございました。十二月、十二月四日でございます。アントニオがおりましたら、申してくれましたでしょう。そして、あなたが私をお叱りになったり、私に事務上のことをおはなしになったり、こんなこと決しておさせいたしませんでしたでしょう。ジョセフ神父さま！　宅はどなたにだって、私にむかって仕事のはなしをさせるようなことはいたしませんでしたわ」夫人は、小さなハンカチに顔をうずめて泣き出した。

ラトゥール神父は、気の短い副司教をたしなめ、オリバレス夫人の横にすわって、大変すまなく思いながら、やさしく話し出した。「お友達には四十二歳でよろしい、奥様、そして世間にもね。あなたは、お心もお顔も、それよりまだお若い。しかし、法と教会に対しては事実を認識されねばならんのです。法廷で公に発表されたからといって、あなたが年とられるわけでもない。お顔のしわが一本ふえるわけでもなし。御婦人のお年ってものは、その方のおみえになるまででいいのですよ」

「御親切にありがとうございます。司教さま」夫人は涙に光った眼をあげて、ふるえ声で言った。「でも、もう頭があがらなくなりますわ。あんなお金など、弟たちにやってしまいましょう。私、いりませんわ」

ヴァイヨン神父がとびあがった。それから、この俯した頭の中に、彼の眼のいきおいで常識をつめこもうとでもするかのように、夫人をにらみつけた。「四十万ペソですぞ、セニョーラ・イサベラ！　あなたもイネスさんも、一生涯楽ができるものを。お嬢さんを乞食になさるおつもりですか。

弟御さんたちは、みな持っていかれますぞ」

「イネスのことは仕方がございません」と夫人は訴えた。「どうせ修道院へ行きたがっているのでございますもの。お金のことなど、どうなっても。Ah, mon père, je voudrais mieux être jeune et mendiante, que n'être que vieille et riche, certes, oui!（神父さま、私、おばあさんでお金持になるより、若くて乞食でいた方がよっぽどましでございますわ、ええ、ほんとうに！）」

ジョセフ神父が、夫人の、氷のように冷たい手をとった。「あなたに委託されたものについて、あなたは教会を騙《かた》る権利がおありかな。こんな裏切りをするということの結果を、考えてごらんになりましたか」

ラトゥール神父は、副司教に鋭い目をやった。「もういい」と司教は静かにいうと、ジョセフ神父のはなした小さな手をとり、かがみこんで、うやうやしくこれに接吻した。「これ以上、押しつけるものではない。もうこれは、オリバレス夫人とその良心におまかせすべきだ。ね、あなたがこの虚栄心を犠牲になさることによって、心の平和を得られるということ、すぐおわかりでしょう。ただ一時的なことばかりみていらっしゃると、貧乏は堪え難いと気がおつきにならなければならなくなりますよ。弟さんたちのお情けでお暮らしなさらなければならなくなる。いいですか？　私は、そんなことをしていただくのが嫌なのです。私はずいぶん、自分勝手な考えをもっていましてね。奥様がいつも魅力的なあなたでいらして、ここでの生活を、私たちのための、小さな詩《ポエジー》としておいていただきたいのです。私たちにはそれがないものですから」

オリバレス夫人は泣くのを止め、顔をあげて目をふいていたが、不意に、司教の法衣《カソック》のボタンを一つつかむと、それを神経質そうな指先でひねくりはじめた。

「神父さま」夫人はおそるおそる言った。「イネスの母親としてふさわしくなるための年って、一番若くていくつくらいになりますの」

司教には、この宣告は下せなかった。彼はためらい、赤くなり、大きな白い手をひろげて、問題をオライリーにゆずった。

「奥さま、五十二歳でございます」青年は、うやうやしく言った。「もしそれでおよろしければ、これを守りとおしましょう。確実に勝ちますから」

「よろしゅうございます」彼女は頭を下げた。客が立ち上っても、夫人は、埃のつもった絨緞をみつめてすわっていた。「しかも、みなのまえで！」夫人は、自分に言いきかせるかのようにつぶやいた。

帰途、ジョセフ神父は、自分なら一人の白人の女の虚栄心より、一大インディアン村《プエブロ》の迷信と戦う方がましだといった。

「もう一度あんなことをくり返すんなら、どんなことだってするよ」司教も顔をしかめて言った。

「あんな残酷な場に居合わせたことはまあないね」

ボイド・オライリーはオリバレス兄弟を打ちやぶり、自分の訴訟に凱歌をあげた。司教は裁判所の傍聴には行かなかったが、ヴァイヨン神父は、臭い群集にまじって立っていた（法廷には椅子がなかったのだ）。が、若い弁護士が恐怖による鋭さで、訴訟依頼人に指をつきつけ、「オリバレス夫人、あなたは五十二歳でいらっしゃいますな、たしかに」と言った時には、膝ががくがくした。

喪服を着たオリバレス夫人の顔は、黒いヴェールの間の、一条の影濃い白線にすぎなかった。

「はい」ほとんど聞きとれぬくらいだった。

判決の次の夜、マニュエル・チャベスが数人のアントニオの旧友を連れてお祝いのために未亡人を訪れた。彼等の趣旨が町中に知れわたり、誰もが、この永い間客を招じなかった家を訪ねてみる気になった。当夜、相当数の人々が集まったが、その中には軍人もいたし、オリバレス兄弟の代々の敵もまじっていた。

細長い広間がふたたび人で一ぱいになったのに刺激された料理番は、あわてて夕食の準備をした。パブロも、白いシャツにびろうどの上着をつけ、故人の最上のウィスキーやシェリー酒、シャンパン等を穴倉から運び出した（メキシコ人は、泡の立つ酒が大変好きである。あるアメリカ商人が、つい二、三年前、サンタ・フェのメキシコ人の陸軍幹部と重大な政治問題を惹きおこした時、大きな荷馬車一ぱいのシャンパンを贈って、信用と友情をとりもどしたことがあった。なんと三三九二本あった！）。

このすばらしいもてなしぶりは、何の前ぶれもなく訪れたのであった。埃だらけの盃《グラス》は、パブロがぬぎすてたシャツでぬぐいとり、彼は誰の言いつけともなく、食器棚のところに陣をかまえて、盃《グラス》を満載したお盆をもって、客の間をまわりはじめた。彼は、何度も何度も、新しく盃《グラス》をのせては運んだ。ドーニャ・イサベラでさえ、シャンパンを少しのんだ。若いジョージアの大尉と一口すすったからには、次は、おとなりに住んでいる、フェルディナンド・サンチェスにことわるわけには行かなかった。この人は、なくなった主人の親友であった。召使も客も、みな浮き浮きしていて、夕立のあとの庭のように輝いていた。

ラトゥール神父とヴァイヨン神父は、この天然自然の友の集いなどのことはとんと知らず、八時、この勇敢なる未亡人を訪ねようと家を出た。二人が中庭に入ると、中から音楽がきこえ、玄関の後の長い窓の列から光がほとばしっているのを見ておどろいた。二人は、ノックもせずに、広間につづくドアをあけた。蠟燭が何本ももえていた。上から下までボタンでとめた長いフロック・コートの紳士方が、あちこちに立っていた。パブロは食器棚のところで、うでにナプキンをうれしそうに巻いてシャンパンを注いでいた。その前に、オライリーと一団の将校がいた。部屋のもう一つの隅から、竪琴の高いひびきと、ドーニャ・イサベラの声がした。

「ものまねどりが、ないている！

ものまねどりが、ないている！」

歌のすむのを待っていた司祭たちは、すむと、夫人に挨拶しようと進み出た。夫人は、喪ではゆるされている模様なしの白い服を着ていて、首には黄色い捲毛がゆれていた――右耳のうしろに三つ、頭の上に二つ、首のうしろ一列にならんでいた。二つの黒い姿の近づくのをみて、夫人は竪琴から手をはなし、サテンの靴先をペダルからおろすと立ち上って、一人一人の手をにぎった。瞳は輝き、顔は、心の父親たちに対する愛情にさっと赤くなった。が、挨拶は、冗談めいたうらみごと、それを夫人は、人々のはなし声の中でも充分ききとれるくらいの大声で言った。

「ジョセフ神父さま、絶対に勘弁いたしませんことよ。あなただって、司教さま！　法廷で年のこと、あんな大うそをおつかせになるなんて！」

二人の聖職者は、笑いと喝采にかこまれて、頭をさげた。

Ⅶ　広大な司教区

1　聖母の月

司教の仕事は、外部の事件によって時には助けられることもあったが、多くの場合は邪魔されるのだった。

大購入《ガズデン・パーチェス》は、ラトゥール神父がサンタ・フェに来て三年目だった。これによって、合衆国はメキシコから、現在ニュー・メキシコ南部とアリゾナを形成している大きな領土を手に入れた。教皇庁当局はラトゥール神父に、この新領土も彼の司教区に合併されるべき旨、伝えてきた。が、国境線がしばしば、教区を二分してしまうことがあるから、教会の管轄権の境も、チワワ及びソノラのメキシコ人の司教等と相談して決めてほしいというのだった。そのような会議をするには、四千マイルもの旅をしなければならないのだ。ヴァイヨン神父の言ったとおり、ローマでは、二人の宣教師が馬に乗って、歴史の歩みと歩調を合わせるのはたやすい仕事でないということを知らぬらしかった。

この問題は数年にわたたって、山のような手紙の主題となりつつも、そのままになっていた。遂に一八五八年、この討議しつくされた境界をメキシコ人の司教等と整理するため、ヴァイヨン神父が派遣された。神父の出発したのは秋で、道すがら冬を越した。すなわち、エル・パソ・デル・ノルテを西のトゥーソンへ、さらにサンタ・マグダレナから、カリフォルニア湾に面した港町グアイマスに行き、目的地到着までには、太平洋航海も含まれていた。

帰途、神父は、吹き曝《さ》らしと悪天候のためマラリア熱にかかり、アリゾナの、サボテンの茂る曠野で危篤に陥った。インディアンの使いの者が、この病気の報をサンタ・フェにもたらしたので、ラトゥール神父はヤシントをつれて、ニュー・メキシコからアリゾナ中部まで出かけた。そこでヴァイヨン神父をみつけ、休み休み連れて帰ったのだった。

神父は二月《ふたつき》の間、司教館でねていた。これは彼が、ラトゥール神父と共に花畑を楽しんで眺める最初の春だった。この花壇は、二人がサンタ・フェに来てまもなく、こしらえたものだった。

ちょうど五月、聖母の月だった。ヴァイヨン神父は庭の葡萄棚の下に、毛布にくるまり、軍用《アーミー》略式寝台《コット》に横になって、司教と園丁が野菜の区画で働いているのを眺めていた。桜はもう散り、林檎が花ざかりだった。あたたかい春風に、空気と土がまざり合っていた。土は日光にあふれ、日光は赤い埃にあふれていた。吸う空気にも土の香りがしみこんでいて、足下の草には、青い空が映っていた。

この庭は、六年前司教が荷馬車で、光の聖母学園を創立するためにセント・ルイスから来た、ロレット会の修道女たちと一しょに積んできた果樹（その時は、ひからびた棒切れにすぎなかった）

に端を発したものだった。今や学校は大発展をとげ、カトリック教徒のみならず新教徒からも、社会への貢献をみとめられ、木々は果実を結んでいた。これから切りとられた枝さえもが、多くのメキシコ人の庭で実をむすんでいた。司教の最初のボルティモア行きの不在中、ジョセフ神父は事務的な義務のかたわら、メキシコ人の家政婦フルクトーサに料理を仕込んだ。後、ラトゥール神父が、フルクトーサの夫トランキリノの手をとって庭師にしたてた。彼と神父は、未来に大胆な計画をもっていた。教会のうしろ、司教館と学園の間の土地を、広大な果樹園と野菜畑にするつもりなのだ。この計画を立ててからと言うものは、司教は、一生懸命植えたり芽を摘んだりしていた。彼にとって、唯一の気晴らしだったのだ。

　一列の若いポプラが、司教館の中庭と学校とを結んでいた。南側の土塀にそって一列の樹木、幹のくねった古い古い檉柳《タマリスク》があった。二人の司祭が、はじめてここに来たときからあったものだ。全然手入れもされず、硬い、日に焼けた、騾馬の踏みかためた土に、ひとり生をかこたねばならなかったために、幹は、まるで糸ひばのように硬かった。年を経たため、乾燥し、磨きあげられ、しかも美しい葉や花を綻《ほころ》ばせ、みずからを桃紫色の花箒でおおう力を賦与された、古い柱といった観があった。

　ジョセフ神父はどの木よりも、タマリスクが好きになった。この木は、彼の放浪生活の良き伴侶であった。ニュー・メキシコ及びアリゾナの曠野、どこへ行こうと、メキシコ人の屋敷でさえあれば、このタマリスクが、日やけした土から日やけした乾燥煉瓦《アドベ》の壁にむかって、その青味がかった緑の、ふさふさとした梢をなびかせていた。幹には家族用の驢馬《ろば》がつながれ、ひよこはこの下で土をこつく。犬は木蔭にねむり、枝には洗濯ものが干してある。この木は、色といい形といい、特に乾燥煉瓦《アドベ》の村にあわせて作られたかのようだ、とラトゥール神父がよく言ったものだ。木を飾る花の小枝は、赤い土塀と全く同系統の色だったし、繊維性の幹には、金やラヴェンダーがまざっていた。ジョセフ神父は、司教のこんなものに対する眼に一目おいていたが、彼としては、ただこの木がこの民族の木であり、あらゆるメキシコ人の家で、家族の一員のようなものであったが故に愛していたにすぎなかった。

ヴァイヨン神父にとって、五月は楽しい季節だった。少年時代に彼はこの月を、一年のうちで特に聖なる月としてえらび、彼のいつくしみ深い守護者を黙想することに捧げていた。それがこの数年間、きちんと守れぬままでいたのだった。以前、五大湖の布教生活にあった頃、彼はいつも、この季節に黙想に入ることにしていた。が、ここでは、そんなもののためのひまがなかった。去年も五月には、一日三十マイルもの旅をして、ホピ・インディアンのところに行っていた。その行く先々で、婚姻をむすび、洗礼をさずけ、告解を聴き、夜は砂丘で野営した。祈りは終始、物質的な考えに邪魔された。

が、今年は病気のおかげで、聖母月をマリアに捧げることができた。今までは働く時間をささげてきたのだったが……。夜になると彼は、聖母の御保護をはっきりと感じつつ眠りにおちた。朝、目がさめると、目をひらかぬうちからもう、空気のなかになにか特別な甘さのあるのに気づく——マリア、そして、五月。*Alma Redemptoris Mater!*（寛容なる救い主の御母！）ふたたび彼は若い一個の修道士の熱情をもって、礼拝することができた。彼にとって宗教は、単なる一個人の祈りにすぎず、布教事業の伴う、方便主義や人の感覚を鈍らせる心配事などに捉《とら》われないのだ。もう一度、五月は彼の月としてもどってきた。彼の保護者、聖母が、これを彼の修道生活においてかくも意義ある月をあたえたもうたのだ。

神父は、ずっと昔、ピュイ・ド・ドムのサンドルというところで、副司祭をしていた若い頃を想い出してほほえんだ。祝されし処女《おとめ》のため、どんなに熱心に、特別の信心の期間を計画したか、その彼の希望を、彼の手伝っていた老司祭がどんなに冷たくふみにじってしまったか……この老人は、恐怖政治を越え、聖職者迫害のさ中に厳しく躾《しつけ》られて来た人で、ジャンセニズムの影響をうけていないとはいえなかった。若いジョセフ神父は、彼の叱言《こごと》をおとなしく受け、すごすごと自室にかえった。そして、ロザリオをとりあげ、一日を祈りにすごした。「わがのぞみなるマリア、わがのぞみのままにはあらずとも、御身のより大いなる御栄えのためなれば、この願いをききいれたまえ」

その日の夕方、彼は老主任司祭に呼ばれ、朝きっぱりと断られた願いは、なんの苦もなくゆるされた。ジョセフ神父がこのことを、当時、リオムの訪問会経営の学校の生徒だった妹のフィロメーヌに、どんなに喜んで書きおくったことか。そして妹に、五月の祭壇のための造花をどっさりたのんでやった。彼女の送ってくれたことと言ったら！　フィロメーヌは、兄の五月の祭壇に、そんなにも多くの人々、ことに、目にみえて信心の篤くなってきた教区の青年たちが参詣したときいて、兄とおなじく喜んだのだった。ヴァイヨン神父の家庭では、一人一人がかたくむすばれていた――母を亡くしたのがまだみな小さい頃だったので、兄弟姉妹がぴったりとくっついていた――とりわけ、この妹フィロメーヌとは、望みも願いも、そして心の底の宗教生活までも共にしてきたのだった。

それからというものは、彼自身の歴史における最も重要なことがらは、すべてこの祝された月におこった。この月こそ、罪深いけがれたこの世界が、天使のお告げを記念するかのように純白の晴着をつけ、暫時、キリストの花嫁にふさわしい美を装《よそお》うのであった。彼が、生涯における、もっとも苦しい行いを成し遂げる聖寵に浴したのも、この五月だった。故国を去り、なつかしい父と妹からはなれて（なんという悲しい別離だったろう！）、宣教師の労働生活をとりあげるために新大陸にわたった時……あの別れは、別れとは言えぬものだった。脱出——逃亡、より高きものへの信頼が故の、家族の信頼に対する裏切りだった。今でこそ、笑ってこのことを考えられるが、あの時は無我夢中だった。あの時、ラトゥール神父があふるまってくれたからこそ、今こうして、サンタ・フェの庭にいられるのだった。新任の司教が、苦労を共にしてくれぬかとたのんだ時も、あの時のことを思い出さなかったら、決して、あのサンダスキーをはなれはしなかったろう。彼は、自分に言ってきかせた。「さあ、今度こまりきってるのは、ジャンの番だ。あの日、道ばたに立ってパリ行きの駅馬車を待ってた時、僕の決心がくずれ、ジャンがたすけてくれた時、あの時の君に今度は僕がなってやろう」

ヴァイヨン神父は、当時をあまりにもはっきりと思い出したので、そっと眼がしらを拭《ぬぐ》った（病人の常で、彼はすぐ感激してしまうのだ）。そして、眼鏡をふくと、大声で言った。

「ラトゥール神父、もう背中を休めた方がいいよ。ずいぶんながいことかがんでたからな」

司教はやってきて、葡萄棚のはじにあった手押車に腰をおろした。

「ジョセフ、もう、君が早くよくなるようにと祈らんことにした。うちの副司教を、呼べば答えるところにおいておくには、病気にしておくほか仕方がないからね」

ジョセフ神父は、にっこりした。

「司教様、あなただって、サンタ・フェにはあまりいらっしゃらんじゃないですか？」

「そうさね、が、今年の夏はいるつもりだ。君もね。今年は一つ、僕の蓮の花をみてもらいたいんだ。トランキリノが、今日昼から、うちの湖に水を入れる」湖というのは、庭の中央にある小さな池で、水扱いのうまいトランキリノが、近くを流れるサンタ・フェ川から水をひいたのだった。メキシコ人は、みな、水を扱うのが巧みなのである。「去年の夏、君が留守のあいだね」と司教はつづけた。「あの小さな湖の上に、百以上もの蓮の花がうかんでいたのだよ。それも、なんと僕がローマから鞄に入れてきた五つの球根からさ」

「いつ咲くのかい」

「咲きはじめるのは六月だが、七月が盛りだ」

「じゃ、ちょっとせかさなければ駄目だぞ。司教の許可さえありゃ、僕は七月に行ってしまうからね」

「そんなに早く？　どうしてだ」

ヴァイヨン神父は、毛布の中で、窮屈そうにうごいた。

「失われた信者を追って行くんだ。ジャン、全く迷える信者たちなのだ、トゥーソンへかけての、君の新領土の方だ。あの辺には、司祭をみたこともないというようなかわいそうな家族が何百となくいる。今度は一軒一軒に、そしてどんな小さな開拓地へも行ってみるつもりだ。彼等は、祈りと信仰にはみちみちているのだが、これをはぐくんで行くものといって、誤《あやま》った迷信しかないんだよ。祈りも、みなまちがえておぼえている。字が読めない、それに、教えてやる者が誰もいないのだから、どうやってなおしてやれるかね。発芽の力は山ほどもってはいるが、水分のない種子のようなものだ。ただ交通をつけるだけで、みな、教会の生ける部分になれる。キリストは、『幼児《おさなご》のごとくならざれば』とおっしゃった。僕はメキシコ人と働いていればいるほど、あの時、主はこんな人々のことを思っておられたのだな、と信ぜずにいられなくなる。主は、現世のことにひいでてない人々のこと、損得や、世間的な立身出世に頭をつかわぬ人々のことを考えてらしたのだ。このかわいそうなキリスト教徒たちは、うちの国の人々のように、けちけちしてはいない。彼等は、領土に対する尊敬も、物質的な価値の観念ももっていない。一つの集落で二、三時間とどまって、秘蹟を授け、告解を聴き、一軒一軒になにかほんのしるし、ロザリオとか聖画とかいったものをおいてくだけで、去る時には、怠慢のせいで天主様からしめ出されていた忠実な霊魂を解放し、彼等にはかりしれぬ幸福をもたらしてやったような気がするのだ。

トゥーソンの近くで、一度、なにかみせるものがあるから荒野まできてくれと、一人のピマ・インディアンにたのまれたことがある。僕の連れて行かれたところは、こんなことに慣れぬ人だったら、信用をなくして、生命の危険を感じたかもしれぬような荒漠としたところだった。僕たちは黒い岩の、ものすごい峡谷に降りて行った。この谷間の洞穴の奥深くで見せられたものは、なんと黄金の聖杯《カリス》、祭服、小瓶など、弥撒《ミサ》用具一式だった。宣教教会がアパッチ族の掠奪にあった時、この男の祖先が、ここにこの聖器具をかくしたのだった。それが何代前のことかは、彼も知らなかった。この秘密は彼の家にずっと伝わってきたが、僕が、神に御自分のものをおかえしするためにやってきた最初の司祭だった。これは僕にとって、たとえばなしに近い。あの荒涼たる辺境の地では、信仰は埋められた宝のようなものだ。彼等はこれを守ってはいる、しかし、どうやってこれを自分たちの救霊に役立てればよいのか知らない。こうして捕われている霊魂が、たった一つの言葉、一つの祈り、一つの式で解放できるのだ。実際僕は、この使命をはたしたくてうずうずしている。僕は、迷った子等を神のもとにとりもどしてくる人間になりたい。僕の生涯にこれ以上の幸福はあり得ないだろう」

この歎願に、司教はすぐには答えなかった。が、ついに、重々しく言った。

「ジョセフ神父、しかし僕が、君をここで必要とするってこともわかってくれ。僕のつとめは、一個の人間には重すぎる」

「けれども、もっと僕を待ってる人々がいるんだ！」ジョセフ神父は毛布をはねのけ、地面に足をつけてすわった。法衣《カソック》を着ていた。「モンフェロンのフランス人の司祭なら、誰だって、君の手つだいができる。頭さえあればできる仕事だ。が、あそこでは心の仕事だ。特殊な心やりというものが要る。そして、うちの新しい司祭で、僕のようにあいつ等の性質を知ってる者はいない。僕は、もうほとんど、メキシコ人になりきってしまった。唐がらしや羊の脂もたべられるようになった。あいつ等の間のぬけたやり方に腹が立たなくなったし、欠点そのものが、僕にはかわゆく思える。僕は、あいつ等の仲間なんだ！」

「そりゃそうともさ、全く。が、今は横になっていてくれ」

ヴァイヨン神父は、興奮に顔をほてらせて横になった。司教は庭を短く一まわり、タマリスクの木立まで行ってかえった。彼の歩調は、急がず、平衡を保っていて、敏速だった。姿はすらりとしていて、しなやかで姿勢がよく、上半身のこなしが堂々としていた。このため、彼はどこにいても、その場の主人公になった。彼の心のうちに鋭い煩悶があろうとは、誰が考えただろう。ジョセフ神父の熱烈な願いは、彼の大切な希望を台なしにしてしまい、彼を苦い、人間的な失望におとしこんだ。方法は一つしかなかった。それを、神父はタマリスクの木立に行きつかぬうちにやってのけた。彼は、自分の側の棄権に終末をつけ、これに封するためであるかのように、かさかさしたライラック色の花を、一枝折りとった。そして、変らぬゆったりとした、おちついた足どりで帰ってくると、軍用略式寝台《アーミー・コット》のよこに立って、にっこりとした。

「ジョセフ、このことについては、君の感情が君の案内役になるべきだ。僕は、君の行く道には、障害をおかないでおこう。もちろん、どこまでも健康については気を配ってもらいたいが、すっかりよくなったら、一番はっきり、君を呼んでいるつとめに従わなければいけない」

　しばらく、二人は黙っていた。ジョセフ神父は日光を背に、眼をとじた。ラトゥール神父は、そのほっそりした神経質な指から、気のぬけたようにタマリスクの花房をひきぬいては、思いにふけってたたずんでいた。彼の手には、不思議な威厳があった。が、司祭によくある、あの静かさではない。この手は、いつもなにかを調べ、かたい決心をしているかのようであった。

　二人の友は、狂おしげな羽搏《はばた》きに我にかえった。まばゆいような鳩の群れが、頭上をこえて、庭のすみに行った。一人の女が、学校の敷地に通じる門から出てくるところだった。毎日、この鳩に餌をやるのと、花をつむためにやってくる、マグダレナだった。修道女たちに、今月中、学校の聖堂をかざる役をもらったので、司教のところの林檎の花とラッパ水仙をとりにきたのだ。彼女は、きらきらと輝くつばさの渦の中を進んでくる。トランキリノは手にしたシャベルをおとして、彼女にみとれた。一瞬、鳩の群れは、ある角度から光線をうけて不意に視界から消え、光に溶け、塩が水にとけるように見えなくなった。が、次の瞬間には、そこここにひらめき、太陽の光線に、黒くなったり、銀色に光ったりした。そして、マグダレナの腕や肩にとまると、その手から餌をついばんだ。彼女が唇の間にパン屑をはさむと、二羽の鳩が顔の前に宙ぶらりんになり、羽をばたばたさせながらそのかけらをついばんだ。マグダレナは姿の美しい女になっていた。金褐色の頬の下には、濃い赤葡萄酒色の唇があった。

「今あの女をみて、僕たちがあれを、あらゆる残虐と欲望のはびこっていた所から連れ出したことなど考えられるだろうか」とヴァイヨン神父がひとりごちた。「初代教会の時代からこっち、教会の威力がこのようにあらわされたことはないだろう」

「まだ、やっと二十七、八なんだよ。再婚した方がよくないだろうか」司教は考え深げに言った。

「あんなに満足しきっているように見えるが、時々、あの眼の中に、とても悲しそうな影のあるのにびっくりするのだよ。始めて会った時の、眼の中のおそろしい光をおぼえているかい」

「忘れるものか。が、身体全体がかわった。あの頃は、形もなにもない寄生動物にすぎなかった。白痴かと思ったくらいだ。駄目、あの女は、この世の嵐はもう充分なめてきた。ここだと安全だし、幸福なんだ」ヴァイヨン神父は起き上って、呼んだ。「マグダレナ、マグダレナ、いい子だ、ここへきて、少ししゃべってくれ。男が二人っきりでいるとさびしくなるんだ」

2　師走の夜

ヴァイヨン神父は、盛夏にアリゾナへ出かけた。もう十二月だった。ラトゥール司教は、少年時代から時々遭った、あの冷淡と疑惑にみちた期間をとおっていた。これが心に被いかかると、どこにいようと、異邦人になったような気になるのだった。書簡の事務をとり、教区司祭を順次訪問し、主任司祭不在の教会で司式し、修道女の学校の増築の監督をしたりしていても、心は一つも入らなかった。

クリスマスの三週間ほど前のある夜だった。神父はねむれぬままにも寝台に横になっていたが、心は失望感にさいなまれていた。祈りは空虚な言葉にすぎず、彼を慰めてはくれなかった。霊魂は不毛の地と化した。心には、司祭たちや人々にあたえる、何ものもなかった。仕事は上調子で、砂上の楼閣に思えた。広大な司教区は、未だに異教国であった。インディアンたちは、凶兆と太古の影に挑《いど》みつつもなお、古《いにしえ》からの恐怖と暗黒の道を辿っている。メキシコ人は、宗教をおもちゃにする子供にすぎないのだ。

夜の更けるに従って、寝台は茨の床になった。もう辛抱できなかった。暗がりに起き上ると、窓外に雪の降っているのをみつけ、おどろいた。もう地面につもり始めていた。雲のヴェールにかくれた満月が、蒼白い燐のような光を、空全体になげかけていた。その銀の柔毛《にこげ》を背景に、教会の塔が黒くそそり立っていた。神父は、教会に行って祈りたい衝動に駆られたが、またもとの毛布の下に横になった。それから、やめたのは教会の寒さが故である事に気づくと、自己を蔑みつつ、また起き上って手早く着更えると、法衣《カソック》をひっかけながら庭におりた。これはヴァイヨン神父のとお対《つい》の、忠実な古い上衣だった。

この布地は、ずっと昔、まだ二人とも若くて、バック街の外国宣教神学校で新大陸への最初の航海の準備をしていた頃、パリで買ったものだった。それを、オハイオのドイツ人の洋服屋がケープつきの乗馬用外套に仕立ててくれ、ふちには狐の毛皮がついていた。それから数年の後、ラトゥール神父が司教区を訪ねて長い旅をする前に、同じ洋服屋が仕立てかえてくれた。もう少し暖かい気候にあうようにといって、リスの毛皮をつけてきた。この律義者の外套で身をくるみ、鉄の鍵を手にした司教の頭の中を、こんな想い出がかけて行った。彼は、中庭を聖器室に向っていた。

庭は雪で白く、塀と建物の影が、霧につつまれた淡い月の光に、くっきりと浮き出ていた。聖器室の奥まった入口に、何かがうずくまっている——女だ、はげしく泣いている。立ち上らせると、司教は中に連れこんだ。蠟燭をつけると、知った顔だった。用件も、ほぼわかったような気がした。

サダという、メキシコ人の老女で、あるアメリカ人の家の奴隷だった。この家族は、カトリック教会に強い敵愾心《てきがいしん》を抱いている新教徒で、この女が弥撒《ミサ》に行くことも、司祭が彼女を訪問することも禁じていた。家では厳重に監視されていたが、冬になると、家族は暖かい部屋を必要としたので、彼女は薪小屋でねかされた。今夜、寒くてねむれぬまま、この英雄的行為をなしとげるために、勇気をふるいおこした。そして、廏《うまや》の戸口から抜け出し、路地を走って、はるばる神の家まで、祈りにきたのだった。表の扉がしまっていたので、司教館の庭に入り、聖器室にまわったところがこれもしまっていたのだ。

女はこれだけのことを、ぽつりぽつりと語った。司教は、蠟燭を手につっ立って、彼女の顔をみつめていた。色黒で、生活と悲しみとに細く痩せおとろえた、奴隷の顔。彼は、こんなに純粋な善良さが、人間の表情に輝きを放っているのは、見たことがないような気がした。彼女は靴下もはいていなかった。靴といっても、主人の、生皮のものだった――すり切れた黒いショールの下には、つぎだらけの、うすいキャラコの洋服を着ているだけだった。こらえようとしても、歯が合わなかった。司教は、肩からさっと毛皮つきの外套をとって、女に着せかけてやった。彼女はすっかりおじけづいてしまって、そのましゃがみこむと、つぶやいた。

「いえ、いけません、神父《パドレ》さま！」

「神父の言うことを聞くものだよ。この外套を着なさい。そしたら、お聖堂《みどう》へお祈りしに行こう」

祭壇の前の灯の赤い光の他、聖堂はまっくらだった。彼は女の手をとって、目の前に蠟燭をかかげ、聖歌隊席をつきぬけて、聖母堂の方へつれて行った。そして着くと、聖母の前に、燈《あかし》をともしはじめた。老いたサダは、ひざまずいて床に接吻した。なおも泣きつづけながら、聖母の足に、その台石にくちづけする。が、顔の動きから、美しいふるえ声から、これは法悦の涙ととれた。

「十九年、神父《パドレ》さま、十九年も祭壇のとうといものをみたことがございませんでしたのに」

「もうみな、すぎたことだ。サダ、あんたは、心の中では、このたっといものをみな覚えていたね。一しょにお祈りしよう」

司教は彼女の横にひざまずき、二人は、「ああ聖母、純潔なる者の元后」をはじめた。

ヴァイヨン神父が、一度ならずこの老いた囚人《めしうど》のはなしをしていた。この哀れな女については、教区の善女たちの間に、いろいろな囁きがかわされていた。彼女の住んでいるスミス家の人々はジョージアの出で、一時は、エル・パソ・デル・ノルテにいたこともあり、今は女の故郷の地へ共に来ているのだった。少し以前、この家族はジョージアで失敗し、黒人奴隷をみな売りはらって州を逃げ出さねばならなくなった。このメキシコ女だけは、身分が不確定で、何の法律上の手続もしていなかったので、売ることができなかったのだ。今度、メキシコ地方に帰ってきたので、スミス家ではこの日雇い女が脱走して、自分の種族の中にかくれ場所をもとめるのを恐れ、厳重に監視していた。彼等は、女が内庭から出ることも、女主人について市場へ出ることさえゆるさなかった。

祭壇会の二人の婦人が大胆にも、サダが洗濯をしている時に、内庭に忍びこみ、話しかけたところ、女主人にこっぴどく追い出された。スミス夫人は洋服も満足に着ずに中庭に飛び出し、家に用があるなら、ちゃんと表門から来てほしいと言った。廏からのぞいたりして、このかわいそうな女をおどかさないでくれというのだ。二人が、サダを弥撒《ミサ》にさそいに来たというと、夫人は、この女を一度司祭にうたれるところを助けてやったので、もうあんなことにならぬように要心しているのだと言った。

この悶着のあとでさえ、ある信心深い近所の女は、サダが驢馬から薪をおろしているところに行って、廏の裏口の戸から一言でも話しかけようとした。が、老婢は唇に指をあてて肩ごしに、恐怖にとりつかれた面持で、後の方を盗み見しながら、客に、あっちへ行けと手まねした。侵入者は、誰かとしゃべっているのをみつけられると、サダがひどい扱いをうけるのだろうと察して抜け出した。この善良な婦人は、直ちにこのはなしをもって、ヴァイヨン神父のところに来た。神父は、この奴隷女に宗教的慰安を確保してやるために何かしなければと司教に相談をもちかけた。が司教は、まだその時でないと答えた。現在、こういう人々を敵にまわすのは、不得策だったのだ。スミスの家のものは、折につけカトリック教徒に迷惑をかける下層階級の新教徒の指導者だった。彼等は、祭日には教会の入り口に立って、嘲ったり、大声で笑ったりし、町で修道女に横柄に話しかけたり、聖体祭の行列をからかったり、瀆《けが》したりするのだった。スミス家には五人の、くせのわるい、口ぎたない息子がいた。まだほんの子供にすぎない末の二人の少年でさえ、嫌な性質をあらわしていた。司教館の庭に来て若い梨の木から実をぬすんだり、司祭をののしったりするので、トランキリノが何度追い出したことか知れなかった。

ラトゥール神父は立ち上ると、サダに、よくお祈りをおぼえていたねと言った。

「神父《パドレ》さま、私はどこで寝ようと、聖母さまにロザリオを誦えるんです」老女は神父の顔を見上げ、瘤《こぶ》だらけの手を胸におしつけて、毎晩、こう熱情的に言い放った。

ロザリオをもっているのかと問われて、女は困った。ただ一つの安全なかくし場所、彼女は着物の下に、紐で、胸の周囲にしばりつけていたのだった。

司教はなぐさめるように言った。「サダ、おぼえておおき、来年も、クリスマス前の九日間祈禱《ノヴィナ》の時も、どこで弥撒《ミサ》の聖祭を捧げようと、私は君のためにお祈りしよう。安心するのだよ。祭壇の前の沈黙の祈りの裡《うち》にも、君のことを、私の妹や姪とおなじように憶い出すからね」

この蒼白い師走の夜みたような、宗教的清悦の強い体験を目のあたりにしたことはないと、後に彼はヴァイヨン神父に語った。神父は女のかたわらにひざまずいて、持たざる者にとっての祭壇上のものの――燈明の、聖母像の、聖人像の、そして、苦痛から侮辱を除き、労苦と貧とを救世主との友情のよすがとなした十字架の――尊さをひしひしと身に感じた。忍苦のうちにある囚われの女の横にひざまずいて、彼は、青年時代に経験した、あの聖なる玄義をいま一度体験した。地上にはこんなにも残酷な人々がいるが、天には一人の親切な婦人がおられるという知識は、彼女にとって、どんな慰めであったことか。司教には、これがわかるような気がした。打擲や労苦を通りぬけ、世間の意地悪い手を知った老人にとっては、子供よりもまだ、一人の女性の優しさが必要なのだ。ただ一人の女性、神聖な女性だけが、世のあらゆる苦しみを知り得るのだ。

事実、ジャン・マリー・ラトゥールは、この夜の聖母堂でのように、すべてのあわれみの泉なる聖母に近づいたことはなかった。女から生まれた男ならば、決して自己から切りはなすことのできぬ、あわれみだ。それは、刑場に立つ殺人鬼へのあわれみであり、死に行く兵士、拷問台上の殉教者へのあわれみであった。司教の胸を、聖母マリアに関する美しい思いが、つるぎのようにさしつらぬいた。

「聖なるマリアの御心！」と女はつぶやいた。神父は、この御名が彼女にとって、どんなに豊かな食物であり、衣服であり、友であり、母であるかを感じた。彼は、女の心の中の奇蹟をわが心にむかえ、その眼をみて、己が貧しさは彼女のに劣らず、殺伐たるものであることを悟った。「天の王国」が、この世、苛責と奴隷と庸い主の、むごたらしいこの世に来た時、これをもたらされた御方はこう言われた。「汝等のうち、いと小さき者こそ、天の王国においては、いと高きものとならん」と。教会はサダの家、神父は召使だった。

司教は老女の告解をきいた。祝福をあたえ、両手を彼女の頭上においた。内陣をぬけて教会を出ると、サダは肩から、司教の外套をとろうとした。司教はこれを止めて、あげるから、夜着てねなさいと言った。しかし、彼女はあわててすりぬけた。そのようなことは考えるだにおそろしいことだ。「いいえ、神父《パドレ》さま、いけません。見つかったら！」彼女は、それ以上、圧制者をとがめようとはしなかった。が、脱ぐと、まるで、親切にしてくれた生きものにでもするかのように、古い上衣を、ぴたぴたと叩いた。

運よくラトゥール神父はポケットに、聖母像のついた小さな銀のメダルをもっていることをおもい出した。それを女に与え、教皇御自身が祝別されたものだと説明した。さあこれで、人目につかずに一心に守り、監視人たちのねている間、拝むことのできる宝物ができた。神父はおもった。字を読めぬ者にとって——または考えることのできぬ者にとって——これは姿、偉大なる愛の、肉体的な姿なのだ！

大きな鍵を穴にさしこむと、木の蝶番《ちょうつがい》をすべって、扉がゆっくり開いた。外界の平和は、彼の心の平和と一致してみえた。雪はやんで、空を被っていた薄布《うすぎぬ》のような雲は、もう彼方の、サングレ・デ・クリスト山脈にかかる、一群《むら》のやわらかな白いもやにかたまっていた。蒼い天穹に満月が、威風堂々と、淋しく、静かに輝いていた。今しがた別れをつげた客は、ぬれた雪の上に黒い足跡の列をのこして行った。それをみつめながら司教は、教会の戸口に思いにふけってたたずんでいた。

3　ナヴァホー地方の春

ヴァイヨン神父は、冬中、アリゾナにいた。春の最初の兆しが空気にほのめいた頃、司教とヤシントはニュー・メキシコを越え、ペインテッド砂漠とホピ族の村々へ永い旅に出かけた。司教はオライビを出ると、南方に向って数日間行った。最近一人息子をなくし、その死亡を、わざわざサンタ・フェの司教のところまで通知してくれたナヴァホー族の友人を訪れるためだった。

ラトゥール神父とエウサビオは、この新司教区に神父が来てまもなく知り合った永の友人だった。当時、このナヴァホー人は、サンタ・フェで軍人を手伝っていた。彼等は、ナヴァホー族とホピ族の間に、いつまでも終らぬ争乱をしずめんとしていた。それからというものはずっと、この司教とインディアンの長《おさ》は、お互いの友誼を深めて行った。エウサビオは、息子に洗礼をさずけてもらうため、はるばるサンタ・フェの司教のところまで来た——この冬亡くなった、ただ一人の、かわいい息子だったのだ。

エウサビオはラトゥール神父より十も年下だったが、ナヴァホー族の中では、もっとも羽振りのよい一人で、羊と馬にかけては有数の富豪だった。サンタ・フェとアルバカーキにおいて、彼はその理知と権力ゆえに敬まわれ、立派な物腰ゆえにしたわれていた。彼は、ナヴァホーにしてもすばらしく背が高く、共和制時代のローマの軍将のような顔をしていた。いつも、ガラス玉や羽毛の刺繍のある、銀の帯のついた贅沢なびろうどと鹿皮《バックスキン》を優雅にまとい、最良質の毛で織った美しい図案の毛布をかけていた。広い袖にかくれた腕は銀の腕輪におおわれ、胸には、太古の貝殻数珠と、土耳古《トルコ》玉と珊瑚の首飾りをつけていた。この珊瑚は、コロナドの船長たちがホピ村とグランド・キャニヨンを発見する以前、このナヴァホー地方を通った時において行った、地中海の珊瑚であった。

エウサビオは、親族、召使と共に、コロラド・チキトのホーガン（編集部注／泥や草木で覆った、ナヴァホー族の伝統的住居）に住んでいた。その西に南に、北に、彼の家の子郎党が大きな羊の群れを守っていた。

ラトゥール神父とヤシントが、このお椀形の住居の群れに到着した時は砂嵐の真最中で、砂が二人の乗った騾馬のまわりを大吹雪のように舞い散り、景色もなにも、ぼんやりしてしまった。エウサビオが家から出てきて、アンジェリカのはみをとった。はじめ彼は口を開かず、ただラトゥール神父の大きな白い手を自分の大きな黒い手でにぎり、深い、鷲のような眼で、かなしみとあきらめの情をたたえて、相手の顔をみつめた。

「友達が来てくれた」

こう、ゆっくり言った時、青銅のような彼の顔を、感情の波がはしった。

それだけであったが、それがすべてであった。それは歓迎であり、信頼であり、感謝であった。

司教は宿として、群れから少しはなれてぽつねんと建ったホーガンをあたえられた。エウサビオは、最上の皮と毛布でこれを手早く飾り、客に二、三日泊って、疲れを癒やさなければいけないと言った。騾馬も疲れているし、神父様もお疲れだし、サンタ・フェまでは、まだまだあるというのだ。

司教は礼をのべて、二、三日泊ろうと言った。これだけは、様々な考えごとをするのに必要なのだ。彼は、サンタ・フェを出て以来、ずっと、実際的なことばかりに頭を使ってきた。ここでなら、考えをまとめられそうな気がする。この時候には川は相当な急流で、小山や、春の烈風の中に終日あれくるう砂の丘の間を、うねうねと流れていた。司教のいる小屋にも砂がつもり、泥でかためた若枝でつくった壁の隙間からも砂が入って来た。

川岸には、高い裸のコットンウッドのしげみがあった——老大木だった。その偉大さは、太古の遺物かと思われるほどだった。一本一本がひどくはなれて生え、その曲りくねった奇妙な形は、この木々を東の方にまげながらたえず砂で洗いあげる風と、水の乏しさのせいだった——川は一年のうちほとんど乾いていた。この木々は地面から斜に生えていて、白いかさかさした幹は地上四、五十フィートものあいだ向きを変えたり、中には根元を向いているものさえあった。あるものは、地面につかんばかりに丸く曲っていて、大きなまたになってさけていた。全くさけてはいなくとも、主幹が弓の弦にひしがれたかのように、下にむかって深い弧を描いているものもあった。それからまた、ひねくれた棕梠《しゅろ》の木のように、先端で火花のようになっているものもあった。どれもこれも、生きていた。それでも、古い乾燥した木のように見え、葉は少ししかなかった。木股の上高く、あるいは、途方もなく長い曲りくねった大枝の先に、美しい、淡い緑色の花束が出ていた——年を経た白い幹や枝々とは、およそ不似合なものだった。この木立の裸の枝々には宿り木がたれ下っていて、冬に巨木をみるの観があった。

ナヴァホーのもてなし方は、おしつけがましくない。エウサビオは、司教がここにいてくれてうれしいということをわからせると、あとは一人にしておいた。ラトゥール神父は、三日間、ほとんど絶え間のない砂嵐のうちに暮らした——彼は、動く塀、砂の壁かけに邪魔されて、この小さなインディアン集落からさえも遮断されていた。その間、家にすわって風に耳をかたむけるか、風にゆがめられた老樹の下を歩くかしていた。そんな時は、インディアンの毛布で、口と鼻をしっかり被って歩くのだ。ここに着いた時から彼は、ヴァイヨン神父をトゥーソンから呼びもどすことの正否を決めようと思っていた。旅人たちによってもたらされる副司教の手紙によると、彼は現在いる所に大変満足な様子だった。神父は、二百年も放っておかれたにもかかわらず、大陸中でもっとも美しい教会といわれる、古い、聖ザビエル・デル・バクの宣教教会を復興したのだった。

ヴァイヨン神父が行ってしまってからというもの、司教の荷は重くなる一方だった。オーヴェルニュからの新司祭は、みな、司教の希望を遂行するにあたって撓《たゆ》まぬ、疲れを知らぬ良い人々であったが、やはりこの地方にとっては他所者《よそもの》で、決断となると臆病であり、細かい問題までいちいち司教にもちかけてくるのだった。ラトゥール神父は、インディアンとの交際の実に鮮かな、彼等の欠点に対してあれほどの同情をもっている副司教を必要とした。二人、共にいると、司教はいつも、ヴァイヨン神父の頼もしいそそっかしさを制していた。が、一人になると、この性質こそ、欲しいものだった。それに、友としてのヴァイヨン神父のいないことは淋しかった、わるいことだろうか。

ジャン・マリー・ラトゥールとジョセフ・ヴァイヨンは、ピュイ・ド・ドムの隣接した教区に生まれたのだが、子供時代、二人は全然知らなかった。ラトゥール家は、学者や教授の古い家柄だったが、ヴァイヨン家は、地方の、ずっと低い階級に属していた。その上、ジョセフ少年は大部分家をはなれて、ヴォルヴィック山岳の農場で祖父と暮らしていた。この地方は空気が澄んでいて、静かで、神経質な子供にはよい土地だった。二人の少年は、クレルモンのモンフェロンの神学生になるまで、会ったこともなかった。

ジャン・マリーが神学校の二年になったばかりの頃だった。学期始めのある日、彼は運動場に立って、おもしろそうに新入生をみていた。その中で彼は、なにか、妙に頼もしくない顔をみつけた。蒼白く、不器量で、あごにいぼがあり、ドイツ人のような二色まじりの髪の、年にしては小さく見える、十九歳の少年だった。この子がジャンの視線を感じたらしく、呼ばれでもしたかのように、まっすぐに走って来た。たしかに、彼は自分の醜さに気がついていないらしく、少しもわるびれず、自分の新しい環境にたまらなく興味を感じているらしかった。彼は、ジャン・ラトゥールに名を聞き、どこから来て、お父さんの職業はなにかと聞いた。それから彼は、すばらしくあっさりといってのけた。

「僕の父はリオム一のパン屋なんだ。ほんとう、すばらしいパン屋だよ」

若いラトゥール少年はおもしろくおもったが、この打明け話に対して、鄭重に礼をのべた。この変った少年は、弟のこと、伯父のこと、それから利口な妹のフィロメーヌのことなどを語った。彼はラトゥールに、神学校にどれくらいいるのかと尋ねた。

「司祭になるつもりかい？　僕も。けど、もう少しのところで軍隊に入るところだった」

前年、アルジェの降服後、クレルモンで大観兵式があり、軍服や軍楽隊の大公開や、フランス軍の栄誉に関する感動的な演説等があった。若いジョセフ・ヴァイヨンは興奮して無我夢中になり、父にも相談せずに、義勇兵として登録してしまった。彼はラトゥールに、その愛国心のこと、父の怒り、そのあとの彼の後悔などを、ありありと語った。母親は彼を司祭にしたかった。彼女は息子が十三歳の時に亡くなり、それから彼は、母の望みを遂げて、自分の生涯を聖母への奉仕に捧げる決心をしていた。が、その日、制服と楽隊にかこまれ、彼はなにもかもわすれて、フランスに奉仕する望みに駆られた。

不意にヴァイヨン少年は、時間までに手紙を書いてしまわなければならないといって話を切り、ガウンをたくり上げると、大速度で走って行った。ラトゥールは彼を見送りつつ、この新入生の世話をしてやろうと心にきめていた。このパン屋の息子には、二人の出会いに、なにか冒険的な色彩をそえるものがあった。彼はもう一度、これをくりかえしたかった。その最初の出会いで、彼はこの元気な醜い少年を自分の友達にすることに決めた。一瞬の出来事だった。ラトゥールの性格はもっと冷静で、もっと批判的だった。なかなか喜ばず、少しいんきなところがしばしばみうけられた。

神学校時代、ラトゥールは、勉強では容易《たやす》く友を追い越していた。が、彼は、信仰の熱心なことにおいては、いつもジョセフが彼よりすぐれていることに気づいていた。宣教師となってからは、ジョセフは彼より早く英語をしゃべることを覚え、つづいてスペイン語を覚えた。もちろんどちらの言葉も、最初は間違いだらけでしゃべったが、文法や言葉の上品さなどに見栄をはらなかった。奴隷としゃべるときには、すすんで奴隷のような言葉をつかった。

司教は、もうジョセフ神父と二十五年も共に働いてきたが、彼の性質の矛盾と折り合うことができなかった。が、単にこれを肯定していた。ジョセフが永い間留守になると、その一つ一つ全部を愛していたことに気づくのだった。この副司教は、この世のものにもずいぶん多くの執着をもってはいたが、彼が知っているかぎり、もっともしんから霊的な人間の一人だった。美食家で酒も飲んだが、教会の断食もかたく守っていたし、永い布教旅行中の食事のまずさや乏しさをかこったことはなかった。ジョセフ神父の良酒に対する趣味は、他の人だったら欠点となっていたかもしれない。しかし常に体の弱い彼は、その決心や想像の急激な飛躍をたすけるために、なにか強い肉体的な刺激物が要るらしかった。司教は、良い料理、赤葡萄酒などというものが、目前で霊的な活動力と変ずるのをしょっちゅう目撃していた。他の人なら、食べあきて休みたくなるような小宴会も、ヴァイヨン神父は甦って立ち上り、例の永久的な結果をもたらす熱と完全さをもって、十時間から時には十二時間も働きとおすのだった。

司教は副司教が、教区のため、大聖堂の資金や、遠隔地布教のための寄付をしつこく願うので、よく恥をかいた。しかしジョセフ神父は、自分のためにはきれいさっぱりと、何の欲もなかった。彼の全財産は、騾馬のコンテントだった。リオムの妹から高価な祭服をもらっても、日常生活は粗けずりで、みすぼらしかった。司教は少なくとも、非常な値打ちのある図書室と、家の生活の楽しみをもっていた。それに、美しい毛皮や毛布——エウサビオや他のインディアンからの贈りものだった。針仕事やレース編み、縁かがり等の上手なメキシコ女が、寝台や机のためにすばらしい麻布の手芸品をくれた。オリバレスその他の富裕な教区民から贈られた銀皿も持っていた。が、ヴァイヨン神父は、初代教会の聖人たちのように、文字通り、なに一つ自分のものをもっていなかった。

若い頃ジョセフは、一人籠って、孤独な祈りの生活を送りたいと思っていた。が、事実は、人間の交際なしに長いこと幸福でいられなかったのだ。彼はほとんど誰をも好いていた。オハイオで駅馬車の旅をしていた時気づいたのだが、ジョセフは、もうすでに混んでいる馬車に、新しい乗客が押しこまれる度に喜んで、おもしろがっている様子だった——まるで気持ちのよいおまけをもらったように——が、ラトゥール神父は、かくしてはいたが、迷惑に感じていたのだった。ラトゥール神父を絶えず落胆させた、とんでもない家屋や教会、手入れのわるい農場や庭、だらしのない、むさくるしい町の様子も、彼の目にはほとんどとまらなかった。美とか、品の良さとかいったものには、感情をもっていないといいたいくらいだった。が、彼は、音楽に対しては熱情的だった。サンダスキーでは、青年たちにバッハのオラトリオを教えているドイツ人の合唱の教師と、幾夜も共にすごすのが彼の楽しみだった。

ヴァイヨン神父については、なにを言っても、彼全体を語ることにはならない。その特徴を数えあげても、人間がもっと大きかったからだ。どんな人間社会におとされようとも、彼はそこに光沢をあたえた。ナヴァホー族のホーガンであろうと、どこかの目もあてられぬくらい貧しい、小さなメキシコ人の家のごった返しの中であろうと、ローマの枢機卿《すうききょう》や司教のまっただ中であろうと、彼にとっては、どれも同じことだった。

司教がこの前ローマに行った時、マズッキ卿からおもしろい話をきいた。この人は、ヴァイヨン神父がオハイオの宣教地から始めて聖都を訪れた時、グレゴリオ十六世の秘書だった。

ジョセフは、ローマでの三ヶ月間、一日四十セントのざっくばらんな生活をしていた。彼はマズッキに何度も、教皇との単独謁見をたのんでいた。オハイオから来た宣教師は、秘書の気に入った。彼にはどこか猪突な、快活な、自然《ナイーヴ》なところ、ローマにむらがってくる司祭にはあまり見受けられぬ、新鮮なところがあった。そこで卿は謁見をとり計らい、その時は、教皇とヴァイヨン神父、それにマズッキだけであった。

宣教師は、祝別していただくもののぎっしりつまった鞄を二つ——慣例では一つということになっていたのだが——侍従にもたせて入ってきた。挨拶がすむとジョセフ神父は、布教地のこと、仲間の宣教師のことなどを、いかにもはっきりと滔々《とうとう》と述べたので、教皇も、秘書も、時間に気をつけるのを忘れてしまって、この種の謁見の慣例の、三倍もの時間にのびてしまった。あの貴族的な、専制主義のグレゴリオ十六世、終始一貫欧州の政界の裏側につき、自由イタリアの敵であったグレゴリオ十六世は、信仰を名も知れぬ世の涯《はて》にひろめるためには、前任者の誰よりも多くの仕事をなしとげた。そして、今ここにいるのは、彼の心に適《かな》った宣教師だった。ヴァイヨン神父は自分のため、仲間の司祭たちのため、布教事業のため、彼の司教のために祝福を乞うた。それから行商人の荷のように、十字架、ロザリオ、祈りの本、メダル、聖務日禱書等のぎっしりつまった鞄を開けた。彼は、聖務日禱書のためには、特別の掩祝《えんしゅく》をねがった。度胆をぬかれた侍従は、何度も出たり入ったりし、遂にマズッキが、教皇に他の約束を思い出させたのだった。侍従がその時そこにいなかったので、ヴァイヨン神父は自分で二つの鞄を持ちあげ、荷物に埋もれて、頭をさげたまま、御前を後退《あとじさ》りはじめた。教皇は、祝福のためならず挨拶のために、椅子から立ち上られ、去り行く宣教師に、男同士といった体《てい》で、手をあげ、「コラッジオ、アメリカーノ！（勇ましいアメリカ人だ！）」と叫ばれたのであった。

ラトゥール司教は、このナヴァホーの家は瞑想にふけるのには、そして過去を想い、未来の計画を立てるのにいい場所だと思った。彼はフランスの兄弟や旧友に、長い手紙を書いた。ホーガンの周囲には風が呻き、大洋の中の船室のように、すべてからかけはなれていた。開けっぱなしの一枚の戸よりほか入口はなく、外の空気の光は、砂嵐で黄色く濁っていた。砂が終日、壁の割れ目から入って、土の床の上に小さな峰を築いていた。そして、枝葺きの屋根の枯葉に降るみぞれのように、からからと鳴った。家は実にかよわい隠れ家だったので、司教は、埃まみれの土と動く空気でできた世界の中心にすわっているような気がした。

4　エウサビオ

エウサビオのところに来てから三日目に、司教は、やや正式な、副司教召還状を認《したた》めた。それから野の方に、いつもの散歩に出かけた。彼は、夕日が沈み、風が熄《や》み、空気が水晶のように澄みわたるまで戸外にいた。帰ろうとした時、川上一マイルもあろうあたりから、コットンウッドの太鼓をゆっくり打ちならす、深いひびきがきこえた。エウサビオの家から来るらしい。彼は、エウサビオは家にいるのだなとおもった。

開拓地の方へ帰って行くと、ラトゥール神父は、エウサビオが戸口の傍らに腰をおろし、長い太鼓の一端をゆるやかに打ちながら、ナヴァホー語でうたっているのに出会った。その前には、四、五歳と思われる、ほんの小さな二人のインディアン少年が、固くたたきならされた土の上で、音楽にあわせて踊っていた。二人の女、エウサビオの妻と妹が、小屋の奥深いうすくらがりの中から、それを眺めていた。

二人の少年は、神父の近づいたのを知らなかった。彼等は踊りにすっかり夢中になり、まじめな顔をして、チョコレート色の目を半ばとじていた。司教は、その腕と肩の流れるように柔軟な動き、コットンウッドの葉くらいしかない、小さなモカシンの靴をはいた小さな足が、教え込まれもせぬのに、不規則な、変った律動の音楽にあわせて動いて行くのにみとれていた。エウサビオは、宗教的な、厳粛な表情をしていた。彼は太鼓を膝《ひざ》にはさみ、広い肩を前かがみにしてすわっていた。黒い髪は、額に巻いた真紅のサッシュ《パンダ》でとめられていた。色の黒い腕の銀色が、太鼓を棒でたたくか、あるいはただ指ではじくかする度に、きらきらと光った。うたっていた歌がおわると、彼は立ち上って、二人の少年、彼の甥をインディアンの名で、「鷹の羽」「魔法の山」と紹介すると、うなずいて彼等を去らせた。二人は家の中に消えた。エウサビオは太鼓を妻にわたすと、客と歩き去った。

「エウサビオ」と司教が言った。「トゥーソンのヴァイヨン神父に手紙をとどけたいのだが。もし君が、誰かをサンタ・フェまで私につけてくれれば、ヤシントにこれをもたせたいんだ」

「私が「町《ヴィラ》」までお伴しましょう」とエウサビオは言った。ナヴァホー族は、未だに彼等の首都を古い名で呼んでいた。

それで、次の朝、ヤシントは南にむかい、ラトゥール神父とエウサビオは、荷騾馬と共に東にむかった。

サンタ・フェへの道程は、四百マイル足らずだった。天気は、先もみえぬ砂嵐から、美しい陽光のあいだを往来した。荒野の単調で静かなのに反し、その上の空は、動と変化に満ちていた。世界中のどこよりも、海でよりも、空がたくさんあった。足下には平原があった、が、あたりを見わたして目に入るものは、輝きわたる、身を刺すような空気と、動く雲の青い世界だった。その下では山脈さえもが、蟻の築いた山のようだった。他処では、空は世界の屋根だ。が、ここでは、地が空の床《ゆか》だった。はなれているとなつかしくてたまらなくなる景色、人をつつんでいるもの、事実、人の住んでいる世界は、空、空だった！

エウサビオと旅を共にするのは、人となった景色と旅をするようなものだった。彼は運命や天候を、厳かな喜びをもって、土地と同じようになって受け入れていた。彼は言葉少なく、あまり食べず、どこにでも寝たし、いつも開けっ放しな暖かい表情で、ヤシントのような確実な行儀をもっていた。司教は、彼が道すがら、あまり何度も花をつむために立ち止るのでおどろいた。ある朝、エウサビオは騾馬をつれ、真紅の花をかかえてかえってきた——細長い管状の釣鐘が、すべすべした茎の片側から垂れていて、それが風にゆれた。

「インディアンはこれを虹の花といいます」彼は花をもちあげて言った。赤い管がふるえた。「今、これの咲くには、まだ早すぎるんだが」

一夜の間かくまってくれた岩や木、砂丘などをはなれる時、このナヴァホーは、彼等が一時ここにいたという痕跡を、注意して消すのだった。火の燃えさしや食べのこしたものを埋め、積んだ石はみなくずし、砂に掘った穴は埋めた。これは、ヤシントのするとおりだった。司教は、白人がどのような景色の中でも、自己を浮き出させ、背景を変え、あるいはこれを少しくらいつくりなおすのに反し（少なくとも、彼の滞在のしるしとか記念とかをのこすが）、インディアンのやり方は、水中の魚のように、空の小鳥のように、なに一つ乱さず、あとかたもなく土地を通りぬけ、すぎ去り、別れを告げるのだろうと判断した。

景色の中に浮き出さず、その中に溶けこむのがインディアンのやり方だった。丘《メサ》の上のホピ村は、丘《メサ》の上の岩のように作ってあったため、遠くからは見えなかった。砂と柳の中のナヴァホーのホーガンは、砂と柳でできていた。その頃、村《プエブロ》に、住居の窓にガラスを入れる者はなかった。彼等にとって、ガラス板の上の太陽の反射は醜く不自然で——危険でさえあった。その上、このインディアンたちは、目新しさや変化を嫌っていた。彼等は、祖先の足で岩につけられた古い径《こみち》を来ては去り、丘《メサ》の町に登るには、昔からの天然の階段を用い、白人が井戸を掘ってからでさえ、古い井戸から水を運んだ。

　インディアンは、銀細工や土耳古《トルコ》玉磨きに対して、疲れを知らぬ忍耐強さを持っていた。毛布や帯、儀式用の衣などに、彼等はその手器用さや労苦をふんだんに使った。が、彼等の装飾の観念は、景色を飾ろうというところまでは行かなかった。ヨーロッパ人のように、自然を「支配」し、これを置きかえ、再編成する望みは、まるきり持っていないらしかった。ただその器用さを、他の方向に、彼等がその時々に居合わせた場景に適合させることに用いた。司教の考えによると、これは不精さからではなく、むしろ、祖先伝来の注意深さと、尊敬の念とから来ていた。あたかも、この大地は眠っていて、彼等は、土地が醒《めざ》めぬようにその生活を営んでいるかのようであった。土や、空や水の精は、逆《さか》ったり、呼びさましたりするものではないと考えているようにも受けとれた。狩りをする時も、彼等は同様の注意をはらっていた。インディアンの狩りは、決して虐殺となることはない。彼等は河川や森を荒さぬばかりか、灌漑用としても、必要とする最小限度の水を引くのだった。土地も、それに属するすべてのものをも、彼等は思いやり深く扱った。進歩させようなどとはせず、その神聖を瀆すようなことは決してしなかった。

　アルバカーキに近づくに従い、ラトゥール神父とエウサビオには、しばしば道連れができた。曠野を越えて、はるかにくねる道を行く、あるいはサンディア山脈にむかって、三々五々行くインディアンたちだった。その歩みが速かろうとおそかろうと、彼等は皆、同じ静かな動作と、遠慮がちな態度をもっていた。華かな色の毛布に体をくるみ、騾馬にまたがり、あるいはその傍らを歩いて行くインディアンであった。彼等は春と共に目醒めている大地を、人目にとまらず、音も立てずにすぎて行くのが義務ででもあるかのように、新芽の吹いているよもぎをわけて、砂の海を越えて行った。

ラグーナの北方で、二人のズニ族の使者が、どこか東の方に「インディアンの用」で行くのだといって走り去った。彼等は掌をひろげ、身振りでエウサビオに挨拶したが立ち止らなかった。若い羚羊《かもしか》の素早さで、彼等の体は砂を越え、鷹が、あの力強い、悠々たる飛翔のもとに投げかける影のように、砂丘の中に消えては、あらわれた。

Ⅷ　パイクス・ピークの黄金

1　大聖堂

ヴァイヨン神父がサンタ・フェに帰ってもう三週間にもなったが、未だに司教がなにを思って彼をトゥーソンから呼びもどしたのか、わからなかった。ある朝、フルクトーサが庭に来て、司教様が午後からお出かけになるので、お昼のお食事はいつもより早くなりますとつたえた。半時間して、神父は食堂で司教とあった。

司教が一人で食事をすることは、ほとんどなかった。この時間は、遠方の教区から来た司祭とか、陸軍将校、アメリカ人の商人、オールド・メキシコやカリフォルニアからの客をもてなすのに都合のよい時だった。司教館には客間がなかったので、食堂がその代りだった。細長い、涼しい部屋で、窓が西側にだけ庭に向ってひらいていた。やわらかい光線が緑の鎧戸をとおして入ってきた。日光は、白い、まるみをおびた壁にちらつき、食器棚の中のガラスや銀にあたって、きらきらと光った。オリバレス夫人がニュー・オーリンズへ帰るためサンタ・フェに別れをつげた時、家財を競売に付したので、ラトゥール神父は、何度も友人たちがまわりを囲んだ食器棚と食卓を買ったのだった。ドーニャ・イサベラは、彼に記念として、銀のコーヒー・セットと燭台を贈った。それがこの質素な、うすぐらい部屋の唯一の装飾だった。

ジョセフ神父が入ってくると、司教はもうちゃんと席についていた。「飯の早くなったわけ、フルクトーサが言ったかい？　午後から一乗りしようとおもってね。君にみせたいものがあるんだ」

「そりゃいい。僕が落着かないのに、気がついたかい。今まで、二週間以上も鞍をはなれたことがないんだ。コンテントを見に廏《うまや》に行くと、なじるような眼で僕をみつめる。肥りすぎてしまうだろう」

司教は笑ったが、上唇にからかったようなかげをとどめていた。彼はジョセフをよく知っていた。「そうかい」と彼は用心ぶかく言う。「トゥーソンから六百マイルもやってきた後だもの、少しくらい休ませたって、毒にはなるまい。今日、昼からひっぱり出してやればいいだろう。僕はアンジェリカで行く」

昼すぎ、二人の司祭はサンタ・フェを出て、西にむかった。司教は目的を打ちあけなかったし、副司教もなにも尋ねなかった。ほどなく二人は、馬車道をそれ、真南にむかって街道に出た。この道は、漠としたグリースウッドの地帯から、裸な、青い、サンディア山脈の方にむかって登りになっていた。

四時頃、二人はリオ・グランデ峡谷の上にそびえる峰についた。ここから道は長い降り坂になって、サンディア山麓の約六十マイルにわたって、アルバカーキにつづいていた。峰は円錐形のごつごつした丘に被われ、ピニョンがまばらに茂っていた。岩は、変った緑、海のみどりとオリーヴ色の中間色だった。岩が天候で風化されたにすぎない、うすい小石のような土壌も、同じ緑色だった。ラトゥール神父は、峰の西端にむかって急いだ。ちょうどその辺から降り坂になっている。この丘は、沈み行く太陽と青いサンディアをまっこうに控えて、ぽつりと聳えていた。近づいてみてヴァイヨン神父は、西の側面の土が、固い岩壁があらわになるところまで浚《あら》い去られているのに気がついた——周囲の丘の緑とちがって、黄色といおうか、強い金色がかった黄褐色《オークル》——その上を照らしつつある、太陽の光線の金色に似た色だった。辺には鶴嘴《つるはし》や鉄梃《かなてこ》が置かれ、くずしとられたばかりの石片があった。

「おもしろいと思わないかい。この緑の丘のまっただ中に、ただ一つ、黄色い丘があるなんて」司教は石ころを一つとり上げようとして、かがみこんだまま言った。「この辺の丘をあらゆる方向にむかって行ってみたが、この種類のはこれだけなのだ」彼は、掌《てのひら》の中の黄色い岩のかけらにみとれて立っていた。司教には神聖なものをいじる時はある一種のくせがあったが、美しいと思ったものにもそれを適用していた。一瞬の沈黙の後、彼は、二人の頭上に金色に輝くごつごつした岩を見上げた。「あの丘が、ブロンシェ、僕の聖堂なんだ」

　ジョセフ神父は司教を見つめ、それから崖を見上げて、目をぱちくりさせて言った。「Vraiment《ヴレマン》?(ほんとうかい?) 石はかたいのかね。いい色だ。聖ペトロ寺院の柱廊《コロネード》にどこか似ている」

　司教は、岩のかけらを指でこすった。「もっと故郷《うち》に近い——なに、クレルモンにね。この岩を見上げると、後にローヌ河のささやきが聞こえるような気がする」

「ああ、アヴィニョンの、教皇の旧宮殿のことか。うん、全くだ。ほんとうにそっくりだ。今頃の時間には、ちょうどこんなだ」

司教は絶壁から目をはなさずに、石に腰をおろした。「これは、僕が欲しい欲しいと思っていた石なんだ。それが、偶然みつかった。イスレタの帰りだ。ヘスス神父の臨終に行ったのだけれどね。サント・ドミンゴまで来たところ、大雨ですっかり道が流れてしまっていたので、この道は来たことがなかったのだが、ここから家へ帰ってみることにしたのだ。夕方、西の方からここに登ってきた。すると、今こうやって我々の前にそそり立っているように、この岩が僕の前にそそり立った。僕は、その瞬間、これこそ僕の聖堂だと思ったんだ」

「そんなことが偶然だなんて、絶対にあり得ないよ。ジャン、しかし建築というところまでは、なかなかだろうね」

「そんなになかなかでもないつもりだ。死ぬまでに完成させたい。天主の御望みならね。が、機会《チャンス》などにまかせたくはない、それから、アメリカ人の建築家にはお世話にならんつもりだ。今、オハイオの町で建ててるようなおっかないのを建てるのなら、現在の乾燥煉瓦《アドベ》の教会のままでいた方がよっぽどいい。僕は、平凡な教会でも、いい建物が欲しいんだ。イギリスくんだりの馬車小屋みたいな、不恰好な赤煉瓦のを建てるためには、指一本動かすのも嫌だね。この国には、われわれの南仏風《ミディ》のロマネスクがぴったりするんだ」

ヴァイヨン神父は洟《はな》をすすって、眼鏡をふいた。「建築家やら家の体裁まで考え出したら！ジャン、アメリカ人の建築家にたのまないというのなら、一体、誰にたのむのかい」

「僕の友達で、すばらしい建築家がトゥールーズにいる。この前帰った時、このことについて、その人とはなしてきた。彼自身はこられない。長い海の旅はこわいんだ。馬の旅にも慣れてないしね。しかし、まだ勉強中の若い息子さんがいて、この仕事をやりたいと言っておられるんだ。お父さんの手紙によると、新大陸最初のロマネスクの教会を建てるってことが、この青年の抱負になった。正しいモデルを勉強してくることだろう。このひとも、南仏《ミディ》の古い教会はフランス一だと言っている。こちらの用意ができれば、フランスのいい石工を二人ばかり連れてくることになっている。費用としては、セント・ルイスから人を傭うのと大したちがいはなかろうさ。望みどおりの石がみつかったからには、僕には聖堂建築ももう始まったかのようにおもえる。この丘は、サンタ・フェから たった十五マイルだ。登り坂だが急じゃなし、石の運搬も予想外に楽だろう」

「君はおそろしく先まで計画を立てる」ヴァイヨン神父はこう言って、感心したように友をみつめた。「が、司教はそうあるべきなんだ。僕には鼻先のことだけしかわからない。しかし、こんなにまわりがしみったれているし、僕たち自身だってこんなに貧しいのに、そんな立派な建物に手をつけるなんて、思いもよらなかったよ」

「しかし、聖堂は僕等のためではないだろう。ジョセフ神父、未来のために建てるのだ。いいものでなけりゃ、石一つだっておかない方がましだ。フランス建築の宝の一つたるあの神学校から来た男が、この大陸にすでにいくつもあるようなみっともない教会を建てるなんてことは、恥だよ」

「たしかにそうだ。僕は考えもしなかった。ここで、オハイオ式の教会以外になにかできるなんて、思いもつかなかった。そうだ、君の祖先は、クレルモンの大聖堂を建てるのに貢献されたんだっけ。十三世紀に建築にたずさわられたラトゥール司教が二人もいる。いろんなものが、時と共にすぎて行く。君がこのことを、そんなに思いつめていようとは思わなかった」

ラトゥール神父は笑った。「大聖堂って、軽々しく扱われるべきものかい?」

「いやどうして、もちろん、そんなものじゃないさ」ヴァイヨン神父は、困ったように肩を動かした。彼自身、どうしてこんなことにこだわったのかわからなかった。

二人の立っている丘のふもとはもう影になっていて、黄色の豊かな泥の感じに落着いていたが、頂上はまだ、溶かした黄金——落ち行く太陽の光に律動する色だった。司教はやっとそれから目をはなして、深い満足の溜息をついた。「ああ」と彼はゆっくり言った。「あの岩は、よく役立ってくれるだろう。さあ、もう家に帰らなければ。ここへ来る度に、この石がより気に入ってくる。神が僕の個人的な趣味、見栄、そんなものまで、こんな風に満たしてくださるとは望んでもみなかった。ねえ、ブロンシェ、慈善に使うひと身上にめぐりあったより、この黄色い岩の丘をみつけた方がうれしかったよ。大聖堂はいろんな意味で、僕の心の中心のすぐ近くにあるんだ。ずいぶん、僕は俗っぽいと思うかもしれないけど」

月の光に照らされて、銀色に光るよもぎの中を行くヴァイヨン神父は、どうして自分がアリゾナの救霊事業から呼びもどされたのか、どうして貧しい布教地の司教が、そんなに建物について気を配らねばならぬのか、まだ腑におちなかった。もちろん彼とても、早く聖堂建築が始まればよいとは熱望していた。が、それが南仏《ミディ》風のロマネスクだろうと、オハイオ・ゲルマン風だろうと、大して変りはなかった。

2　リーヴンワースからの手紙

司教と副司教が黄色い岩まで行った翌日、サンタ・フェに週便がついた。司教にもどっさり手紙がきたので、彼は午前中、書斎に閉じこもっていた。昼食の時、彼はヴァイヨン神父に、リーヴンワースの司教からの重要な手紙について話したいから、今夜つきあってくれるようにと言った。

この部厚な手紙は、ほとんど知られていない、ロッキー山脈の一部、コロラドに起りつつある問題に関するものだった。それは、サンタ・フェからたった二、三百マイルのところだったが、この地区との交通はほとんどなかったので、ここのニュースはパイクス・ピークからよりも、むしろヨーロッパから伝わってくるくらいだった。昨年、この峰のかげに豊かな金鉱が発見されたことも、最初にヴァイヨン神父が知ったのはフランスからの手紙によったのだった。そのしらせは、チェリー・クリークとサンタ・フェ間の未開の山地や谷間をぬける、たった二、三百マイルを伝わるよりもずっと早く大西洋岸に達し、ヨーロッパに渡り、そこから南西部にもどってくるのだった。ヴァイヨン神父がトゥーソンにいた頃、オーヴェルニュ在の弟のマリウスからの手紙に、聞いたこともない、コロラドのゴールド・ラッシュについての問合せが山ほどあり、比較的近くて、より重大におもえていたイタリアの戦争のことがほとんど書いてなくて弱ったものだった。

当時ロッキー山脈でも、今、人のひしめきあっているパイクス・ピークのあたりは空白地帯だった。ワイオミングからタオスへ毛皮をもって降りてくる毛皮業者さえも、このごつごつした花崗岩の背景を避けたものだ。たった二、三年前のこと、フレモントがロッキー峡谷を横断しようとしたが、一隊は馬をあらかた食いつくし、半餓の状態でタオスに辿りついたのだった。が、十二ヶ月の間に、一切が変ってしまった。あちこちを彷徨していた探鉱者たちがチェリー・クリーク付近に大金鉱を発見し、一年前までは人跡未踏の山が今や人であふれていた。ミズーリ河から西にかけての牧草地を、荷馬車の群れが押し流されて行った。

リーヴンワースの司教は、彼自身、コロラドから帰ったばかりだと書いていた。彼の見たところでは、パイクス・ピークのふもとの斜面には野営が散在し、谷間には、砂金採掘者がまっくろにたかっていた。何千という人々が、天幕や丸太小屋に住んでいて、デンヴァー・シティには酒場や賭博場が横溢していた。この放浪者ややくざものの中には、真面目な人々、何百人もの立派なカトリック教徒もまじっていたのだが、司祭は一人もいなかった。精神的な指導を受けぬ青年たちは、この放縦な社会において進むべき道を知らず、老人は疲労や山岳地帯特有の肺炎等で、教会の最後の秘蹟もうけずに死んで行った。

この新しい人口稠密《ちゅうみつ》な社会は、今のところ、ラトゥール神父の管轄内に入るべきであるとカンザスの司教は書いていた。既に南西にむかって何千平方マイルも拡大されていた彼の一大司教区は、今度は北にむかって、まだ形もない、急激に重要化したロッキー峡谷地方にのびて行かねばならなかったのだ。リーヴンワースの司教は、司祭を一人そこへ、なるべく早く送ってくれるよう頼んでいた――もちろん、熱心なばかりでなく、腕のいい人で、機知にとんだ、理知的な、どの種の人間ともうちとけ得る人という注文だった。寝具、野営用具一切、薬品、食料、及び厳寒にそなえて衣類を用意しなければならない。デンヴァーの野営地で手に入るものとては、煙草とウィスキーぐらいだった。女もいなければ、料理用ストーヴもなかった。採鉱者たちは、生やけの練り粉とアルコールで命をつないでいた。山の水を汚してしまって、熱病にたおれた。生活条件はなにからなにまで、唾棄すべきものだった。

夕食後、ラトゥール神父は書斎で、この手紙をヴァイヨン神父に読んできかせた。すむと、司教はこの部厚な手紙を置いて言った。

「ジョセフ神父、君は、少しも働くことがないってこぼしていたっけね。これこそ、いい機会だ」

ジョセフ神父は手紙を聞きながら、だんだんそわそわし始めていたが、ぽつりと言った。「さ、また英語をしゃべるかな。君さえよけりゃ、明日にでも出発できるよ」

司教は首をふった。「そんなにすぐは駄目だ。この旅の終点には、君を歓迎してくれるような、もてなしのいいメキシコ人はいないのだよ。一切合財、暮らしに必要なものを持ってかなくては駄目だ。荷馬車を一台、君のために作って、要《い》るものを慎重にえらぼう。トランキリノの弟のサビノを、君の馭者にするといい。これは、君の今までにやった中で一番つらい仕事になるかもしれんのだ」

二人の司祭は、おそくまで話していた。アリゾナのことも考えなければならなかった。誰か、ヴァイヨン神父の仕事をつづける者が要る。彼の知る限りでは、あの荒野と黄色い人々は、神父にとって最も愛すべきものだった。が、結ばれた絆を解くのが、別れを告げ、知らぬ人々の中へとむかって行くのが、彼の一生の仕事だったのだ。

その夜、床につく前に、ヴァイヨン神父は油で靴をみがき、古いかみそりの刃で足の爪をつんだ。トルチャス山脈寄りのチマヨのメキシコ人村では、善男善女は、教会にある乗馬姿のサンティアゴの像に特別な信心をもっていた。この像が馬に乗ってはいるが、夜毎に外出するので、靴を履き古してしまうと言って、二、三ヶ月毎に新しい靴をつくってはそなえた。そこにいた頃、ジョセフ神父は彼等にむかって、天主は宣教師の手を聖別するだけでなく、足にも特別な祝別をくだされればいいのにと話したものだ。

神父はチマヨのサンティアゴの、なつかしい思い出をたどった。数年前、神父はチマヨから来た殺人犯に会いに、サンタ・フェの牢獄へ行ってくれとたのまれたことがあった。囚人は、顔だちもふるまいもしとやかな、二十歳の少年だった。ラモン・アルマヒリョというこの少年は、闘鶏に夢中だったが、これが間違いのもとだった。彼の飼《か》い鶏《どり》はまだ負けたことがなく、近くの町の鶏の首をのこらず引き裂いてしまったというものだった。ラモンはやがてこの鶏を、サンタ・フェまで、町の有名な鶏とたたかわせるために連れてきた。一団のチマヨの少年たちも一しょにやって来て、ありったけの持ちものをラモンの牡鶏に賭けた。どちらの鶏にも、莫大な金額が賭けられ、勝った方には、入場料までが行くことになっていた。最初は少し危なげだったが、やがてラモンの鶏は、きれいさっぱり、相手の動脈をかっ切ってしまった。ところが、止める間もなく、負けた鶏の持ち主がリングに入ってきて、勝ち鶏の首をしめた。この男がぐったりとした羽のかたまりをはなしもあえぬうちに、ラモンの小刀は、彼の心臓に達していた。それがみな、一瞬の出来事だった。証人のある者は、男の死と牡鶏の死は、同時だったと主張したくらいだった。そして誰もが、男が手首をねじったのと、ナイフがきらめいたその間には、息つくひまもなかったと言っていた。運悪く、当時のアメリカ人の裁判官は、メキシコ人嫌いの、どうにかして闘鶏を止めさせようとしていた、鈍い男だった。彼は、ラモンが絶えず被害者の生命を脅かしていたという報告をみとめた。それは、被害者の友人たちが捏造したものだった。

ヴァイヨン神父が処刑の数日前、監房に会いに行くと、ラモンは小さな鹿皮《バックスキン》の靴をつくっていた。人形のものとでもいいたいようなもので、故郷の教会のサンティアゴのためだと言っていた。彼の家族が、絞首刑の時、サンタ・フェに出て来るかもしれない。そこで、この靴をチマヨにもって帰ってくれたら、あの良い聖人が取りなしてくださるかもしれないというのだった。

蠟燭の光の下で、靴に油を擦り込みながら、ヴァイヨン神父はふっと息をついた。コロラドで世話せねばならない囚人に、あんなタイプのはまずいまいと思ったのだ。

3

Auspice Maria!

ヴァイヨン神父の荷馬車の建造には、一月《ひとつき》かかった。これは、珍らしい構造を必要とした。大量の運搬が可能で、しかも、村々の彼方の山峡をくねって行くからには、軽くて、幅も狭くなければならない。この地方には道がなく、春には滔々と流れるが、このような秋の頃には干上ってしまう流れに穿たれた、凸凹の多い、岩でできた谷ばかりだった。荷馬車を造る間、ジョセフ神父は荷物を注意深くえりわけ、デンヴァーの野営地に到着次第、若枝か帆布《カンヴァス》で建てる予定の小聖堂用の付属品をえらんだ。その上、メダル、十字架、ロザリオ、色刷の聖画や宗教用パンフレットのつまったトランクがあった。神父の蔵書といっては、聖務日禱書と弥撒《ミサ》典書のみだった。

彼は司教館の中庭で、何度も何度も品物をえらび変えた。その度に、比較的必要なものを加え、そうでないものを落して行った。フルクトーサとマグダレナは、ひっきりなしに神父の手伝いに呼ばれた。ようよう箱が閉ざされると、フルクトーサがこれを薪小屋にしまってしまった。司教がこのトランクやら箱やらを玄関や食堂でみかけると、ちょっと眉をひそめるのを知っていたからだ。寝具や衣類全部は、大きな子牛の鞣《なめ》し革の袋につめられた。サビノが古いメキシコ開拓民からせしめてきたものだ。もう旧式なものだったが、昔は貧乏人にはトランク代りになったものだった。

この頃ラトゥール司教も、新しくクレルモンからきた一人の司祭の訓練に大多忙だった。遠方の教区まで一しょに行って、住民に対する理解を得させようとしたこともあった。司教としての彼は、新しい困難にむかって行こうとするヴァイヨン神父の熱を宥《ゆる》すほかなかった。が、人間として、彼は旧友がなんの悔《くい》もなしに別れをつげて行くというのに、少し気をわるくしていた。天啓とでも言いたいほど、彼は、これが最後の別れになるだろうこと、これが二人の生涯の分岐点となり、ふたたび共に働くことはあるまいと気づいているかのようであった。彼にとって、うちの中が準備にざわめくのは苦しかったので、わざと教区に出かけたのだ。

ある日、司教がアルバカーキから帰ってくると、ヴァイヨン神父が上機嫌で食堂に入ってきた。神父は新しい車で一廻りしてきたのだが、やっと満足できるようになったといっていた。サビノの準備もととのったので、出発は明後日ということになった。彼はテーブル掛けに道順を描いてみせ、用具の目録をくりかえし言ってみた。司教は疲れから、ほとんど食事に手をつけなかったが、彼はたらふく食べた。新計画に燃えているときはいつもこうだった。

フルクトーサがコーヒーをもってきたあと、神父は椅子の背に倚《よ》りかかって、友の方をむいた。

「ジャン、僕はよく考えるんだが、君が僕をトゥーソンから呼び出してくれた時、君こそ知らなかったが、実に神の御摂理の使いをはたしていたのさね。あそこで僕は、一生の中、もっとも重要な仕事にたずさわっているつもりだった。それなのに君は、明らかに何の理由もなく、僕を呼びもどした。君も僕も、なぜだか知らなかった。二人とも、暗中で動いていたのだ。が、天は、チェリー・クリークの成行きをちゃんとごぞんじで、僕等を将棋盤の駒のように動かしておられたんだ。呼出しのあった時、僕はそれに応えるためにちゃんとここにいた――実に奇蹟だ」

ラトゥール神父は、銀のコーヒー茶碗をおいた。

「ジョセフ、奇蹟はすばらしいものだよ。しかし僕には、これが奇蹟とは思えないね。僕は、君という友達が欲しかったから、君を呼びにやったんだ。個人的な望みを遂げるために、司教の権威を使ったわけだ。あれは利己主義だったかもしれないさ。が、ごく自然なことだ。僕たちは同国人で、昔の想い出につながれている。その二人の友達、永いこと一しょにやってきた友達が別れを告げて、それぞれの道を行かなければならない――これも、ごく自然なことだ。これを説明するに、なんの奇蹟も必要ないのじゃないのかな」

ヴァイヨン神父は、この黄金の野営地における救霊事業にすっかり夢中だった――他のなにも目に入らなかった。が、この瞬間、司教がどんなに彼の活動を、超然とみまもっていたかに気がついた。ラトゥール神父にとって、彼を行かせてしまうことは、なんとしてもつらいことだ。地位の孤独さが、彼の頭上に重くのしかかり始めていたのだ。

神父は音もなく部屋にかえって、考えた。そう、二人の性格には大きなちがいがあった。自分はどこへ行こうと、母国と家族の代りになれるような友達をつくった。ジャンは、どんな社会にでもなじむことができる、礼儀作法の華といった型だったが、新しい絆はつくれなかった。いつもそうだ。少年の頃でさえ。誰にでも慇懃だったが、本当に彼を知るものはごく少数だった。人間的に考えると、ラトゥール神父のようなすばらしい特質を備えた司祭は、学識、立派な人格、繊細な見識といったものが幅を利かしているような世界にあった方が似合っていたかもしれない。そして、メキシコ初代司教としては、もっと粗削りな型の男の方が、より多く神に仕え得たかもしれない。ラトゥール神父の後継者は、ちがった系統の人々となるだろう。しかし神は、正当な理由をお持ちだ。信心深いジョセフ神父は、そう信じて熄《や》まなかった。たぶん神は、新時代と広漠たる新司教区を、見事な人格でかざることをのぞまれたにちがいない。それに結局は、来《きた》る年何年もの間に、なんらかの理想、想い出、あるいは伝説といったものが残って行くのではないだろうか。

翌日の午後には、荷車には荷が積まれ、中庭で万事ととのえられて待機していた。その頃、ヴァイヨン神父は司教の机にむかって、フランスへの手紙を書いていた。マリウスにはごくかいつまんで、愛するフィロメーヌには、彼が未知の世界へとびこんで行くことを書き、黄金にまよわされた人々の世界における成功を祈ってくれとたのんだ長い手紙をあてていた。彼はすばらしい勢いで書いていたが、指につれて唇もうごいていた。司教が書斎に入ってくると彼は椅子をはなれ、書き上げた紙を手にもってつっ立った。

「ジョセフ、邪魔するつもりじゃなかったんだが、コンテントをコロラドへ連れてくつもりかい」

ジョセフ神父は目を瞬《しばた》いた。「え、もちろん。あれで行くつもりだったんだけれど。しかし、もし、君がここで要るんなら――」

「そうじゃない、そうじゃないんだ、ただ、君がコンテントを連れて行くんなら、アンジェリカも連れてってもらいたいんだ。あいつらはすばらしく仲が好い。理由も告げずに、ひきはなせるものか。説明してやるわけにも行かんし。ずいぶん永い間、一しょに働いてきた同士なんだからね」

ヴァイヨン神父は答えなかった。彼は、今書いた手紙をじっとみつめて、つっ立っていた。一しずくの水が、紫の筆蹟の上に、ぽとりと落ちてひろがって行った。司教は、つと後をむくと、アーチ形の戸口から出て行った。

翌朝、ヴァイヨン神父は、日の出と共に出発した。サビノが手綱をとっていた。サビノの長男がアンジェリカに乗り、ジョセフ神父自ら、コンテントにまたがった。一行は、杜松《ジュニパー》の散在する、尖った、赤い砂丘の中の北東に通ずる旧道をとった。司教は、例の円錐形の丘の、くねった道が頂上に達しているところまで送って行った。その地点は、去り行く旅人に、サンタ・フェの最後の一《いち》瞥《べつ》をあたえていた。ジョセフ神父は手綱をひきしめて、ふりかえった。町は朝の光の中に、ばら色に横たわっていた。その背後には山が、そして、二本の腕にまるくかこまれたような丘があった。「*Auspice Maria!*（マリアよ、守りたまえ！）」見なれたものから目を移すと、神父はそうひとりごちた。

司教は一人でうちに帰った。彼は四十七歳で、宣教師として新大陸の赴任以来二十年になっていた。そのうちの十年はメキシコで過ぎた。もし、故郷《くに》の教区司祭になっていたなら、ラテン語を手伝ってもらったり、お小遣いをねだりに来たりする甥たちや、庭に手細工ものをもってかけこんできたり家政に目をくばったりしてくれる姪等がいるところだろう。帰途彼は、五十路《いそじ》にとどかんとしている、ひとりものの誰もがするような瞑想にふけっていた。

書斎に入ると彼は現実にもどり、彼を待ちうけている偉大なる存在を自覚して甦った。アーチ形の戸口にかかったカーテンをくぐるかくぐらぬくらいに、あの孤独の寂寥は去り、なにかを失ったという感覚は復興の気と入れ変った。彼は瞑想にふけりつつ、机の前にすわった。司祭の生活が聖主のそれに似たものとなり得るのも、実にこの、愛するが故の孤独感によるものであった。それは、萎縮したとか、否定的なとかいった孤独感ではなくて、絶え間なく花を咲かせるようなそれであった。汚れなき娘、処女母、民に愛される少女《おとめ》、天の元后、肉《ひと》のいと美《は》しき夢——あの、聖寵に満ちみてる者にみたされた時、人生は世間的な意味に言っても、冷酷な、あるいは無味乾燥なものでなかり得るのだ。童《わらべ》といえども、単純さにおいて彼のひとと競《か》うことあたわず、深遠さは、最賢の神学者とて勝負にならないのだ。

このサンタ・フェの司教の教会にも、あの幼児《おさなご》のような聖母、木製の小さなもので、大変古く、人々の愛している像があった。二百年前、デ・バルガスがスペインからこの町を取りもどした時、彼はこの聖母に尊敬を表わすために、毎年行列を催すことを誓った。これは当時も、サンタ・フェのキリスト教徒の暦の、最も厳粛な行事の一つになっていた。約三フィートの高さの小さな木像で、姿が重々しく、顔はスペイン系で少し硬いが大そう美しいものだった。その衣裳戸棚は豪勢だった。大きな箱に、着物、レース、金銀の宝石が入っていた。女たちはこの聖母のためになにか縫ったり、銀細工屋はいろいろの鎖や飾り止めを作るのに夢中だった。ラトゥール神父がこの衣裳戸棚係の女たちに、英国の女王だって、フランスの皇后だって、こんな衣裳持ちじゃなかろうと言ったら、みなはすっかり喜んでしまった。この聖母像は彼等の人形であり女王であった。かわいがってやるものであると同時に、尊敬して熄まぬものだった。聖母も御子に対してそうだったにちがいない。

愛をこの単純な方法で注ごうとしたのは、この貧しいメキシコ人が最初ではなかった、と司教は想いおこした。ラファエロもティツィアーノも各々の時代に聖母へ衣裳を捧げた。偉大な師匠等は音楽をつくり、偉大な建築家たちはやはり聖母のためと言って大伽藍を建立した。聖母の地上における年の訪れるずっと以前、人類の堕落から救世に至る永い黄昏の期間に、異教徒の彫刻家たちは絶えず、女神であり、しかも同時に純粋な女性たるべき女神像を完成するのに余念がなかった。

ラトゥール神父の予感はあたっていた。ヴァイヨン神父は、ニュー・メキシコで彼の仕事を援助するためには、二度と帰ってこなかった。もちろん、旧交をあたためるため、多忙な生活のゆるすかぎり帰っては来た。が、彼の運命は、冷たい、無情な、ロッキー峡谷の山々の中で尽きるべくあったのだ。彼はこの地方を、南の青い山脈のように愛することができなかった。病気や事故が、執拗に彼の道を阻《はば》んだ。その療養に彼は、サンタ・フェに帰った。ラトゥール司教が大司教になった時には、教皇特使と共に来た。しかしその労働の生活は、荒涼たる山脈や、なんの慰めもない採鉱キャンプの中に、失われた羊をもとめてすぎて行った。

クリード、ドゥランゴ、シルヴァー・シティ、セントラル・シティ、ロッキー山脈分水嶺を越えてユタへと——彼の奇妙な教会車は、あのごつごつした花崗岩の世界に知れわたっていた。

春になると幌のつくこの馬車は、夜は、神父がやっと横になれるくらいの長さのものだった——ジョセフ神父は大そう背のひくい人だった。後部には荷物箱がついていたが、松の木の下で弥撒《ミサ》をたてる時などこれが祭壇になった。神父はいつも、山中の流れは最初の道路開設者で、道さえあれば必ず流れもみつかると言っていた。馭者は次々と使い倒され、馬車はあまり度々、大がかりな修理をほどこされたので、お払い箱になる頃には最初の面影などとっくの昔に微塵もなくなっていた。

彼にとって、実《さね》や心棒の故障や、車輪の粉砕、車軸の亀裂等は、取るに足らぬことだった。古ぼけた車は二度も、司祭をのせたまま山道を踏みはずして谷間に転落した。最初の時はただの捻挫ですかったが、彼はラトゥール司教に、これというのもその日の朝、いつになく熱をこめて唱えた大天使ラファエルの聖務日禱のおかげに他ならないと書いてやった。二度目に、セントラル・シティ付近の山峡に落ちた時、神父は大腿骨を折ってしまった。膝のすぐ上のところだった。時と共に癒着はしたものの、生涯跛になり乗馬は二度と望めなくなった。

この遭難の前、彼は永いことかかって、サンタ・フェとアルバカーキの友人を訪問した。彼の人生における小春日和《インディアン・サマー》にたとえたいような、目ざましい、旧《ふる》い絆を温める好機だった。デンヴァーを出る時、神父は信者等に、メキシコ人のところへ金の都合をつけに行くのだと語った。この教会には屋根はあった。が、ガラスを買う者がないために、窓には何ヶ月も板がうちつけてあった。デンヴァーの信者には、鉱山、製材場や繁昌した仕事をもっている人々がいたが、彼等はみな、これらの事業を継続するためにその財産全部を必要としていた。泥の家と驢馬《ろば》くらいしか持っていないメキシコ人からはいつも寄付があった。たとえ少しずつでも、持っていればくれるのだった。

神父はこの旅を、あからさまに物乞い旅行と称し、あつまったものなら何でももってかえろうと、馬車で出かけた。タオスまでくると、アイルランド人の馭者は抗議を申し立てた——こんな道は、もう一マイルだって、というのだ。この男も、自分の地方《くに》なら知っていた。しかしここでは、自分のも神父《パドレ》の首の骨も、保証できぬといっていた。当時、タオスからサンタ・フェに通ずる車道はなかった。この山越えを引きうけてくれる男をみつけるには、二週間もかかった。遂に、荷馬車で育ったという、年取った馭者が引きうけてくれた。彼は斧やシャベルの助けを借りて、この教会車を無事、サンタ・フェの司教館の庭に入れてくれた。

ふたたび、仲間——彼はまだそう呼んでいた——の中にもどったジョセフ神父は、運動を開始した。貧しいメキシコ人たちは、シャツや靴の中（こんなところにお金を入れておくのが好きなのだ）から、デンヴァー教会の窓代といって、ドルをさしだした。神父のおねだりは、窓だけに止まらなかった。実際、窓はほんの小手調べだった。彼は、サンタ・フェとアルバカーキの同情深い女たちに、デンヴァーの生活における、馬鹿気た、不必要な不自由さ、非礼と思われるまでの不自由さを物語った。生活の体裁良さなどというものを軽蔑してかかるのは、野性的な西部人から切ってもはなし得ぬものだった。神父は婦人連に、ふたたび気持ちのいいメキシコ式の寝台でねるのがどんなにうれしいか語った。デンヴァーでは、麦藁の一ぱいつまった藁蒲団でねた。彼を訪問したあるフランス人の司祭が、うすい被いからつき出ている長いのを一本引きぬいて、アメリカ製の羽根だと言った。食卓といっては、オイル・クロスでおおった板切れにすぎなかった。麻類《リネン》はなにもなく、シーツやナプキンもなく、手拭《てぬぐ》いにはぼろのシャツを利用したものだ。メキシコ人の婦人連にとって、こんなことを聞くのもたえ難かった。ヴァイヨン神父はさらに、コロラドでは畑つくりを知る者はいないのだと語った。黄金以下のもののためには誰も、土にシャベルをつっ立てることさえも、あえてしなかったのだ。バタもなく、ミルクも卵も果物もなかった。従って神父は、パンと貯蔵した豚肉を食べて露命をつないでいた。

着いて二、三週間すると、ヴァイヨン神父にといって、六つの羽根蒲団、何ダースもの敷布、刺繡のある枕被い、テーブル掛け、ナプキン、何本もの唐がらし、幾箱もの豆類や乾し果物などが司教館にとどいた。チマヨのささやかな開拓地からは、一巻《ひとまき》のとび切り上等の毛布がとどけられた。

彼がこのようにあっさりと贈り物をうけるのを司教が恥ずかしがるのを知っていたので、着き次第、なにもかも薪小屋に入れていた。が、ある朝、ラトゥール神父は薪小屋へ行く用ができて、実際にこれを目撃してしまった。

「ジョセフ神父」彼には異議があった。「こんなに全部、到底もって行けるものじゃない。全く、これだけ運ぶには、牛車が必要だよ！」

「そうかね」とジョセフ神父が答えた。「じゃ、天主様は牛車を一台くださるだろうよ」

全くその通りだった。しかも村《プエブロ》まで行ってくれる馭者までみつけてくださったのだ。

帰省の朝、車の用意がととのい、荷車にも防水布がかけられ、牛の軛《くびき》をつけ終えると、夜明けからみなを急《せ》きたてていたジョセフ神父が、不意にぐずぐずしはじめた。彼は司教の書斎へ行くとすわりこみ、さして重要でもないことをしゃべっていた。まるで、なにかしのこした仕事があるかのようだった。

「ああ、お互いに年をとって行くね、ジャン」短い沈黙のあと、彼はだしぬけにこう言った。

司教はにっこりした。「うんそうさ、もう若くはない。こうして別れるのが、いつかは最後になってしまうだろうよ」

ヴァイヨン神父はうなずいた。「僕は、天主様さえお望みならば、いつでも用意はできている」彼は立ち上り、友の顔も見ずに話しかけながら、床をあちこち歩き始めた。「しかし、ジャン、今までのところ、大して悪くもなかったね。僕たちは、昔の神学生時代にやりたいと思っていた計画をやり遂げた。少なくともその幾つかはね。若い時の夢をみたす、人としてこれは最上じゃなかろうか。どのような世間的な成功も、これには及ばんだろう」

「ブロンシェ」司教も立ち上りつつ言った。「君は僕よりはましな男だ。君は恥も誇りも棄てて、どんなに多くの霊魂を刈り入れたかわからない――そして僕はいつも冷淡な――君がよく言ったように、衒《てら》い屋だ。後世、もし僕たちの冠に星でもいただくようになったら、さぞかし君のは、星座をなすだろうよ。僕を祝福してくれたまえ」

司教はひざまずいた。ヴァイヨン神父も彼を祝福すると、代って祝福をうけた。二人は過去を想い――そして、未来を想って相抱いた。

Ⅸ　大司教に死来る

1

信心深い修道女のフィロメーヌ院長が、故郷の町リオムにおいて高齢で死んだ時、その書類の中から、ラトゥール大司教から彼女に宛てた数通の手紙が出てきた。その中の一つは、彼の死のほんの二、三ヶ月前、一八八八年十二月の日付になっていた。「あなたの兄上が亡くなられてからは、私は以前よりずっと、彼の近くにいるような気がいたします。永年、私たちは義務のためにわけ距《へだ》てられておりましたが、死によって、また共にいることとなりました。私が兄上とふたたびお会いするのも、遠からぬことと存じます。かたわら私は、活動生活にとって最も幸福な結末とも言うべき、回想の日々を楽しんでおります」

この回想の日々を、大司教は、サンタ・フェから四マイルほど北方の小さな田園の領地で過ごしていた。司教区の世話から引退するずっと前、ラトゥール神父はテスケ村《プエブロ》の近くの赤い砂丘の間にあるこの数エーカーの土地を買い、果樹園をはじめていた。いつか休むことができる頃には、実を結ぶだろうと思ってのことだ。友人たちのすすめも聞かずに、この杜松《ジュニパー》の点在する赤い丘の中の土地を買ったのは、この土地が、すばらしく果実の栽培に適していると思ったからであった。

いつか、テスケの宣教地を訪れるためにこの方面に来た時、彼は小川に沿って、この地点に出たのだった。そこには小さなメキシコ人の家があり、その庭には、彼がまだ見たこともないような大きな杏《あんず》の木が蔭をつくっていた。その木は二本の幹から成っていたが、そのどちらも人の胴よりも太い。あきらかに大変な老木であったにもかかわらず、実が鈴なりについていた。杏は、大きく美しく色づいていて、何とも言えぬ香りがあった。この木は丘の側面に生えていたので、そこの気候の具合が果実にとって最良であるにちがいないと、大司教は考えた。フランスで、壁栽培の桃が完成されるように、太陽の熱が岩の多い丘の斜面に当って木に反射するため、果実に平均した温度で、両側からの熱を与えるらしかった。

そこに住んでいた老メキシコ人は、この木は二百年くらいになるにちがいないと語った。彼の祖父が子供の頃も、ちょうど今と同じくらいで、いつもこのような甘い杏がなっていたのだそうだ。司教は老人が、この土地を売ってサンタ・フェに越すのに異存がないということがわかったので、司教は二、三週間後にこれを買った。春になると彼は果樹園を始め、二、三列のアカシアを植えた。数年後、彼は、聖堂のついた小さな乾燥煉瓦《アドベ》の家を、果樹園を見下ろす丘の斜面の高台に建てた。そしてここへ休息に、あるいは特別の祈りの季節に行くのだった。隠居してからも彼は、自分の書斎は相変らず、新大司教の家にそのままにしておいて、常はここに住んでいた。

隠居後のラトゥール神父の主な仕事は、フランスから着いた新しい宣教司祭の訓練だった。彼の後任者、第二代大司教もオーヴェルニュ出身の人で、ラトゥール神父の同窓であった。従って、ニュー・メキシコ北部の聖職者は、フランス人が優勢であった。一団の新司祭が到着すると（絶対に、一人で来ることはなかった）S大司教は彼等を、スペイン語、司教区の地誌、様々な村《プエブロ》の性格や伝統を学ばせるために、ラトゥール神父のところに二、三ヶ月やった。

ラトゥール神父の道楽は、庭作りだった。彼は、カリフォルニアの古い果樹園でさえも見られぬような果実を栽培した。桜桃、杏、林檎、榲桲《マルメロ》、無比のフランス梨――それらの最も美味な変種まで作った。彼は新しい司祭たちに、どこへ行っても果樹を植えさせ、メキシコ人の澱粉質の多い食物に、果物を足すことを奨励させた。フランス人の司祭ある所必ず、果樹、野菜、草花等のある庭があるべきだ。彼はよく生徒たちに、やはり仲間のオーヴェルニュ人であるパスカルから、次の句を引用するのだった――人は庭がために堕落し、それがために救われた、と。

彼は、土地の野生の花を栽培し、改良した。彼は、ニュー・メキシコの丘々を掩《おお》う矮生種の紫の美女桜を、丘の一斜面にぎっしり植えた。それはまるで、陽光の中に投げおとされた、菫色のびろうどの外套のようにみえた。イタリアとフランスの染物師が、織物師が、何世紀もの間、得んとしてしのぎをけずったあらゆる色合、ばら色がかった、しかしラヴェンダー色ではない、桃色に近い藍色で、かと思うと、海のように暗い紫にかげって行く――本当の司教職の色、そしてその数知れぬヴァリエーションなのであった。

一八八五年、ニュー・メキシコに、ベルナール・デュクロといい、ラトゥール神父にとって息子のようになった、若い神学生が来た。モンフェロンの修道院や学校で、しばしば話題にのぼるこの老大司教の生活は、この少年の空想を捉えてしまい、彼は永いこと、ここに来る機会を待ちうけていたのだった。ベルナールは立派な人間で、すばらしい知能の持ち主であり、彼の尊敬すべき長上の良いところは、みな持っていた。彼はラトゥール神父の望みなら、ことごとく察し、感想を共にし、追憶を共にいつくしむのだった。

「たしかに」と、司教は司祭たちに、よく言ったものだ。「この青年、私の最後の年に助けてくれるために、天主様がくださったのですよ」と。

2

一八八八年の秋、大司教はずっと健康だった。彼のところには五人のフランス人の司祭がいた。司教は彼等と、近くの宣教師を訪問するために、よく馬に乗って出かけた。クリスマスの夜はサンタ・フェの大聖堂で、真夜中の弥撒《ミサ》をたてた。一月に、彼は病気の常任司祭を見舞うために、ベルナールを連れてサンタ・クルスまで馬車で行った。その帰途、天候が急に変って、二人は烈しい雨嵐にあった。屋根のない馬車だったため、メキシコ人の家で雨やどりしたときには、もうびしょぬれになっていた。

家に着くと、ラトゥール神父はすぐ床についた。夜中《よるじゅう》、彼は熟睡できず、熱っぽかった。が、誰を起こすでもなしに、夜明け前のいつもの時間に起きて、祈るために聖堂へ行った。祈っていて、彼は急に悪寒を感じた。台所へ行くと、年取った料理番のフルクトーサが驚いて、すぐにベッドに寝かせ、ブランデーを飲ませた。寒気が去ると熱が出、いやな咳が始まった。

司教は二、三日静かに寝ていたが、ある朝、若いベルナールを呼んで言った。

「ベルナール、今日、サンタ・フェまで行って、私のために大司教様に会って来てくれないか。そしてしばらくの間、あそこの家の私の書斎に行っても差支えないか、伺ってきてくれ。Je voudrais mourir à Santa Fé.（私は、サンタ・フェで死にたい）」

「すぐ参りましょう、神父様、しかし、気をお落としにならんでください。風邪で死ぬものじゃございませんよ」

老人は、にっこりした。「私は風邪で死ぬんじゃない。ね、もう、生きぬいたから、死ぬんだ」

その時以来、彼はフランス語しか話さなかった。彼がこのように習慣を破ったことが、その容態について何よりも家の者を驚かせた。ラトゥール神父が母国語を使うのは、司祭の誰かが家から悪い報らせを受けとった時とか、病気になった時だけだった。が、その他の時は、家の中での会話にはいつもスペイン語か英語を使わせていた。

その午後、ベルナールが帰ってきて、大司教は、ラトゥール神父がこの冬中ずっと、彼のところにいていただければ大変嬉しい旨を伝えた。マグダレナは、もう書斎に風を通して片付け始め、ここにいらっしゃる間は、特別にお世話しようと言っていた。ラトゥール神父は屋根なしの四輪馬車しか持っていなかったので、大司教は、新しい馬車でお迎えにやると言ってきた。

「今日じゃない」と、司教は言った。「もっと、体のしっかりしてる日をえらぼう。うちの馬車で行けるような晴れた日がいい。君がのせてってくれるだろう。夕方にかけて、おそくなってから行きたい」

ベルナールには理解できた。彼はずっと昔、その時間に、若い司教がアルバカーキ街道にそって、始めてサンタ・フェを目のあたりにしたことを知っていた。……そして何度も、二人で町にのり入れて行く時、司教はその丘の上で立ち止るのだった。ヴァイヨン神父が余生を費やし、遂には彼自身も司教になった、あのコロラドへ発った時も、彼はこの丘からサンタ・フェを眺めたのであった。

　この古い町は、あの頃の方が美しかった、と、ラトゥール神父は溜息をついて、ベルナールに語るのだった。昔は、個性、この町特有のおもむきをもっていた。紅玉髄《べにぎょくずい》色の、丘の半円に抱かれた、木の少ない、亜麻色の乾燥煉瓦《アドベ》の町——は、もう存在しなかった。そして、一八八〇年と共に、およそ不似合なアメリカ式建築の時代が始まった。現在、広場の半分はまだ乾燥煉瓦《アドベ》の家々から成っていたが、残りの半分は、ヴェランダや、渦巻模様、役にもたたぬ柱や、白塗りの手すりのついた、浅薄な木造家屋が占めていた。オハイオであんなにラトゥール神父をがっかりさせた木造家屋が、後をしたってきたというのが彼の言い分だった。これらすべては、彼がこのような長年月を費やして建てた大聖堂にとって、都合のわるいものだった——この聖堂は、ヴァイヨン神父がいなくなって以来、彼の生活の中に、あのすばらしい人物の座を占めていたのだった。

　ある二月の晴れた午後、ラトゥール神父は最後のサンタ・フェ行きを決行した。ベルナールは、長い路の下のところで、夕焼けを待つために馬をとめた。

　インディアンの毛布にくるまった老大司教は、永いこと、じっと、彼の大聖堂の金色の表面をみつめていた。門があいていた。フランスの建築家モルニィは、すっかり彼の望み通りにやってくれた！　煽動的なものは何もなく、ただ素直な建築と、よい石工の仕事で——最も平凡な、正しい南仏《ミディ》風のロマネスクだった。そして、冬の今でさえ、戸口の前のアカシアに葉のない今でさえも、何という南の香りのする建物だろう。何という、南の音色をもった聖堂なのだろう！

モルニィと司教ほど、この敷地の美しさを好いている者はいなかった――誰もいないだろう。が、この二人は、何時間もこれに感歎して見入っていた。教会の後の、紅玉髄色の険しい丘は、実に近くに聳えていたので、その斜面にまばらに生えている松の木の一本一本がはっきり見えた。司教の馬車のとまっていたその道の一端からは、亜麻色の聖堂はばら色の丘に、じかに生え出したようにみえた――その意図があまりにもはっきりしていたため、自分で動いたかのようだった。この距離から眺めると、大聖堂の後の松の散在した傾斜は、カーテンのように見えた。ベルナールがゆっくり馬車を近づけて行くと、丘の背骨は徐々に沈み、教会の建物自体はそのまま山を背にしていたが、塔がくっきりと、空に浮び上った。

教会が丘や黒い松の林の中に聳えるのは、イタリアか、オペラの中にしかないのだと、若い建築家はよく司教に言っていた。嵐の来る時など、モルニィは一度ならず司教を書斎から呼び出して、未完成の建物をみせた。山の上の空が暗くなり、紅玉髄色の岩々は濃いラヴェンダー色となって、松の木は暗紫色に変った。丘が接近し、背景のすべてが、恐ろしい威嚇のようにつめよせてくる。「背景は」とモルニィはラトゥール神父に言うのだった。「偶然です。建物がその地点の一部になるか、ならぬかなのです。その密接な関係が成立しさえすれば、これをより強く育てて行くのは、時しかありません」

司教がモルニィのこの言葉を想い起している時、現実の声がひびいた。ベルナールだった。

「神父様、すばらしい夕焼けです。山があんなに赤い、ごらんなさい、サングレ・デ・クリスト山脈だ」

そうだ、サングレ・デ・クリスト。キリストの血。しかし夕焼けがどんなに緋色になろうと、丘は決して深紅にはならず、もっともっと、深い、ばら色がかった、紅玉髄色になって行く。生きた血の色じゃない、とよく司教は思った。が、ローマの古い教会にあって、事ある毎に液化するという、昔の聖人や殉教者の乾いた血だった。

3

翌朝、ラトゥール神父は、ひいては彼の墓所になるはずの自分の大聖堂の近くにいるという、なにか感謝にあふれた気持ちで目をさました——その影のもと、司教は、自分の港に帰って岸壁についている小舟のような安心感を抱いた。彼は自分の古い書斎にいた。修道女たちが学校から、小さな鉄製の寝台や、飛び切り上等のシーツや毛布をもってきてくれた。若い頃に来て、ずっと仕事をしていたこの場所にいるということに、彼は、ほのぼのとした満足を感じていた。部屋はほとんど、変っていなかった。土の床の上には、同じ敷物や獣の皮が敷かれていた。あの燭台ののっている昔のままの机、厚い、音を消してしまい、外界を遮断し、精神に憩《いこ》いをあたえる、あの凹凸の多い白壁も、昔のままだった。

暗闇が冬の朝の灰色にうすらいで行く頃、司教は、教会の鐘に耳をかたむけた——それから、ここではいつも彼を面白がらせた、別の音、機関車の汽笛に聞き入った。そうだ、彼はここに、野牛にのって来た、そしてその生涯のうちに、サンタ・フェまで汽車が通って来るのを、目のあたりにした。彼は、一つの歴史的期間を、住み通したのだった。

故郷の親類たちも、ニュー・メキシコの友人たちも皆、老大司教がその晩年をフランスで、それもたぶん、なんらかの座を占めることになるだろう彼の母校のあるあのクレルモンで、すごすだろうと予想していた。それはごく自然にみえたので、彼もこのことについては、真面目に考えていた。大司教としての役目から引退する少し前、最後にオーヴェルニュに行った時、彼自身、そんな風な取り決めをするつもりがないでもなかった。が、彼は旧大陸にいると、新大陸に対する郷愁を覚えた。この気持ちは、説明しがたいものだった。ニュー・メキシコでは、ピュイ・ド・ドムのように、老年が人にのしかかってこないとでも言える感情だろうか。

彼は故郷のそびえ立つ山峰、村の小ぎれいさ、田園の清潔さ、母校の美しい輪郭や、修道院等を愛していた。クレルモンは美しかった——しかし、そこにいると、彼は悲しくなった。心は胸の中で、石のように重かった。あまり過去が多すぎたのかもしれない……夏の風が古い庭のライラックをさわがせ、マロニエの花をふり落した時など、彼はそっと目をつぶって、ナヴァホーの森林の、まっすぐな縞模様の松の林の中で風がうたう、甲高い歌に想いを馳せるのだった。

昼になると郷愁はあせて行き、昼食の頃にはすっかり消えていた。彼は食事を、葡萄酒を、そして教養ある人々と一しょになることを楽しみ、大抵は機嫌よく引きとるのだった。胸に痛みを感じるのは、早朝だった。それは、朝早くおきることと、なにか関係があるらしかった。ここでは、灰色の暁があまりながい間つづいたので、あたりが生に甦ってくるのが、なかなかのようにみえた。庭や畑はじめじめして、重い霧が谷にかかり、そのため山々はぼんやりしていた。太陽がこの水蒸気を散らして、村々をあたため、清めるには、何時間もかかった。

彼は、ニュー・メキシコではいつも、青年のような気持ちで目をさました。起き上ってひげをそりはじめるまで、彼は、ふけて行くのを忘れているのだった。最初に意識するものは、暑い日射しと、よもぎと甘いクローバーの芳香のする、軽いかわいた風が窓から入ってくる知覚だった。その風は人々に、体が軽くなったように思わせ、これにあたると、心はまるで子供のように、「今日だ、今日が来た！」と叫ぶのだった。

美しい環境、学識ある人の社会、貴婦人たちの魅力、芸術の雅致、そんなものも、この心軽い荒野の朝、人々をふたたび少年時代につれもどす、あの風には代えられなかった。彼は、この新しい土地の特別な資質は、その土地がならされ、みのりをむすぶようになると、消えて行くのに気がついていた。最初、なにもない山脈として知ったテキサスやカンザスの一部も、豊饒な農地地方となってからは、空気の中のあのかろやかさ、あの乾いた香り高さを失ってしまった。耕作地の湿気、労働、成長、結実の重苦しさが、それをこわしてしまったのだ。あの空気は、世界の輝く果て、大草原、または、よもぎのしげる荒野でしか嗅ぐことのできないものだった。

あの空気は、時と共に、全地球から消えてしまうかもしれない。が、彼の時代からは、まだ先のことだろう。彼は、あれがいつから、彼にとって欠くべからざるものとなったのか知らなかった。が、そのためにこそ、漂泊の地で死ぬために帰ってきたのだ。なにかふんわりとした、枕もとでささやく野性的な奔放なものが、心を軽くし、そっと、そっと錠前に手をふれ、閂《かんぬき》をはずし、とらわれた人の心を風の中に、あの藍と黄金の朝、朝にむかって、解放するのだった。

4

ラトゥール神父は、最後の日々のつとめをきめた。これは、健康な時でさえ日課の必要な彼には、まして病気となると、ぜひ必要なことだった。ベルナールが朝早く、熱いお湯をもってきて神父のひげをそり、体をふくのを手伝った。彼等は田舎から衣類とシーツなど、それに、オリバレス家からずっと前にもらった銀の洗面道具の他、なにひとつもってきていなかった。この三十年間、彼はあの、でこぼこの洗面器で手をあらってきた。朝の祈りが済むと、マグダレナが朝食をもってきた。そして床をなおし、部屋を片付けてくれる間、司教は安楽椅子に倚《よ》っていた。大司教が家にいるときは、ほんのちょっと顔を出した。それから、修道院の院長、アメリカ人の医師という順だった。そのあと昼まではベルナールが、聖アウグスチヌスか、セヴィニエ夫人書簡集、あるいは彼の好きなパスカルを読んできかせた。

朝の時間に司教は、この若い弟子に、司教区の中の古い宣教地に関する事実を書きとらせることもあった。何気なく思い出し、わすれてしまうと大変だというような事実ばかりだった。彼はこれを系統的にやりたいと思ったが、それには力がなかった。過去の日のこんな事実や空想は、うしなわれてしまうかもしれない。古い伝説や、習慣、迷信等は、もはや死に始めていた。今となって彼は、もっと以前に書きとめておく時間のなかったことを悔み、それらが逃げ去ってしまう前に、フランス語の明るい自由自在な投網でとらえておけばよかったと思った。

事実彼は、何年もの間教えて来た若い司祭たちの思想を、あの初期の宣教師たち、スペイン人の修士たちの忍耐と、献身的奉仕の精神にむけてやった。そして、彼等の生活に比べると、司教が最初ニュー・メキシコに来た頃は、安楽なものだったと言い言いするのだった。何週間も、乏しい食糧を携え、戸外に寝をとり、身体を清潔に保つこともできなかった時でさえ、親しい世界にいるという思い、誰の炉辺でも喜んで迎えられるという気持ちがあった。

しかし、ズニまではるばるやってきては、また北のナヴァホー族のもとへ、西のホピ族のところまで、また東の、アルバカーキータオス間に散在する村《プエブロ》へと、敵地に乗りこんだスペイン人の神父たちは、聖務日禱書と十字架以外、なにひとつめぼしいものはもっていなかった。よくあったように、騾馬《らば》がインディアンに盗まれると、着更えもなく、食糧も水もなしで歩いて行った。こんな苦難は、ヨーロッパ人には想像しがたいものだった。古い国々は、人間の生活の様式に合わせて織りなされ、まるで人を覆う衣服のように、人の第二の体のようになっていた。そこでは、野草も野生の果実も森の茸も、食用に適していた。流れの水は甘く、木々はかげをつくり、かくれ場所をなしていた。しかし、アルカリ性の曠野では、水溜りの水は有毒だったし、植物とて、餓えるものに一物を献ずるでなかった。すべては乾燥していてとげとげしく、鋭かった。センジュラン、杜松《ジュニパー》、グリースウッド、サボテン。とかげ、ガラガラ蛇――そして、残酷な暮らしがゆえに残酷になった人間。あの初期の宣教師たちは、巨人の耐久力を試すために工夫されたかのような、この国の心臓に素手でいどんで行った。彼等は曠野に渇き、岩間に餓え、石に傷ついた足で恐怖の峡谷を登り下りし、永い間の断食を、不潔な、むっとする食物で破るのだった。たしかに彼等は、聖パウロとその兄弟たちには考えもおよばなかった飢え、渇き、寒さ、赤裸を耐えしのんだ。初期のキリスト教徒がどんなに苦しんだにせよ、それはみな、あの古い習慣と、古い地標にかこまれた、小さな安全な地中海沿岸の土地での出来事なのだ。殉教をしのんだとしても、彼等は兄弟にかこまれて死に、その遺物は鄭重に保存され、名は聖なる人々の口の端に生きつづけて行った。

オーヴェルニュの者たちと宣教地へ向う馬上、司教はこの場所で、どんな信仰の勝利があげられたか、知る者は誰もないと語るのであった。一人の白人が、数知れぬ不信仰者の中で、せめさいなまれたのだ。そして、そのむごたらしい臨終に、神はどれだけの幻や示現をあたえられたか、知れないのだった。

ラトゥール神父が若かった頃、ドゥランゴ司教のもとにあるはずの自分の司教権を要求するために、始めてオールド・メキシコに行った時、途上、ソノラやカリフォルニア南部から来た司教たちに会った。彼等は、初期のフランシスコ会宣教師たちの、祝された経験をきかせてくれたものだ。彼等宣教師の荒野の旅路には、小さな奇蹟の数々が咲き出たのであった。ある時、かの有名なフニペロ・セラ神父と二人の連れが、渡れそうにみえた河を渡ろうとして深みに入り、生命の危険にさらされたことがあった。その時、神秘につつまれた未知の人が対岸にあらわれ、みなにスペイン語でよびかけながら、ずっと上流のある地点までついてこいと言った。そして彼等は、無事渡りおおせたのだった。一心に名を尋ねると、その男は、つと言葉を濁して消えた。またあるとき、大平原を渡っていたとき、水が欠乏し、死にそうになった。そのとき、馬にのった青年が追いつき、三つの、よく熟した柘榴の実をくれて、早足に去って行った。この実は渇きを癒やしたのみならず、彼等は最も栄養の豊かな食物を摂ったかのように生きかえり、力づき、生まれかわったかのように元気に旅を終えたのであった。

ドゥランゴへの旅の一夜、ラトゥール神父はある片田舎の大きな領地で、歓待をうけた。そこの常任司祭は偶然にも、西部宣教地から来た人だった。そしてこの人が、自分の修道院で昔から語り伝えられている、この同じフニペロ神父のはなしをしてくれた。

彼の語るところに依ると、フニペロ神父は、食糧も持たず、ただ一人の伴をつれて、彼の修道院に歩きついた。修士たちは、このような大平原をこんなに無一物で渡るのは不可能だと信じていたから、二人をみて驚きつつも、歓迎した。修院長は、彼等がどこから来たかを聞き、その宣教地で食糧も案内もつけずに発たせたのは無茶だと言った。彼は二人が、どうやって生きてここまで来られたかを訝《いぶか》った。しかしフニペロ神父は、旅は大変楽だったと、そして途中、貧しいメキシコ人の家族に、それはそれは気持ちよくもてなされたと語った。これをきいて、修士たちのために薪をはこんで来た騾馬の馭者が笑い出し、この十二リーグ（三十六マイル）四方に家はないし、彼等がやって来たあの砂漠に住む者はないと言った。修士たちも、同じくこれに共鳴した。

そこで、フニペロ神父とその連れは、二人の遭遇したことを細かに話したのだった。彼等は、一日分のパンと水をもって出発した。が、二日目に、サボテンの荒野を夜明けから旅し、日没近くにはがっかりしかけていた。その時ずっと遠くに、三本の大きなコットンウッドが、かげり行く陽光の中にそそり立っているのをみつけた。二人はそれにむかって急いだ。そしてこの巨大な、緑濃い、綿毛をふんだんにたらした木に近づくと、砂の上に突き立てた枯木に一匹の驢馬《ろば》がつないであった。その驢馬の所有者を探すうち彼等は、戸口に竈《かまど》のある、壁に幾条もの赤唐がらしを吊るした、小さなメキシコ人の家に出くわした。大声で呼ぶと、羊の皮をまとった立派なメキシコ人が出てきて、やさしく迎え、一夜の宿を供した。彼について入ると、中は清潔で美しく、妻であろう端麗な顔立ちの若い婦人が、火のそばでかゆをまぜていた。小さなシャツきりしか着ていない、まだほんの乳呑み児と思われる子が、すぐそばの床の上でかわいらしい小羊とたわむれていた。

この人々は、しとやかで信心深く、言葉づかいが上品だった。主人は、自分たちは羊飼いであると語った。司祭等はみなと一しょに食卓につき、夕食を共にし、すむと夕の祈りをとなえた。二人は主人に、国のこと、彼等の生活様式のこと、牧草地の所在等をききたかったのだが、なにか大きな、しかし快い疲労におそわれ、あたえられた羊皮をとると床のうえに横になって、深いねむりにおちてしまった。朝、目がさめると、すべてもとのままで、食卓には食物がおいてあったが、家族は、あの愛玩用の小羊に至るまで、いなかった。神父たちは、羊の群れを追ってどこかへ行ってしまったのだろうと察した。

修道院の修士たちはこの話をきいておどろき、荒野に、皆がよく知っている道しるべのコットンウッドが、三本そろって生えているのは本当だと言いあった。しかし、もし開拓民が来たのなら、ずいぶん最近のことにちがいない。そこでフニペロ神父と連れのアンドレア神父、それから数人の修士と馬鹿にしきった騾馬の馭者が、この事件を確かめるために荒野にむかった。綿毛をたれた三本の大木と、驢馬のつながれていた枯木はみつかった。しかし、驢馬もいなければ、家も戸口の竈もみえなかった。二人の神父はこの祝された地にひざまずき、土に接吻した――彼等をここでもてなしてくれたのが、どこの「家族」であるかをさとったのであった。

フニペロ神父が修士たちに話したところによると、彼等は家に入った瞬間から、不思議なほど、すっかりあの子供にひかれ、腕に抱きたく思った。しかし子供は、母親のそばをはなれなかった。司祭が夕の祈りをとなえる間、子供は小羊を抱いて、母親のひざにもたれていた。神父は、ともすると聖務日禱書から眼をはなしてしまった。祈りがすみ、みなにおやすみの挨拶をすませると、実に彼は祝福をあたえようとして少年の頭上にかがみこんだ。すると子供は手をあげ、小さな指で、フニペロ神父の額に十字架をしるした。

一夜の客となったあの大牧場の炉辺で聞いた、フニペロ神父の聖家族の話は、司教に強い印象をあたえた。彼はこの話に強い愛着を感じていて、二度きりしか、敢えてくりかえそうとしなかった。一度は、リオムのフィロメーヌ院長の修道女たちに、あと一度はローマにおいて、マズッキ枢機卿《すうききょう》主催の晩餐会の折であった。偉大なるものが単純にもどって行くという思想には、いつも魅力がこもっている——田舎娘にまじって乾し草をつくる女王——しかしこの様に、何世紀も経た後、あの栄光のうちにある方々が、低き中にもとりわけ低い、貧しい中にも最も貧しい、賤《いや》しいメキシコ人の家族として、世界の涯《はて》の曠野に、天使とて探し出すのに骨折るようなところで、あの古《いにしえ》の日々を映し出そうとされたなど、なんという心暖まる出来事なのだろう！

5

朝食後大司教は、うとうとと眠った。昼まで邪魔をせぬようにたのんであった。この一人ですごす永い時間は、彼にとって貴重なものだった。陰の方が眼が休まるので、彼の寝台は、部屋の暗い一隅にあった。天気の良い日には、反対側の隅は日光に溢れ、曇った日には火明《ほあか》りが、波のような白壁にほのぼのとうつった。身体にかけた毛布もほとんど動かぬくらい、じっと横になり、手はそっと両わきのシーツの上か、または胸のうえにのせて、司教は生涯の最後の日々をすごしていた。不動とまで言えぬ時は、右手の拇指《おやゆび》がひとさし指の指輪を、時々、しずかにいじっていた。*Auspice Maria*（マリアよ、守りたまえ）と彫った紫水晶――ヴァイヨン神父の認付指輪であった。そんな時彼は、ほとんど必ずと言ってもよいくらい、ジョセフのこと、ここで、この部屋で共にすごした頃のこと……五大湖の湖畔、オハイオのこと……若かったパリ時代……モンフェロンの少年時代などを想っていた。二人の布教生活には、思い出もなつかしい、多くの場面があった。そして、どんなにたびたび、どんなにいとしく、その生活の始まりの時を思ったことか！

オーヴェルニュ出身のオハイオから来た司教が、西部における布教事業の有志を募るためにクレルモンにやって来た時は、二人共、二十代の青年で、年長の司祭の補佐をしていた。ジャン神父とジョセフ神父は神学校で司教の講演を聞き、また個人的にも話をした。司教が北フランスへ発つ前、彼等は約束の日に、司教とパリで落ちあう誓いを立てていた。バック街の外国宣教大学で数週間準備した上、司教と共にシェルブールから航路につくはずだった。

若い司祭たちは二人共、この計画に家族が強く反対することを知っていたので、誰にも言わぬことに決めた。そして別れも告げず、俗衣に身をやつして、そっと抜け出すことにしていた。彼等は互いに、聖フランシスコ・ザビエルもこんなふうにインド布教に発たれたことを思い出しあっては、自らをなぐさめた。学校で教わったように、「挨拶もせずに、両親の邸を通りすぎられた」のであった。フランスの少年にとって、それはおそろしい言葉だった。

ヴァイヨン神父の場合は、特に悲壮だった。彼の父は、厳格な、口数の少ない、ずっと鰥暮《やもめ》らしをして来た人で、子供を熱情的に愛していて、そのために生きているような人であった。ジョセフは総領だった。彼の、決心から実行に至るまでの期間は、彼にとって苦悶の時だった。別離と定められた日の近づくにつれて、彼はかつてなかったほど、痩せて青ざめて行った。

相談の末、二人の友はこの運命の日、リオムの町はずれの野原で夜明けに落ちあい、そこでパリ行きの乗合馬車を待つことにしていた。一旦決心して、自らに誓ったジャン・ラトゥールは、微動だにしなかった。約束の日が来ると、彼は姉の家をこっそりぬけだし、まだ眠っている町をぬけて、あの山際の野に向った。急勾配の野原は、曇った日の夜明けの重苦しい明りの中に、冷たい緑をみせはじめていた。そこには惨憺たる有様の友がいた。ジョセフは夜っぴて、この野を彷徨しつづけていた。決心は、定まったかと思うとたちまちまたくずれて行く。あまり泣いたので、顔がはれあがっていた。そして、寒さにふるえ、声を制することもできなかった。

「ジャン、どうしよう、助けてくれ！ 僕は父さんの心を破るわけには行かない。といって、天にむかってした誓いを破ることもできん。どっちをするよりも、死んだ方がましだ。いま、悲しみのあまり、死んじまいたいんだ、ここで！」

老いた大司教は、この場面をはっきり思い出すことができた。家をこっそり脱け出て、罪人のように変装した二人の青年、灰色の朝、野原。彼は、どうやって友をなぐさめてよいかわからなかった。ジョセフは肉体の耐え得る以上に苦しんでおり、相闘う望みのために、事実、二つに裂かれているのだった。腕をくんで二人が行ったり来たりしている時、空《うつ》ろなひびきがきこえた。山峡をがらがらと降りてくる乗合馬車だった。ジョセフはつと立ち止って、手に顔を埋めた。馭者の角笛がひびいた。

「Allons！（行こう！）」と、ジャンは明るくいった。「L'invitation du voyage！（旅の誘いだ！）僕について、パリまで来たまえ。そして、君のお父さんがまだゆるされなかったら、F司教にお願いして、君の約束をといていただけばいい。そしたら君は、リオムへ帰れる。簡単じゃないか」

彼は道路に走り出て、馭者に手をふった。車がとまった。一瞬後、車は動き出し、ジョセフはすっかり消耗して、すぐに座席でねむりこけてしまった。しかし彼は、もしジャン・ラトゥールがあの苦しみの時に助けてくれなかったら、生涯、ピュイ・ド・ドムの教区司祭として終っただろうと、言い言いしたものだった。

早春の朝、リオムを去った二人の司祭のうち、ジャン・ラトゥールの方が、布教生活では遥かに成功するだろうと思われていた。実に、彼は健全なる肉体に、健全なる精神をやどしていた。バック街の外国宣教大学にいた頃も、学校当局者たちは、ジョセフが布教分野の耐乏生活にむくか否かを疑っていた。しかし、永年の試練の結果、より多く耐えしのび、より多く成し遂げたのは、あのかよわい肉体であった。

ラトゥール神父はよく、彼の司教区はその管轄区域の変化を除いては、ほとんどなにもかわらなかったと言っていた。メキシコ人はあくまでもメキシコ人であり、インディアンはインディアンであった。サンタ・フェは、天然資源の乏しい、商業上からいっても何の重要性もない、静かな入江であった。しかしヴァイヨン神父は、詐欺と肝策と尊敬すべき野心が、まんじ巴になってからみあっている大工業発展地帯にとびこんで行った。それは、とんとん拍子に開けて行っては、破壊的な敗北をなめる土地だった。足が悪くなってからでさえ、神父は毎年乗合馬車で、あるいは自分の馬車で、貧富零落の時を知らぬ山の町々を、何千マイルにもわたって旅するのであった。ボールダー、ゴールド・ヒル、カリブー、カシュ・ア・ラ・プードル、スパニッシュ・バー、サウス・パーク、はるか、アーカンソーをカシュ・クリークまで、はてはカリフォルニア渓谷まで出かけて行った。

しかもヴァイヨン神父は、ただの宣教司祭たるにとどまるを潔《いさぎよ》しとしなかった。彼は種々の運動の奨励者となった。神父はコロラドにおけるカトリック教会の、未来の隆盛を確信していた。自分自身まだ貧しくて、司祭館など安らげる住まいさえ持っていなかった頃、彼は広大な土地を教会のために買い上げはじめた。安い値で土地が買えたのだが、その少しの金額さえ法外な利息高で、銀行から借りねばならなかった。彼は学校や修道院を建てるために借財し、その借金の利子のため、すっからかんになってしまった。そこで、オハイオからペンシルヴァニア、カナダへと、この利子をはらうための資金募集旅行に出かけ、雪玉をころがすような勢いで寄付をあつめてまわった。彼は土地会社を設立し、海外に渡航し、フランスで基金募集のために公債を発行し、不正ブローカーに譴責《けんせき》を負わされた。

七十に手のとどく頃、片方の足が四インチ短い、当時コロラド初代司教となっていたヴァイヨン神父は、教皇法廷でこの混乱した財政を説明するため、ローマに召喚された――そして、枢機卿たちを納得させるのに大そう骨折ったのだった。


ヴァイヨン神父死去の報がサンタ・フェにとどくと、ラトゥール神父は直ちに、デンヴァー行きの新鉄道で発った。しかし彼には、電報が信じられなかった。彼は「死神騙《だま》し」というあの古い綽《あだ》名《な》を思い出し、何度となく、友の生存を諦めて通った山や野を想った。

ふしぎなことにラトゥール神父は、自分がジョセフ神父の葬式に事実出席したという気が全然しなかった。というよりはむしろ、ジョセフ神父がそこにいたということが信じられなかったのだ。

柩の中の、猿と同じくらいの大きさの、萎縮した老人――それは、ヴァイヨン神父とはまるで関係のないものだった。彼は、ベルナールをみることができるのと同じくらいはっきりと、ジョセフをみることができた。が、そのジョセフは、いつも二人がはじめてニュー・メキシコに来た頃の彼だった。それは感傷ではなかった。これこそ、彼の記憶がつくってくれたジョセフ神父の肖像で、それ以外の何ものでもなかった。彼は葬儀そのものさえも、単なる挨拶としておぼえておきたかった。式は戸外で、テントの下で行われた。デンヴァーには――このことにかけては西部全体同様だったが――彼のブロンシェの葬儀をとりおこなうに適《ふさ》わしい大きさの建物がなかったのだ。二日前から、村々や採鉱集落の人々は、山々からどっと下りてきた。彼等は荷車やテント、納屋などに寝、修道院の広場は国民大会のような群集でうずまった。葬儀のとき、変った事件があった。

二十余年前、ヴァイヨン神父に従ってサンタ・フェからコロラドに行き、それ以来、彼の補佐として、また副司教として共にいたフランス人ルヴァルディ神父は、司教の所用でフランスに派遣されていた。滞在中、彼は医師から不治の病の診断をうけたので、すぐに乗船し、家路をいそいだ。ヴァイヨン神父に仕事の報告をし、日常のつとめについたままで死ぬつもりだったのだ。シカゴまでくると、彼は急激な発作におそわれ、カトリック系病院に運ばれて、重態に陥った。ある朝、看護係が何気なく、寝台の近くに新聞を置いて行った。ルヴァルディ神父はちらとそれに目をやって、コロラドの司教の死亡通知を読んでしまった。修道女が帰ってみると、患者は着更えていた。そして、すぐに駅に行かなければならぬと彼女を説きふせてしまった。デンヴァーにつくと、馬車をひろい、司教の葬式につれて行ってくれとたのんだ。到着した時には、式は半分以上、済んでしまっていた。この半死の人が、馭者と二人の司祭に支えられて、人混みをかきわけ、柩のそばにへたへたとくずおれた光景は、誰にも忘れられぬものだった。椅子が運び入れられ、神父は式が終るまで、柩のふちに額をのせてすわっていた。ヴァイヨン神父が墓地に運び去られると、ルヴァルディ神父は病院に運ばれ、二、三日後に亡くなった。これはジョセフ神父が、赤色、黄色、白色の人種を問わずたびたび、しかも長期にわたってもたれていた、驚くべき個人的尊敬の一つの例であった。

6

最後の週、司教は死についてはあまり考えなかった。彼が今はなれて行くのは過去にすぎなかった。未来は未来でどうにかなるだろう。しかし彼は、死ぬということについて、人の信仰やものの尺度に一つの位置を占めるこの変化について、知的な好奇心をもっていた。彼にとって生命は、どうしても自我《エゴ》の通る一つの経験であるように思われてきた。決して自我《エゴ》それ自体ではないのである。彼は、この確信は、彼の宗教生活とははなれたものであると信じていた。人としての、被造物人間としての彼にあたえられた知識であった。また彼は、自己の行いも他人の行いも、ちがったふうに判断するようになった自分に気づいていた。彼の生涯の過ちは、道すがらおこった事故、例えば、ガルヴェストン港の難船や、司教区を訪ねてニュー・メキシコに始めて行く途中、怪我をさせられた荷馬車の転覆などのように、重要性のないものに思えた。

また彼は、自分の記憶にはすでに遠近の差がなくなったことに気づいた。少年時代に従兄弟とすごした地中海の冬のこと、聖都における学生時代は、モルニィ氏の到着や大聖堂の建築などと同様に、はっきり思い出すことができた。暦《こよみ》にくぎられた時間に別れをつげるのも間もないことで、もう、これも用のないものであった。彼は、自己意識の中心に座を占めていた、といって、彼の知能が以前からそなえている条件のうち、失われたものも、古びてしまったものもなかった。みな、手のとどくところにあって、はっきりと見分けることができた。

マグダレナかベルナールが入ってきて何かたずねたときなど、現在にもどってくるのに、数秒かかることはあった。みなが、彼の頭脳がおとろえて行くと考えているのが彼にはわかった。だがこれは、彼の生命の偉大な絵巻の他の部分——人々がなにも知らない部分の、異常な活動の結果にすぎなかったのだ。

時によって司教は、現在にもどることができた。しかし現在といっても、もうのこりすくなかったのだ。ジョセフ神父は死に、オリバレス夫妻は死に、キット・カーソンも死に、現在のこっているのは、司教の一生では端役《はやく》をつとめたものばかりだった。司教がサンタ・フェに帰ってきて数週間後のある朝、古い古い日の強者《つわもの》の一人が、記憶の中でなく肉体的に、現在の浅い光の中にあらわれた。ナヴァホー族、エウサビオであった。このインディアンはコロラド・チキトの近くで、取引駅を伝ってくる、老大司教の衰弱が甚だしいという報を聞き、サンタ・フェまでやってきたのだった。彼も、もう老いていた。ふたたび二人の大きな手がにぎりあわされた。司教は、眼にたまった滴《しずく》をふくのであった。

「会いたかった。来てくれとたのもうかと思ったんだが、遠いのでね」

老いたナヴァホーはほほえんだ。「もう、遠かありません、神父さん、汽車で来ますから。ギャラップで乗って、その日にここへ着きます。いつか、わしたちの国からサンタ・フェまで来た時のことを、おぼえていらっしゃいますか。どれだけかかったろう。二週間近く。今じゃ人は早く旅するようになりましたが、さあ、だんだん良くなって行くかどうかは」

「未来を知ろうとするものじゃない、エウサビオ、知ろうとしない方がいいのだよ。マニュエリトは？」

「マニュエリトは元気です。今でもみなを率いていますよ」

エウサビオは永くいなかったが、サンタ・フェに五、六日かかる用があるので、また明日来ると言った。用などなかったのだが、ラトゥール神父に会って、「もう永くない」と自分に言ってきかせたのであった。

エウサビオが行ってしまってから、司教はベルナールに言った。「ベルナール、私の生きている間に、二つの間違いが正された。黒人奴隷制度の終結と、ナヴァホー族が自分たちの地方にもどされたことだ」

何年にもわたってラトゥール神父は、ナヴァホー族か、アパッチ族の一人でもが生きのこっている間は、白人とインディアンとの戦いは終らぬのではないかと考えたものだ。その戦のおかげで、相当数の商人や生産者たちがぼろい儲けをしていた。ある政治機関と莫大な資本が、これを続行させるために使われていたのだった。

7

司教のメキシコにおける中年時代は、ナヴァホー族への迫害と、彼等が彼等の土地から追放されたことで暗くされていた。エウサビオとの友情をとおして、司教はこの新しい司教区に来てまもなく、ナヴァホー族に興味をもちはじめ、彼等を尊敬もしていた。彼等は司教の空想を湧きたたせた。白人の様式を取りいれることにおいては、この遊牧の民は村《プエブロ》にすんでいた定住インディアンよりもずっとおそく、宣教師や白人の宗教というものには遥かに冷淡であった。が、ラトゥール神父は、そのうちにより高い能力をみとめていた。彼等の謎のような神秘の中には、意義と確信があり、なにか活動的な、素早い、鋭いものがあった。知る者とてない昔から彼等のものであった土地からナヴァホー族を追放することは、天にも叫ぶ不義とおもえた。彼等が狩り出され、何千という人々によって、彼等の秘境からペコス河上三百マイルのところにあるボスケ・レドンドに追われたあの恐ろしい冬は、忘れがたいものであった。彼等のうち何百人もの男女子供が、途中飢餓と寒さのため死んだ。羊や馬は、山を越えて行く疲労のため死んで行った。喜んで行くものはなかった。彼等は飢えと銃剣に追われ、孤立した集団ごとにとらわれ、むごたらしく放逐されたのであった。

この種族の最後の残存者を遂に平定したのは、心得ちがいの友、キット・カーソンであった。彼は、ナヴァホー族が最後の抵抗を試みようとして、牧草に被われた野や松林から逃げこんだシェイ峡谷まで追って行った。彼等は家畜以外何の財産もない、女子供にまといつかれ、貧弱な武器と乏しい弾薬しかもたぬ羊飼いたちであった。しかしこの峡谷は、今まで白人部隊には不可入とされていた。ナヴァホー族も、ここは取られるはずがないと信じていた。彼等は、自分たちの昔からの神々が、この峡谷の要塞に住んでいると信じていた。彼等の船岩のように、これは侵されざる所、彼等の生活の心臓であり、中心だったのだ。

　カーソンは、このそびえたつ赤い砂岩の岩壁にはさまれた秘境に迫り、彼等の貯えをめちゃめちゃにし、奥深いとうもろこし畑を荒らし、彼等にとってどんなに大切であるか知れない、屋根のような形に栽培された桃園を伐ってしまった。彼等にとって神聖であったものが荒らされたのをみて、ナヴァホー族は気が転倒してしまった。が、降服はしなかった。彼等は戦うのを中止した。そして、敗北した。カーソンは命令下にある兵士だったから、兵士としての残忍な仕事をやってのけた。しかし、ナヴァホー族の最も勇敢な長《おさ》は捕まらなかった。シェイ峡谷における彼の種族の惨敗の後も、マニュエリトは自由の身であった。ズニにいるマニュエリトに会ってやってくれと、エウサビオがラトゥール司教に頼みにサンタ・フェまでやってきたのは、この頃のことだった。司教は司祭として、このお尋ね者との会見に賛成するのは軽率だということを知っていた。しかし、彼も男、正義の味方だった。こう頼まれては、拒むわけには行かなかった。彼はエウサビオについて行った。

　生死をとわず、彼個人に対して政府のかけていた莫大な賞金にもかかわらず、マニュエリトは飢えた馬にまたがった一隊の伴をつれて、真昼間に、ズニまで保留地を出てきた。彼は、コロラド・チキトにあるエウサビオの土地にかくれていたのだった。

　マニュエリトの望みというのは、司教がワシントンまで出かけて行って、彼の種族が全滅しないうちに、命乞いをしてくれというものだった。彼がラトゥール神父に語ったところによると、彼等は宗教と、記憶のないくらい古くから住んで来た自分たちの土地以外、政府に対して何の要求をするのでもなかった。彼等の国は、宗教の一部だった。この二つは不可分なのだ。神父は、シェイ峡谷のことは知っていた。彼等がまだ小さな弱い種族であった頃から住んでいたこの峡谷は、彼等を養い、護り、その母となってきたのだった。その上、彼等の神々がここに住んでいた——白人の世界よりも古く、生きて入ったもののない、崖の側面の洞穴にある近づき難い白い家に住んでいたのだ。神父《パドレ》の神が教会におられると同様、彼等の神々はここにあった。

その上、シェイ峡谷の北に目もくらむ高さにそびえる崖、平らな荒野にただ一つぬき出ているあの船岩があった。約五十マイルくらいはなれてみると、この崖は帆をはった一本檣《マスト》の漁船の形をしているので、白人たちがこんな名をつけたのだった。しかし、インディアンは別の名をもっていた。彼等は昔、この岩は空を行く船であったと信じていた。マニュエリトは、司教にこんなことを語った。この崖は大昔、ずっと北にある、すべての人類が造られたところから、ナヴァホー族の祖先をのせて空をわたって来た——それが地に落ちるところが、彼等の国になるはずであった。ところが、これは住みにくい曠野の地方に落ちた。が、彼等は、木蔭と尽きぬ泉のあるシェイ峡谷を見出した。この峡谷と船岩とは、この種族にとって優しい両親のようなものであり、教会よりも神聖なところ、白人たちには持てぬくらい神聖なところだったのだ。それなのに、どうやって、ここから三百マイルもはなれた見知らぬ地方に住むことができるだろう。

その上、ボスケ・レドンドは、リオ・グランデの東方、ペコス河上にあった。マニュエリトは、砂の上に地図を書いて説明した。彼等は昔から、東はリオ・グランデ、北はリオ・サン・ファン、西はリオ・コロラドから外に出るのを禁《いさ》められていた。もしもこれを犯すと、種族は死滅するだろうというのだ。ラトゥール神父のような偉い司祭がワシントンまで行って説明すれば、政府も耳をかすかもしれぬというのであった。

新教国において、カトリックの司祭のできぬことの一つは、政治に関与することなのだと、ラトゥール神父はこのインディアンに説明しようとした。マニュエリトは、うやうやしく聞いていたが、司教には彼が信じてくれぬのがわかった。話がすむと、ナヴァホーは立ち上って言った。

「あなたは、私の種族を狩り立て、ボスケ・レドンドまで山越しに追い立てるクリストバルの友達だ。あの人に、私を生け捕りにすることはできぬと言っておやりなさい。いつでも好きな時に来て、私を殺せばいいんだ。二年前、うちの羊は数え切れないほどいた。今は羊三十頭と、飢えた馬が二、三頭いる切りだ。子供等は木の根を食っている。私の命はかまいません。しかし、母も神々も、西におられる限り、断じてリオ・グランデをわたりますまい」

ボスケ・レドンドは、ナヴァホー族には全然合わない地方だということがわかった。灌漑すればたがやすこともできたのだが、彼等は遊放の羊飼いで、農民ではなかった。羊のための牧草地がなかった。薪もない。彼等はメスキートの根を掘り、薪にするために干した。アルカリ性の土地だったので、水にあたって何百というインディアンが死んで行った。遂にワシントンの政府は、過ちをみとめた――政府にしては珍らしいことである。五年の流謫《るたく》の後、ナヴァホー族は彼等の聖地に帰ることを許された。

一八七五年、司教はフランス人建築家が本国へ帰る前に、この国をいくらかでも見せておきたいとの気持ちから、アリゾナに遊んだ。彼等はふたたびナヴァホーの騎手が、大平原を自由に駆っているのをみることができた。二人のフランス人は、あの珍らしい崖をみるために、シェイ峡谷まで行った。そびえ立つ砂岩の壁の底の世界には、今一度収穫がみのり、羊は得も言われぬ美しさのコットンウッドの下で草を喰《は》み、甘露の流れで喉をうるおしていた。あたかもそれは、インディアンたちのエデンの園のごときであった。

病み老いた司教に、明暗に彩られた、この過ぎし日々の場面がもどって来た。放逐のため船にのせられるのを、リオ・グランデの一地点で待っていたナヴァホーたちの恐ろしい顔、乏しい羊の群れを追って、老人や子供をつれて自分たちの土地に帰って行く、生存者の長い流れ……小コロラド峡谷でエウサビオと共にすごした、早春の想い出——まだ羊の出産期の半ばで——腕にみなし児の小羊をかかえて砂漠をわたって行く色黒の騎馬の人々——牝羊がみつかるまで自分の乳房を小羊にすわせていた、若いナヴァホーの女——。

「ベルナール」老大司教はつぶやくのであった。「あの古い過ちが正されるまで私を生かしておいてくださった神様は、何と御親切なのだろう。一度は頭をよぎったインディアンの滅亡を、私はもう信じない。天主様はきっとこの人々を、残しておいてくださるよ」

8

アメリカ人の医師は、S大司教と修院長に相談していた。「今厄介なのは、心臓なのです。これに刺激を与えるために、少量の薬をさしあげてまいりましたが、もう効力がありません。これ以上、量を増したくはありません。すぐに命取りにならんとも限らぬものですから。しかし、御容態の変化は、これがもとなのです」

　変化というのは、老人がもはや食物を要求しなくなり、ほとんどずっと眠って、あるいは眠っているらしくなったことだった。彼の生涯の最後の日、その容態はかなり一般に知られていた。大聖堂は、彼のために祈る人々で終日満員だった。修道女、老婆、青年や少女たちが往ったり来たりしていた。病人は早朝に、最後の聖体拝領をした。隣り国の住人だった何人かのテスケ・インディアンがサンタ・フェに来て、様子をきくために一日中、大司教館の庭にすわりこんでいた。その中には、ナヴァホー族のエウサビオもいた。年とった召使のフルクトーサとトランキリノは、大聖堂の祈禱者の群れにまじっていた。

　修院長とマグダレナとベルナールが病人につきそっていた。彼の憩いは大変安らかで、何の苦しみもなかったので、これを見守っていて祈る他、仕事はなかった。あるときは、そのくつろいだ容貌から眠っているのがわかった。かと思うと、眼こそひらかなかったが、その顔は個性や意識をとりもどすこともあった。

　日のおわりに近づき、蠟燭のともされた短い黄昏の頃、司教はそわそわするかのように、少し動き、なにかつぶやきはじめた。フランス語であった。ベルナールも、数語をとらえることはできたが、なんのことかわからなかった。彼は寝台のそばにひざまずいた。「神父さま、なんでございますか。私はここにおりますよ」

　司教はなおもつぶやきつづけ、手を少し動かした。マグダレナは、なにか欲しいのか、それともなにかおっしゃりたいのではないかと言った。しかし、実は、司教はそこになどいなかったのだ。彼は故郷の山にかこまれた緑の勾配の野に立っていて、目の前の青年をなぐさめようとしていた。

青年は、行きたいという望みと、止らねばならぬという必要に、二つに裂かれていた。彼はこの敬虔な、しかし疲れきっている司祭に、新しい神の御旨を吹きこもうとしていた。時は迫っていた。パリ行きの乗合馬車が、もう、山峡をがたごととおりてきたのだ。

夕闇のおりた直後、大聖堂の鐘がなると、サンタ・フェ在住のメキシコ人及びアメリカ人のカトリック教徒はひざまずいた。ひざまずかぬとも、多くの人々が黙禱をささげた。エウサビオとテスケの若者たちは仲間に告げるため、静かに去って行った。翌朝、老大司教は、自ら建てた教会の、主祭壇の前に横たえられた。

精神の遍歴と救済——須賀とキャザーを結ぶもの

長澤唯史

須賀敦子によるウィラ・キャザー『大司教に死来る』(一九二七)の全訳が、ここに日の目を見ることとなった。昭和二十六年(一九五一)に、聖心女子大学英文科の卒業論文として提出されたものである。これまでこの作品の翻訳としては、一九五七年に、刈田元司と川田周雄の手によって訳された『死を迎える大司教』(荒地出版社刊『現代アメリカ文学全集2』他に収録)が唯一のものであった。須賀訳の完成はその六年前。ということで、発表順は後先となったが、須賀訳がおそらく本邦初訳であろう。

ウィラ・キャザーは今でこそ日本で読まれることは少なくなったが、第二次世界大戦後の一時期は人気作家のひとりだった。一九四九年の龍口直太郎訳『別れの歌——ルーシー・ゲイハート』を皮切りに、『おゝ開拓者よ!』(邦訳一九五〇)や『私のアントニーア』(邦訳一九五六)などが相次いで翻訳出版され、上述の荒地出版社版『現代アメリカ文学全集2』では、『死を迎える大司教』『おお開拓者よ!』に『迷える夫人』、さらに「ポールの反逆」などの短篇も加えて訳出されている。ことくにこの荒地版が、シャーウッド・アンダースン、F・S・フィッツジェラルド、ヘンリー・ジェイムズ、アーネスト・ヘミングウェイ、ウィリアム・フォークナー、ジャック・ロンドンなどのビッグネームに交じって、キャザーに丸ごと一巻を充てているところに、当時のキャザーへの高い評価がうかがえるだろう。戦後の新時代を象徴する存在として、マーガレット・ミッチェルをはじめとするアメリカの女性作家が脚光を浴びていたという状況もあったが、その中でも開拓地で逞しく生きる人々を描くキャザーの作品は、戦後の復興に心血を注ぐ当時の日本人の琴線に触れたのかもしれない。

「その当時、上智でも聖心でも教えていた若い先生が自分が面白いと思ったキャザーの作品を須賀敦子に推めた」というのが、須賀と『大司教に死来る』の出会いだった（松山巖「多面体としての須賀敦子」、『文藝別冊 須賀敦子ふたたび』所収）。卒論といえば、「普通は十八世紀から十九世紀くらいの作家かシェイクスピアやミルトンとかの古典をテーマに論文を書く」（同上）のが常識の時代。翻訳を卒論に代えるというのは、「序」で須賀自身が述懐しているように「大胆な挙」だった（現在でも、というより何かと窮屈な昨今の大学のほうが、さらに認められにくいだろうが）。若い頃から翻訳が好きだったという須賀は翻訳を、「自分をさらけ出さないで、したがってある種の責任をとらないで、しかも文章を作ってゆく楽しみ」（「セルジョ・モランドの友人たち」『ミラノ 霧の風景』）を味わえるもの、といっている。須賀のその後の文筆活動の出発点としてこの訳業を世に送り出す意義については、これ以上語る必要はないかもしれない。

だがそれでも、あえて強調しておきたいのは、上述の若い教師が須賀に与えたのが、キャザーの代表作とされる「プレーリー三部作」（後述）ではなく『大司教に死来る』であったという点だ。この作品は十九世紀後半のニューメキシコを舞台に、カトリックの布教のためにフランスから派遣された二人の聖職者たちの生涯を描いている。教師としてはカトリック修道会を母体に持つ聖心の学生が読むにふさわしい、ただそれだけの意図だったかもしれない。だが須賀も「カトリック小説などという、けちくさい称号を奉りたくない」といい切るように、キャザーの文学世界は政治や特定の宗教といった狭いイデオロギーの枠に収まるものではない。というよりその対極にあるものだ。「描写が真実であるが故に、美しいのであり、価値もあるのだ」と、若き須賀もキャザーの本質をしっかりと見抜いていた。

また『ミラノ 霧の風景』に始まる、エピソードや描写を重ねる中から人物や社会や時代を立ち上がらせる須賀のスタイルは、キャザーの方法論に近い。もし教師から須賀に与えられたのがこの文学的成熟をみせている後期作品ではなかったら、ここまで作品に魅せられ、翻訳を試みようとしただろうか。『大司教に死来る』との出会いと翻訳を通じて得たものが、その後の須賀文学の基層の一つを成しているのかもしれない。

一八七三年、ヴァージニア州に生まれたウィラ・キャザーは、九歳の時に一家でネブラスカ州に移住する。そこに広がる大平原（プレーリー）の風景。その中で生きる人々。これらが後にキャザー文学の重要なモチーフとなる。

当初は医学を志していたキャザーはネブラスカ大学に進学するが、授業で提出した論文がそのまま地方紙に掲載され、それを機に評論や短篇を寄稿しはじめる。卒業後はピッツバーグやニューヨークで編集者や記者、さらには高校の英語教師などの職を転々としながら小説を書き続け、一九一二年、三十八歳でようやく最初の長篇『アレグザンダーの橋』の出版にこぎつける。だがこのヘンリー・ジェイムズ風の技巧的な心理主義小説は本人の満足いくものとならず、後々は第二作『おお開拓者よ！』（一九一三）を、自身の「本当の処女作」と繰り返し発言するようになる。

その『おお開拓者よ！』はキャザーの主題やスタイルを決定づけ、今も広く読み継がれている傑作だ。その前年、彼女はネブラスカへの帰郷とそれに続く周遊旅行で、東部社会にはない活気や生命力を西部に再発見する、さらには師と仰ぐ作家セアラ・オーン・ジュエットからの勧めもあり、前作とは対照的な平明な文体で、父から受け継いだ土地を守り逞しく生き抜くヒロインを描く、地方色豊かな作品を書き上げたのだ。

　十九世紀後半、南北戦争終了後の国家拡張と統合の時代に、それまで顧みられることの少なかった地方の自然や言語、風俗などを写実的に描く小説が流行していた。この「ローカルカラー（地方色）」の文学は南部からマーク・トウェインを生み、ケイト・ショパンやジュエットらの女性やポール・ローレンス・ダンバーらの黒人作家を世に送り出す。それまで東部の白人男性作家中心だったアメリカ文壇に多様性をもたらした運動だった。

　キャザーの生きた時代は、フロンティア消滅と急激な文明化によってアメリカという国家が大きく変貌を遂げようとしていた時期でもあった。ジャーナリスト時代に、政治の腐敗や資本家の不正を暴き立てる「マックルーア」誌に深く関わっていたキャザーは、この社会の変化がもたらす歪みにも敏感だった。中心と周縁との軋轢《あつれき》、物質主義への抵抗、そしてフロンティアへの郷愁。それらを中心テーマにすえることで、キャザーはローカルカラー文学に新たな意義と主題をもたらしたのだ。そして『おお開拓者よ！』と『ひばりの歌』（一九一五）、そして『マイ・アントニーア』（一九一八）からなる「プレーリー三部作」は、同時代の大衆からも批評家からも広く支持され、キャザーは一躍人気作家となる。そして『われらの一人』（一九二二）でピュリツァー賞を受賞し、作家としての評価と人気は頂点に達する。

　だが一方で、同時代のアメリカに対するキャザーの違和感はますます強くなっていく。F・S・フィッツジェラルドらを生んだ「狂騒の二〇年代」も、彼女の眼には刹那的で物質主義的な時代としか映らない。そうして『我が不倶戴天の敵』（一九二六）以降、キャザーは「アメリカの〈現代〉に完全に背を向け、〈歴史的過去の世界〉に新たな辺境と開拓者の素材を追い求めてゆく」（桝田隆宏『ウィラ・キャザー　時の重荷に捉われた作家』、大阪教育図書、一九九五、一八五頁）。フィッツジェラルドの『グレート・ギャッツビー』（一九二五）やヘミングウェイの『日はまた昇る』（一九二六）とほぼ同時期に、『我が不倶戴天の敵』で愛とロマンスに生き時代に敗北した悲劇的な女性の生涯と、最後に訪れる神の愛による救済を描いたのだ。またそれに続く『大司教に死来る』も、過去の栄光の時代への懐旧に満ちた物語であった。

こうしたキャザーの「反動的」ともいえる反時代性は、三〇年代の「政治の時代」には批評家たちの格好の揶揄《やゆ》と攻撃の的となった。だが齢《よわい》六十を過ぎて『ルーシー・ゲイハート』（一九三五）で、五十歳近い中年声楽家に一目惚れしてしまう二十一歳の田舎娘の悲恋という、「一見通俗的な恋愛小説」（小鹿原昭夫『キャザーの小説の系譜　現実的な女と浮遊する男』、成美堂、一九九五、二三二頁）を書くかと思えば、その翌年には「四十歳以下の人間には興味ない」といい放つエッセイ集『四十歳以下ではなく』（一九三六）を世に問うなど、老いてますます意気軒昂なキャザー、そのような時代の波に乗った言説に惑わされずに己の道を貫き続けた。

若い頃には人並みに恋愛もし、複数の男性から求婚もされたが、生涯独身を貫いたキャザーは、一九四七年四月二十四日、自宅で脳溢血のために亡くなった。享年七十三歳。ニューハンプシャーの墓地に埋葬されたが、その墓石に刻まれた生年は、キャザーが生前主張し続けた「一八七六年」となっている。

キャザーの遺言状には、二つの禁止事項が明記されていた。一つが自作の映画化や舞台化（アダプテーション）、二つ目が書簡の出版や引用である。最初のアダプテーション禁止については一九八〇年前後からなし崩し的に解かれていて、『おお、開拓者たちよ！』などの単発のテレビドラマが何本か作られている。とはいえ、これらの作品は日本では放映されておらず、作者の死後映画化された作品は未だにない。キャザーの作品の映像化が遅れていることが、日本での知名度の低さの一因だろう。

それ以上に厳格に運用されたのが、書簡の出版禁止事項だった。書簡そのものの出版はもちろん、評論や論文の中での直接引用も禁止されたため、書き換えや要約を強いられる批評家や研究者たちはもどかしい思いをつねに抱いていた。

キャザーの死から六十四年経った二〇一一年、ようやく状況に変化が訪れた。遺言執行人に指名されていた甥チャールズの死去にともない、キャザーの遺族やネブラスカ大学（キャザーの遺稿管理を任されている）などが組織するウィラ・キャザー基金が禁止解除を決定したのだ。そうしてようやく、『ウィラ・キャザー書簡選』（*The Selected Letters of Willa Cather*）が二〇一三年に出版された。キャザー自身の手で破棄された書簡も多かったようだが、それでも研究者たちによる丹念な調査で三千通近くの書簡が発見され、そのうち五六六通が書簡選に収録されている。

だがキャザーにとって最も重要な二人の親友、イザベル・マックラングとイーディス・ルイスとの書簡は大部分が破棄されてしまったようで、この書簡選でもほとんど読むことができない。イザベルはピッツバーグ時代のルームメイトで、彼女が結婚するとキャザーは激しい嫉妬に身を焦がしたといわれる。一方イーディスは、キャザーが亡くなるまで四十年間にわたり同居生活を送った私生活のパートナーである。子どもの頃から「ウィリアム」という男性名を名乗り、短髪と男性の衣装に身を包んで少女時代を過ごしたキャザーは、はたして服装倒錯者であったのか、それとも性自認や性指向においてより根源的な違和感を抱いていたのか。残念ながらこの書簡集からは明らかにはならない。

シャロン・オブライエン（*Willa Cather: The Emerging Voice*, 1987）はキャザーを「レズビアン」とし、マリリー・リンデマン（*Willa Cather: Queering America*, 1999）もクイア理論からキャザー作品に新たな解釈を施す。その一方で、キャザーを「女性に対する固定概念を破ろうとした」（小鹿原、前掲書）、あるいは「女であることを「抑圧」して生きざるを得なかった」（桝田、前掲書）女性であるとし、性の問題から遠ざけようとする立場も少なからずある。八〇年代後半からのフェミニズム／ジェンダー研究の高まりとともに、キャザーのセクシュアリティについての議論は、今に至るまで活発に続いている。

それに加えて、近年はポストコロニアルな視点からのキャザー再評価も始まっている。キャザーの描く西部とそこに住む人々は、移民を初めとする、アメリカという国家にとっての「他者」である。文明や資本主義の支配に抗い背を向ける彼らは、急激に変化する時代に馴染み切れなかった作者の代弁者でもある。そしてそのポストコロニアル的側面をもっともよく示しているのが、須賀が訳出した『大司教に死来る』だ。

一九二五年にキャザーがアメリカ南西部を旅行中、『ジョゼフ・マシュブフ尊師の生涯』（一九〇八）という書物と出会った。アメリカ南西部のカトリック信仰を再興するために赴任し、そこで一生を終えたフランス人神父の伝記である。この、辺境でのキリスト教の布教に生涯を捧げた神父の献身と信念に大いに感銘を受けたキャザーは、わずか二、三ヶ月で本書を書き上げた、という。

キャザーはしかし、本来の主人公マシュブフではなく、もう一人のジャン・バプティスト・ラミーをもとに、ジャン・マリー・ラトゥールというキャラクターを造形した。それはもともとラミーという人物にキャザーが興味を持っていた、ということもある。だがそれ以上に、情熱と信念で布教に邁進《まいしん》するマシュブフ（＝ジョセフ・ヴァイヨン）よりも、内省的で慎重なラミー（＝ラトゥール）を主人公とすることで、辺境の開拓地における布教の現実、とくに併合後間もないニューメキシコのメキシコ人やインディアン（ネイティブ・アメリカン）との意思疎通や相互理解の困難とその克服、という物語が際立つという理由もあったのかもしれない。いずれにせよ、不屈の精神を内に秘めた物静かな美丈夫のラトゥールに、貧相な身体に情熱と気力を漲《みなぎ》らせ布教に邁進するジョセフ・ヴァイヨン、この対照的な二人を配することで、『大司教に死来る』の物語に広がりと膨らみがもたらされているのは間違いない。

作品構成についていえば、本書の題名から読者が想像するような、ラトゥールの死をクライマックスとする劇的な構成とはなっていない。この題はハンス・ホルバインの『死の舞踏』（一五三八）に想を得たものといわれており、本書の構成も、様々な死の場面を描くこの連作絵画に倣ったものとなっている。プロローグの後に続く全九篇は各々が独立したエピソードとして完結し、全体を通してみると小説というよりは伝記のようである。

だが一方で、厳密に時系列に沿った物語の流れでもない。たとえば第一篇の「3　司教館にて」はクリスマスのエピソードであるのに、それに続く「4　鐘と奇蹟」はその八日前の出来事を語っており、奇妙な具合に時間が前後している。本書の主人公であるラトゥールとヴァイヨンの出会いが初めて語られるのも、最後の第九篇である（それまでに何度か言及はされているが）。この二人の出会いから新大陸への旅立ちまでのエピソードが、死を間近に迎えたラトゥールの回想として挿入されていることからもわかるように、彼の事績ではなく内面の進展や変化に沿って展開する構成である。

つまり、ラトゥールの精神的な遍歴と救済こそが本書の主題なのだ。「フレスコ画のように小説を書きたい」とつねづね語っていたキャザーは、エピソードを積み重ねて一人の人物の生涯を描く手法を得意としていたが、その手法の集大成が『大司教に死来る』であった。またそもそもヘンリー・ジェイムズ風の心理主義小説から出発したキャザーだからこそ、このジェイムズ的心理劇と歴史小説を融合させる大胆な試みが可能になったともいえる。


『大司教に死来る』は心理小説でもあると同時に、先に述べたようなポストコロニアル的課題をいち早く先取りした政治性も兼ね備えていた。本書の物語が始まる一八四八年は、米墨戦争でアメリカが勝利し、カリフォルニアとニューメキシコの広大な土地が割譲された年である。そこに住むのは大多数がメキシコ人とインディアン。その新たな教区の司教に任ぜられたラトゥールは、盟友のヴァイヨンとともに、広大な砂漠地帯が広がるニューメキシコの大地を騾馬《らば》で旅する。

蛮地に正しい信仰の光を広めるという目的をもってやってきた二人であったが、次第に異文化や異民族に深い理解を示し、彼らに共感を抱くようになっていく。第一篇で遭難しかかったラトゥールが砂漠のオアシスで出会う少女ホセファ、第二篇で殺人鬼スケールスの死の顎《あぎと》から二人を救うマグダレナは、キリスト教によって聖化されていく存在として描かれている。囚われ、スケールスの妻となっていたマグダレナは、解放されてかつての美しさを取り戻す。そして「ふたたび、神の家に返り咲くかとみえた」(七八頁)と、二人の神父の眼には聖母マリアの化身と映るのだ。

メキシコ人やインディアンらと深く交わっていくうち、彼らはその善と悪、寛容さと頑迷さの入り混じった複雑な在り方を受容していく。第五篇に登場するマルチネスというメキシコ人神父は強欲かつ好色、さらに放縦という、聖職者にあるまじき人物である。だがラトゥールは彼と関わるうちに、「このメキシコ人も、正しく導かれれば偉人になったかもしれないのだ。全体から見ると彼は、人を否応なしに服従させる性格、なにか気にかかる、神秘的な、人をひきつける力をもっていた」(二三九頁)と、彼の人間としてのなにがしかの魅力にも気づいていく。

一方、各所に登場するキット・カーソンは実在のアメリカ人開拓者にして冒険家である。ラトゥールも、その勇敢さや親しみやすい人柄に好感を抱く。だが第九篇に至り、ナヴァホー戦役での白人によるナヴァホー族インディアンの迫害や虐殺に、カーソンも主体的に関わっていたことが明かされる。インディアンを迫害する白人は、主人公/作者の愛する豊かな自然の破壊者にして収奪者でもある。ラトゥールはインディアンたちに同情を寄せ、豊かな自然の喪失を嘆く。ここで描かれる失われたもの、過去への哀惜と追悼の歌も、どこか須賀文学と通底している。

本書のクライマックスといえる第八篇「パイクス・ピークの黄金」では、ラトゥールとヴァイヨンの別離が描かれる。コロラド州のパイクス・ピーク山麓で金鉱が発見されゴールドラッシュが始まる。だが急激に増えた人口に社会の整備が追い付かず、人々は悲惨な環境の中で孤独に死んでいく。この哀れな人々を救うために司祭を派遣してほしいという嘆願に応え、ヴァイヨンはこの新たな開拓地に骨を埋める決意をする。一方ラトゥールはリオ・グランデ峡谷の奥深くに黄金に光り輝く丘を発見し、そこに大聖堂を建立することを誓う。信仰を必要とする人々のもとに駆け付けるため、旅に生きるヴァイヨン。揺るぎない信仰の象徴としての道標を求め続けるラトゥール。人生の最後にそれぞれの道が決定的に分かれてしまったことを自覚した二人が抱き合う感動的な場面で、このエピソードは幕を閉じる。

「司教はひざまずいた。ヴァイヨン神父も彼を祝福すると、代って祝福をうけた。二人は過去を想

い――そして、未来を想って相抱いた」（二三四頁）

ところで、これを読んだ須賀の読者は、以下の『コルシア書店の仲間たち』の結びを想起しないだろうか。

「それぞれの心のなかにある書店が微妙に違っているのを、若い私たちは無視して、いちずに前進しようとした。その相違が、人間のだれもが、究極においては生きなければならない孤独と隣あわせで、人それぞれ自分自身の孤独を確立しないかぎり、人生は始まらないということを、すくなくとも私は、ながいこと理解できないでいた。

若い日に思い描いたコルシア・デイ・セルヴィ書店を徐々に失うことによって、私たちはすこしずつ、孤独が、かつて私たちを恐れさせたような荒野でないことを知ったように思う。」

まさにこの「荒野」ではない「孤独」の中で静謐に生き、心安らかに死んでいくラトゥールの姿を示すのが、最後の第九篇である。若き日のヴァイヨンとの出会い、異国の地での苦闘、そして最期に思い出すのは、新大陸での布教へと旅立つ日の自分たち二人の姿。盟友を失い「自分自身の孤独を確立」したからこそ、「いちずに前進しようとした」日々をいとおしむことができるのだ。「喜びと興奮に満ちた日々の記憶」を「時の遠近法の美しい構図」（池澤夏樹、『須賀敦子全集 第1巻』解説、河出文庫）に収めて紡ぎ出す須賀文学と、見事に呼応する瞬間であろう。

『大司教に死来る』という作品を通じて描かれていたのは、主人公ラトゥールの精神の遍歴と救済であった。異国の地、辺境での布教に生涯を捧げ、その象徴である、自然と調和した大聖堂の完成を目にした彼にとって、死は苦い終わりではなく、人生の完成の瞬間だったのだ。

あらためて『大司教に死来る』をこうして辿ってみると、なぜ若き須賀がこの作品に惚れ込み翻訳に取り組んだのかがよくわかる気がする。主題や構成、視点など、後の須賀自身の作品に重なり合う部分がじつに大きい。のみならず、異国の地での孤独、友人や大切な人との邂逅と別れ、苦悩と救済などの本書の物語が、その後の須賀自身の人生を予告していたかのようだ。

残念ながら須賀がその後、この作品について何かを語っていたかどうか、私は寡聞にして知らない。だがこの翻訳の出版は、若き日の須賀の熱意溢れる仕事を世に問うだけでなく、須賀文学のよって来《きた》るところを辿りなおし、須賀の文章の魅力を再確認する重要な契機となるだろう。多くの方にこの翻訳が届くことを願ってやまない。

（米文学者）

＊本稿は『文藝別冊　須賀敦子の本棚』所収の論考「荒野ではない孤独」を改稿したものです。

解説、というより須賀さんとの対話

池澤夏樹

この本について解説を書くのがぼくの責務であるらしいのだが、それはもう長澤唯史さんが周到に果たしてしまった。ラトゥール神父とヴァイヨン神父の物語のこと、作者ウィラ・キャザーの生涯やアメリカ文学における彼女の位置、この作品の意義などはすべてそちらに書いてある。

二十二歳で仕上げたこの訳業がずっと後になって須賀敦子が書くものに与えた影響についての指摘も的を射たものだ。「『ミラノ 霧の風景』に始まる、エピソードや描写を重ねる中から人物や社会や時代を立ち上がらせる須賀のスタイルは、キャザーの方法論に近い」というのはまったくそのとおり。

付け加えることがあるとすれば、人々を描きながらその背景の風土も描く、そのバランスも須賀敦子はこの小説に学んだということか。サンタ・フェを取り囲む荒涼の地があってこその二人の神父の営みであるように、ミラノの霧があってこそのコルシア書店、あるいは「さくらんぼと運河とブリアンツァ」であるのだろう。

須賀さんがアメリカ文学の翻訳をしていたことをぼくは知らなかった。正直な話、ウィラ・キャザーの名も『マイ・アントニーア』の作者として知っていただけで、それも読んだことはなかった。十九世紀後半、フランス人の神父が二人、アメリカ南西部に赴任し、苦労して教区を設立し、ヨーロッパとはまるで異なる環境の中で布教の努力を重ねる。出会う人々の出自にはとんでもなく幅があり、それぞれが数奇な物語を負っている。

ぜんたいとしては二人の男の成功した人生の物語。フランスから新大陸に渡ってそれぞれ司教と大司教になったが、成功というのはそういうことではなく、若い時に彼らが予想したとおりの困難を相手に日々奮闘し、長い歳月の果て、成就の思いと共に亡くなったからである。

その間にニュー・メキシコとその周辺という土地も大きく変わった。粗末な小屋は立派な教会になり、徒歩や馬車での困難な旅は鉄道の旅に取って代わられた。ナヴァホー族は本来の地に戻ることができ、黒人の奴隷制度も廃止された。苦労を越えた結果の信者たちと二人の神父の平和な生活。

つまりこれ自体が典型的な開拓の物語である。未開から文明へという歩みの物語。それを体感できた世代の物語。彼らは間違いなく神の恩寵のうちにあった。作者にカトリックの信仰があったか否か今ぼくは知らないが、しかし蒙昧の民を福音によって救って信者を増やすというイエズス会風の意図の達成の物語を読み取ることはできる。ここにはこの時期のアメリカらしい未来への楽観の雰囲気がある。

二十年以上前、まだ須賀さんと行き来があった頃に彼女のこの翻訳のことを知っていたら、ぼくはこう言いたかった——ぼくも二十代にこれに似た小説を翻訳したことがありました、と。

これに似た小説というのはウォルター・ミラーの『黙示録3174年』。一九二三年に生まれたアメリカの作家が書いたSFである。ウィラ・キャザーの『大司教に死来る』が刊行された時、ウォルター・ミラーはまだ四歳だった。一世代の時間差と言っていいか。

この小説の舞台はアメリカ南西部の砂漠地帯にあるカトリックの修道院である。その所在地はかつてあった「グレート・ソールト・レークから旧エルパソに至る近道」に沿ったどこかであり、『大司教に死来る』の舞台であるサンタ・フェからも遠くない。もしも須賀さんにこの翻訳があることを知っていたら、これも読んでみて下さいとぼくは差し出したことだろう。

このSF小説の具体的な内容に入る前に、翻訳するに至った事情を説明しておこう。ぼくの場合は須賀さんのように卒論にするなどという立派な動機から訳したのではなかった。大学を中退してその日その日の糧を短いものの翻訳で賄っている時に、ちょっとまとまった仕事が舞い込んだ。それが *A Canticle for Leibowitz* という小説で、話を持ってきてくれたのはずっと年上の友人でアメリカ文学の先端的な研究者だった志村正雄さん。彼はぼくの現代アメリカ文学の師であった。トマス・ピンチョンもジョン・バースもカート・ヴォネガットもみんな（教室ではなくもっぱら居酒屋で）この人に教えてもらった。

大きく三部からなるものを分担して、第一部「人アレ」を志村さん、第二部「光アレ」と第三部「汝ガ意志ノママニ」をぼくが訳す。しかし版元はこの分野の草分けである吉田誠一さんの名で刊行したいと言っている。そもそも志村さんと吉田さんが親しかったことから生まれた企画だった。吉田さんは名を貸すだけで訳文に手を入れたりはしないし、印税もすべて志村・池澤に支払われる。つまりぼくたちの仕事はいわゆる下訳ではなかった。しかし吉田さんの名は借りる。そういうことが慣習として行われていた時代だった。（『黙示録３１７４年』は訳者を志村と池澤として近々再刊の予定）

で、この話の内容なんですがね、須賀さん、（とぼくは彼女に話しただろう）、これは一九五〇年代に始まってほぼ千八百年後に至る長い歴史の物語で、未来史であるところがすなわちＳＦで、舞台となるのはアメリカ南西部の砂漠にある聖リーボウィッツ修道院。

まず前史として、作者ウォルター・ミラーにとっての現代であった一九五〇年代のアメリカにリーボウィッツという電気技師がいた。冷戦から全面核戦争が起こり（これは「火焔異変」と呼ばれる）文明は滅びる。科学は災厄をもたらしたものとしてのみ記憶され、忌み嫌われている。字が読めるだけで殺されるという反知性と焚書の時代。リーボウィッツは遠い未来のためにと科学の基礎となる文書を砂漠の洞窟に隠す。彼を密かに支持する者たちが修道会を作って秘密を保持する。

そして第一部の「人アレ」。「火焔異変」からおよそ六百年後、人々は文明以前の混迷の中で暮らしている。ブラザー・フランシスという若い修道僧が「放射性降下物避難所」の遺跡を発見し、ここで手書きの文書を見つける。これが鍵となってかねて懸案であったリーボウィッツの列聖が実現するが、ブラザー・フランシスはニュー・ローマ（所在地不明）で教皇レオ二十一世に謁見した帰路、野蛮な人々に殺される。

第二部「光アレ」はそれからまた約六百年後の紀元三一七四年。世は科学の意義に目覚め、第二のルネサンスとも呼ぶべき時代になっている。リーボウィッツ修道院が保持してきた「大記録」という大量の科学文書を精査すべく、タデオという優秀な自然科学者が修道院を訪れる。彼を迎えたのはブラザー・コーンホーアが「大記録」をもとに構築した発電機とアーク灯だった。タデオがテクサーカナ王国の王ハネガンの従弟であったことから、この科学の成果は王の戦略に利用されることになる。

第三部「汝ガ意志ノママニ」は紀元三七八一年、つまり第二部のまた六百年後。科学文明はすっかり回復され、二十世紀と同じ冷戦の構図がそのまま再現されて、大西洋同盟とアジア連邦が対決している。一方の首都に最初の核ミサイルが投下される。修道院は教皇の指揮のもとで作られた「群《ムレ》ノオモムクトコロ、牧者モ従ウベシ」というプロジェクトにブラザー・ジョシュアを推挽し、彼は迷いつつこの命を受け入れる。全人類が滅びる前にほんの一部の人々がケンタウルス座の植民地に送り出される。ロケットが地球を離れた直後、全面核戦争が起こってこの惑星の文明はふたたび滅びる。星船に乗ってゆく植民地にブラザー・ジョシュアが大司教という資格で行けば、彼は司教を任命することができるし、教区は永遠に維持できる。

彼を送り出した聖リーボウィッツ修道院の院長ザーチは言う――

もし地球に最悪の事態が訪れたら枢機卿会議が、何人残っているかはわからんが、召集されるだろう。そしてケンタウルス座の植民地が教皇庁の分身と宣言され、諸君に同行する枢機卿がカトリック教会の権威をもひきうけることになるだろう。もしも鞭《むち》がわれわれの上に振りおろされ、彼〔地球の教皇〕も死ねば、ペテロの座は諸君がひきつぐ。

こういう事態なのだ。この話で大事なのは人間の愚行の積み重ねに対してカトリックの人々が理性を守ろうと努力することだ。かつてカトリックはガリレオを権力で黙らせたが、この小説の中ではカトリックはむしろ科学と啓蒙主義の側に立っている。

話の舞台がアメリカ南西部の砂漠ということだけでなく、司教や修道士たちの誠実なふるまい、困難に対する姿勢、世俗の権力との戦いかた、などなど、核心のところにおいてこの話と『大司教に死来る』に共通する要素は少なくない。そういうことをＳＦなど普段ならば読まれるはずのない須賀さんと話してみたかった。

最後に近いところで、核戦争に由来する放射線病に苦しむ国民を救うためにと言って政府が安楽死キャンプを造る。生と死は神が統べるところ、カトリックは安楽死を認めない。院長ザーチは若い僧たちに命じてキャンプの前でデモをさせる。

彼らが掲げるプラカードの文言が――

ここにはいる者はすべての希望をすてよ

須賀さん、これはそのままあなたが訳された『神曲』第三歌の冒頭、地獄の門に書いてある言葉ではないですか。

カトリック思想の根幹にあるものの一つに奇蹟ということがある。

『大司教に死来る』では、最後に近い場面で明らかになる聖家族の話。砂漠で水も食料も尽きて死を前にしたフニペロ神父の前に開拓者の家が現れる。そこに暖かく迎えられ、食事と一夜の宿を供されて、彼はまた旅を続ける。しかし、後になって地元の人々が言うことには、あのあたりに人が住んでいるはずはないのだ。ではあれはマリアとヨセフの一家、小羊を抱いたあの幼い男の子がイエス・キリストであったのか。「小さな指で、フニペロ神父の額に十字架をしるした」のは祝福であり秘蹟であったのか。

『黙示録3174年』のこれも最後のところ、無事にブラザー・ジョシュアを星の世界に送り出して、大怪我を負って死を待つばかりのザーチの前に原罪を負うことなく、つまり女の胎を経ずに世に生まれた、レイチェルが現れる。洗礼という秘蹟を必要としない新しい人間。彼女に祝福されて、すなわち終油礼の秘蹟を施されて、彼女の「生きよ」という言葉と共に、ザーチは幸福に帰天する。『大司教に死来る』の主な舞台はサンタ・フェだが、ここからそう遠くないところにロス・アラモスがある。原爆の開発が行われた地であり、ヒロシマとナガサキの災厄の拠点であり、冷戦の起点となった町である。こういう見えない糸によってもウィラ・キャザーとウォルター・ミラーの作品は繋がっている。

こういうことをぼくは須賀さんと話したかった。

二〇一八年六月　札幌

- 基本的に旧字・歴史的仮名遣いは新字・新仮名遣いに統一した。
- カタカナ表記は現在一般的に使われている表記に修正したものもある。
- ルビは訳者によるものは基本的にいかし、さらに読みにくいと思われる漢字には適宜振った。
- 明らかな誤りは訂正した。

Willa CATHER:
DEATH COMES FOR THE ARCHBISHOP (1927)

須賀敦子（すが・あつこ）
1929年兵庫県生まれ。聖心女子大学卒業。53年よりパリ、ローマに留学、その後ミラノに在住。71年帰国後、慶應義塾大学で文学博士号取得、上智大学比較文化学部教授を務める。91年『ミラノ 霧の風景』で講談社エッセイ賞、女流文学賞を受賞。98年逝去。著書に『コルシア書店の仲間たち』『ヴェネツィアの宿』『トリエステの坂道』『ユルスナールの靴』など。訳書に『ウンベルト・サバ詩集』、N・ギンズブルグ『ある家族の会話』、A・タブッキ『インド夜想曲』、I・カルヴィーノ『なぜ古典を読むのか』など。没後『須賀敦子全集』（全8巻・別巻1）刊行。

須賀敦子の本棚2　池澤夏樹＝監修
大司教《だいしきょう》に死来る《しきたる》
2018年8月20日　初版印刷
2018年8月30日　初版発行

著者　ウィラ・キャザー
訳者　須賀敦子
カバー写真　ルイジ・ギッリ
装幀　水木奏
発行者　小野寺優
発行所　株式会社河出書房新社
〒151-0051　東京都渋谷区千駄ヶ谷2-32-2
電話　03-3404-1201（営業）　03-3404-8611（編集）
http://www.kawade.co.jp/
印刷　株式会社亨有堂印刷所
製本　加藤製本株式会社

Printed in Japan　ISBN978-4-309-61992-7

須賀敦子の本棚 全9巻

池澤夏樹＝監修

★1　神曲 地獄篇（第1歌～第17歌）〈新訳〉
ダンテ・アリギエーリ　須賀敦子／藤谷道夫 訳
（注釈・解説＝藤谷道夫）

★2　大司教に死来る〈新訳〉
ウィラ・キャザー　須賀敦子 訳

3　小さな徳　〈新訳〉
ナタリア・ギンズブルグ　白崎容子 訳

4・5　嘘と魔法（上・下）〈初訳〉
エルサ・モランテ　北代美和子 訳

6　クリオ　〈新訳・初完訳〉
シャルル・ペギー　宮林寛 訳

7　あるカトリック少女の追想　〈初訳〉
メアリー・マッカーシー　若島正 訳

8　神を待ちのぞむ　〈新訳〉
シモーヌ・ヴェイユ　今村純子 訳

9　地球は破壊されはしない　〈初訳／新発見原稿〉
ダヴィデ・マリア・トゥロルド　須賀敦子 訳

★印は既刊

（タイトルは変更する場合があります）